苏电文丛 *第一辑*

苏电文丛

# 似梦
# 非梦

陈戈 著

天津出版传媒集团

百花文艺出版社

## 图书在版编目（ＣＩＰ）数据

似梦非梦 / 陈戈著 . -- 天津 : 百花文艺出版社，
2024.1
（苏电文丛）
ISBN 978-7-5306-8707-9

Ⅰ . ①似… Ⅱ . ①陈… Ⅲ . ①中篇小说－小说集－中
国－当代②短篇小说－小说集－中国－当代 Ⅳ .
① I247.7

中国国家版本馆 CIP 数据核字 (2023) 第 230862 号

**似梦非梦**
SI MENG FEI MENG
陈 戈 著

出 版 人 : 薛印胜
责任编辑 : 张 雪
装帧设计 : 鸿儒文轩·书心瞬意
出版发行 : 百花文艺出版社
地址 : 天津市和平区西康路 35 号 邮编 : 300051
电话传真 : +86-22-23332651（发行部）
　　　　　+86-22-23332656（总编室）
　　　　　+86-22-23332478（邮购部）
网址 : http://www.baihuawenyi.com
印刷 : 三河市华东印刷有限公司
开本 : 880 毫米×1230 毫米 1/32
字数 : 155 千字
印张 : 7.25
版次 : 2024 年 1 月第 1 版
印次 : 2024 年 1 月第 1 次印刷
定价 : 52.00 元

如有印装质量问题，请与三河市华东印刷有限公司联系调换
地址 : 三河市燕郊冶金路口南马起乏村西
电话 : 19931677990 邮编 : 065201

# 总　序

开拓文学之境，勇攀创作高峰

　　江苏省电力作家协会一次推出十位电力作家的十部文学作品，以文学丛书的宏大气势集中发力，进入社会和读者视野，可喜可贺！

　　这是江苏省电力系统学习贯彻习近平总书记关于文艺工作重要论述和党的二十大报告对文化建设新部署新要求所取得的成果。我们的作家深刻把握新时代文艺工作的定位和使命，增强文化自觉，坚定文化自信，站在为国家立心、为民族立魂、为时代立传的高度，以强烈的历史担当和瑰丽的文学画卷，充分展现新时代的精神图景。从这十位作家的十部不同题材、体裁的作品来看，他们都善于从平凡中发现伟大、从质朴中寻觅崇高、从自己融入人民群众的实践中发现真善美，用情用力地注重作品质量，形象生动地表现时代之美、劳动之美、自然之美、生活之美、心灵之美。品读他们的作品，能够触及作者的心声，感悟作者的心动，体悟作者为职工抒写、为人民抒怀、为事业抒情的生动笔触中的文字之美、语言之美、文学之美。在敬佩之余也深受激励。

这是实施"中国新时代电力文学攀登计划"、奋力推进新时代电力文学高质量发展在江苏电力落地的可喜成果。"中国新时代电力文学攀登计划"旨在不断推出优秀作家的优秀作品。江苏省电力作家协会集中推出十位作家的十部作品，体现了电力团体组织的工作成效，彰显了电力团体作家队伍中个体创作的丰硕成果，彰显了电力团体攀登进取精神。丛书题材、体裁多样，呈现出文学文本的丰富多彩性。小说故事情节跌宕起伏、引人入胜，人物栩栩如生；散文情感细腻、文笔清新，形散而神不散；诗作文采飞扬，飘逸灵动。十部佳作感情真挚，表达精练，文以载道，文以言情，文以言志。就像将各种水果收入果篮那样，一并奉献给读者，使人悦目娱心，精神振奋。值得称道的是，国网江苏省电力公司为江苏省电力作家协会营造了一种积极向上、团结和睦、共同进取的氛围，这种氛围，促进了电力文学的繁荣发展，促进了作家们相互学习、相互交流、相互激励、相互提高。

这套文学丛书的"闪亮登场"，给中国电力作家协会团体会员单位提供了可以效仿的榜样。阅览这十部出自江苏省电力作家之手的作品，不禁被江苏省电力作家协会的"倾情"、十位电力作家的"倾心"所感动：江苏省电力作家协会集中发力，倾情投入，邀请文学界知名作家、评论家、编辑家集中审读研讨、修改打磨书稿，最终推出一套优秀的文学作品，难能可贵。身在江苏省的电力作家肩负重任，一肩挑"本职工作"，一肩担"文学创作"之任务，深扎电力沃土，工作之余伏案笔耕，把自己生活中的积淀、对生活的热爱、生活中的感悟，化为文字，实属不易。组织的关怀、作家的付出都是值得的。

这套丛书为我们电力团体组织带来很大的启示：我们的文学创作者要准确把握时代命题与电力文学的关系，深入电力一线，把自己的思想、情感，同生活、同人民融为一体，做到"身入""心入""情入"，以独特的眼光洞察世事人生，以真挚情感投入作品创作，记录时代巨变、讴歌电力系统取得的成就和职工精神风貌，不断推出反映时代精神的电力题材精品力作，开拓电力文学新境界，攀登电力文学新高峰。这也是新时代对广大电力文学创作者的要求！

一次集中向社会、读者推出十位作家的十部作品，是中国电力作家队伍发展壮大的体现、取得的优秀成果的展示。这也是对中国电力文学、对中国文学的崇高致敬！

潘　飞

中国电力作家协会驻会副主席，《脊梁》执行主编

2023 年 8 月 31 日

# 代　序

## 读众式微，仍坚守热爱

奈保尔现在不仅搁了笔，就连"小说"这个词本身也让他头疼不已。他觉得小说已步入风烛残年，一无是处，终究会被非虚构作品取代。有关"小说已死"这类老生常谈的话题，被普遍接纳的一个现象是，随着计算机、互联网的发展，AI写作的开发，书本突变成电子书的形式，纸质书读者大幅度流失了。

另一方面，现代汉语经过百年发展，从一开始就诞生了鲁迅这一不可逾越的高峰之后，经过几番轮回和一代代作家艰难曲折的探索，汉语叙事日臻完善和成熟起来。尤其二十世纪八十年代初经过对西方现代主义的搬运、模仿这种显得幼稚、粗糙但却不可或缺的过程以来，相当一部分自觉而有天分的作家把现代汉语叙述模式和风格不断丰富、完善和细化，使得我们今天的小说创作已蔚为大观，沉淀出不少无愧于后来者、可以拿出来说道的经典文本。

前几天，私底下和南京师范大学一位现当代文学评论家聊天，说起三十年前一部分作家去故事、去主体、去主观等各种"反小说"的先锋探索，在今天似乎也已经步入一条死胡同。同时，颇具"引领大众文艺想象力"的网络文学写作，虽然代际更迭迅速——一种类型的网文也就三五年生命周期，但依然保留着创造的热情和遒劲的生机。更令人尴尬的是，纯文学虽然与网络文学在叙述模式、情节架设、节奏、结构、语言、阅读指向等各个方面有小股潜涌式的合流，但总体上与网络文学拥有"水火不容"的结构性差异，尤其是文本的多义性和多向性差异，从而纯文学显得式微。似乎，融会贯通这二者的类型文学如科幻、悬疑、推理小说，在图书、影视和读者市场反倒表现不俗。

说到这里，对"小说已死"的说法似乎可以这样理解：一方面，小说其实未死，死去的只是那些对"小说"已经形成写作惯性的作家和流派，他们依然抱残守缺，心理上一时无法接受风光不再或者被冷落的现实境遇，甚至难免落入一叶障目、混淆视听的尴尬境地。但是，这个现实境遇，究其根子，还是现实回报、成功学层面的问题，与"小说""写作"本体的价值和意义不可同日而语。另一方面，随着传播方式、阅读习惯的日新月异，小说的形态、体例难免发生此消彼长或者厚此薄彼的迭代与轮回，但很显然，小说没有死去。

陈戈的小说集《似梦非梦》，便向我展示了这样一条令人欣慰的信息：在如此寥落的阅读环境中，仍然有年轻一代保持着对小说创作的热爱，坚守着语言的阵地。

这本集子共收录了陈戈的四个中篇，均为现实主义类型，通读下来，有三个特点值得推荐。

一是超现实主义的结构和挖掘人性之辉的努力，这点在《似梦非梦》这部同书名作品中表现尤为明显。丁非是一家单位的小保安，一个普通人，但他有着清醒独立的自我意识。局长丢失的公文包里的秘密，以及是否要作为要挟的筹码，等等，通过一系列悬疑铺陈，社会百态，人际往来，当事人的种种微妙心理和遭遇，显现在读者面前。切入口虽小，却呈现当下的众生脸谱，生动而不失准确。

二是叙述的绵密和耐性，值得称道。陈戈是个颇具耐心的写作者，是位优秀的"中长跑选手"。修缮祠堂的苏启明，老来丧失精神寄托、机缘巧合得到一只小猫咪而获得慰藉的梁姐，作为基层单位一把手的骆明……陈戈都能紧扣人物的动作和心理进行生动细致的描绘，同时利用时间、环境等外部因素将人物形象塑造得更加丰满，叙述合理有序，层层推进、铺展故事情节，呈现出一个个精彩动人、意味深长的小说故事。

三是编织语言的诚恳和热情，也是陈戈小说动人的一面。富有魅力的小说语言能够给读者带来美好的视听享受，在陈戈身上，我看到了一个年轻写作者对语言的真诚和不断求索的热情，这就难能可贵了。"绳索一般的声音一股股分裂，张开，形成一张网，甜丝丝地沾着寒气，在夜色中撒开。"（《祠堂》）"目光中有一丝失望飘了出来，落到青石板上，像是蒙了层灰尘，显得模糊不清。"（《金刚肚脐》）准确、形象、生动，虚中有实，十分富有感染力。

　　读完陈戈的这本集子，我想起萨尔曼·拉什迪的一句话："我们要继续捍卫那些使文学艺术成为可能的价值观。小说的死亡其实还遥遥无期，作家的队伍仍将得到壮大。"以此与陈戈共勉。

李　樯

著名诗人，《青春》杂志主编

2023 年 8 月 20 日

# 目录

# 似梦非梦

一

　　丁非经常一个人在角落发呆。但丁非对于发呆的说法是不认同的，他坚持认为自己是在独立思考。丁非独立思考的时候，他的大脑在飞快地运转，但是他的身体却是静止不动的。因此，无论从哪种角度出发，每个人，除了丁非自己之外，都认定丁非是在发呆。

　　丁非从心底拒绝"发呆"这两个字，以及其中引发出来的带有贬义的内涵。在他看来，发呆是什么也不想，什么也不做，只是傻傻地坐在那里浪费时光。而他丁非，却是天马行空般游弋于自己的世界里。在他那个五彩斑斓的世界里，丁非一点儿都不傻，他会对很多发生的事做出判断，或者做出自己行动的决定。而他在独立思考的时候，十分沉醉于他的世界，其他人很难把他从他的世界里唤醒。他就像罗丹的《思想者》雕塑那样，安静地待在某处坐着或者躺着，冰冷坚硬的外壳下包裹着飞扬的思绪，流淌着沸腾的血液。

大约从四五岁时，丁非就开始独立思考，只是碍于那时的世界观太狭隘，导致他独立思考并做出判断的时间有点长，常常引起家人、老师和同学的不满。有一次，为了弄清楚他是从母亲胳肢窝里钻出来的，还是父亲从垃圾箱里捡来的这个人生的重大问题，他在卫生间里独立思考了近两个小时，最后恼羞成怒的父亲用榔头砸开门锁，拎着他的耳朵，把他从他的世界和厕所里同时拉了出来，一顿暴打后，才算让他清醒过来。现在，已过而立之年的丁非，已经不需要花费太多的时间独立思考了。经过大浪淘沙般人世间的磨砺，如今的他，只需眼珠子那么一转，分分秒秒，就能瞬间完成独立思考，并对事情做出完美的判断。

现在，就有一件事需要丁非的大脑进行思考。对于这件事的真伪性，丁非暂且没有时间和精力去考证，就这件事最后所能得出的任何结局来看，丁非已经在脑子中做出了判断。他也十分愿意，更准确地说，他很乐意把这件事作为一件真实发生的事来看待。

于是，在他思考时总是透露出稍许迷茫的眼神中，弥漫着一丝似有非有的笑意。

这件事情，准确地讲应该是一个消息，经过丁非大脑一系列复杂而又精确的思考之后，他非常有把握和肯定地得出了结论，虽然这只是经过口口相传来的消息，但他确认这应该具有一定真实而广泛的群众基础，而不是谣言。所以，丁非选择了相信。他确信，局长手上拎着那个黑色的、十分精致软滑（这是丁非猜测的，因为丁非向来都是远远地看着，没有机会也不敢去摸一下）的牛皮包，的确是消失了。至于牛皮包是如何消失的，消失了多长时间，最后有没有物归原主，那名口头传递消息的家伙，并没有告诉丁非哪怕多一点点相关信息。他坐在丁非的对面，只是在吃中饭的时候，和丁非交谈一些无关紧要话题的工夫，突然插进来这么一句：听说，局长的包丢了。如同周星驰的无厘头对话。丁非还没反应过来，他就低下头只顾自己吃饭，没有了下文，油光的脸上闪过一丝善意的狡黠。

仅仅八个字，立即让丁非遐想万千，他突然静止了任何动作，进入独立思考状态。在丁非的潜意识中，突然敏锐地感知到，局长丢包这件事非同小可。

在他的印象里，局长的包几乎从不离手。有一次在年终表彰会结束后的宴会上，无论众多属下如何轮番地敬酒，也无论自己喝下了多少杯酒，局长总会过一段时间就用手摸摸放在脚跟的牛皮包，似乎在确认包的存在。这个动作，让坐在侧面观看到这一幕的丁非，感到十分有意思。从那天起，丁非就一直想象局长黑色的牛皮包里，一定隐藏着某种不可告人的秘密。这个秘密，能让局长大人坐立不安，不敢怠慢。

他此刻独立思考的时间，已经远远超过了平常对事物判断的时间，长得当他从思考中脱身出来，盘子里的饭菜已经有点凉了。

清醒过来后，丁非突然想起一个词来：幸灾乐祸。而他现在看到，对面的那个家伙看丁非时脸上跳出来的表情，也应该属于幸灾乐祸这个词的范畴。丁非环顾周围，发现大多数同事，虽然面部表情没有像丁非那么丰富，甚至有些似乎非常僵硬，脸上也丝毫看不出任何波动，但丁非已经从他们的眼神中，琢磨到一丝丝闪烁着幸灾乐祸的灼灼之光。

他用双手在脸上用力地抹了把，幸灾乐祸就从丁非的脸上拽在手心里，又从手心里甩到了他的脚下。

丁非的父亲——一位老公务员，走了无数个路子，才把丁非弄进这个现在让无数人梦寐以求的市政事业单位。虽然这在丁非吹嘘的时候，有点夸张，但当年对于一位没有任何后台的老公务员来说，能完全靠自己不耻于求人的姿态和一条三寸不烂之舌，把恨铁不成钢的儿子弄进人人羡慕的机关，那也是件非同小可的事，以至于很多同事都认为丁非跟市里某位丁姓领导有着深厚关系。这样的推断，对于丁非游刃有余于各个部门，受益匪浅。丁非在进了机关很久之后，才知道自己被大家误会了，但他心里十分受用这样的误会，因而把这个秘密深藏于心，绝对不会去点破。

待在这个沉闷而又毫无生机的机关里，丁非已经有多年没有享受过幸灾乐祸带来的身心愉悦了。记得三年还是四年前吧，计划处一位知天命的老科员老李，老实巴交很木讷的样子，一副黑框眼镜，常年穿着一身不是黑就是灰的正装，假如说他有艳遇，绝对是没有一个人会相信的。他这种老实迂腐的形象保持了很多年了。突然有一天，跑来一妙龄少妇，抱着嗷嗷待哺的婴儿，在他办公室哭天喊地，大吵大闹，说他欺骗了她们娘儿俩，是当代的陈世美，想抛弃她们娘儿俩。

事发实在太突然，每个人都认为少妇肯定是认错了人，第一反应是把这事当成一出闹剧，大家全都拥去计划处看热闹。去看热闹的人一茬接一茬，保卫处安排了两个人把着办公室的门，不仅不让进去，还驱赶去看热闹的人。可是，谁又能管得住少妇的嘴呢？哭喊声又凄厉又悲惨，怎么劝都劝不住。这凄惨的声音在走廊里回荡了个把礼拜，晃晃悠悠地在各个办公室钻进钻出，不肯消散。

丁非自然是带着跟其他同事一样的好奇心，在计划处办公室门外的走廊里出没了无数次，并且每次都仔细地支起耳朵，从妙龄少妇嘴里捕捉到很多能让其他没有时间赶过来的同事非常感兴趣的内容。有时，他会扔两支香烟给保卫处那俩"门神"，在吞云吐雾间，了解到更详细的细节。至于保卫处那两人只肯抽丁非扔过来的香烟，而对于别人爱理不理的原因，其实很简单，丁非的父亲就是从保卫处退休的。丁非父亲的面子，在保卫处还是管用的。

于是，当年丁非那间四人合用、个人空间逼仄狭小的办公室，就成了机关名副其实的新闻中心。每天人来人往，川流不息，有带着猎奇之心而来满足之心而去的，有带着惋惜而来不可思议而去的，有带着疑惑而来幸灾乐祸而去的，也有带着消息而来满载而归而去的。就连丁非那位严肃而又不苟言笑的处长，有时也会端着茶杯，到他们狭小的办公室，关心一下丁非的生活和工作，顺便了解一些最新动态。

随着老李提前办理了内退，丁非的办公室立马门庭冷落，就像是涌动着白色泡沫的浪潮，突然退了潮，瞬间只剩下那些白色的泡沫和丁非一人，孤零零地在冷清的海滩上发着呆。留在沙滩上的泡沫，一个接着一个被刺破、消散，最后无影无踪。

想到这儿，丁非心里感慨万千。在今天门庭冷落的办公室，回想那时的自己，感觉就和明星一样被人簇拥仰望，无论走到哪里，总有笑脸相迎，即使丁非上个厕所，也有人跟着进来问这儿问那儿。如果丁非是名女士的话，估计上趟厕所得个把小时才能脱身。

大伙儿都知道，丁非是非常不喜欢别人说他发呆的。但生活就喜欢跟他开个把玩笑，上班一杯茶、一张报纸的重复，让他每天都必须以发呆来打发时间，而这样的发呆状态，已然持续了三四年。在这三四年间，丁非感觉自己一直过着非人的生活，无所事事，失去了人生的目标，失去了做人的乐趣。他沮丧、彷徨、无趣、孤独、难受、迷茫，他清晰地感觉到自己胸口有什么东西正在坍塌凹陷，坍塌的那些东西堵住了胸口，令他呼吸困难，难以自拔。有段时间他万念俱灰，常常独自一人在小河边或者公园的小路间走来走去，做任何事都提不起精神，吃什么都没有好胃口，甚至想到过自杀以及各种自杀的方法——当时被这个想法吓得心惊肉跳，之后再也不敢去触及。他就如同一具灵魂出窍的行尸走肉，除了吃、喝、拉、撒、睡，就剩下发呆，连独立思考的愿望都被无聊的日子消磨得没有一丝动力。

在丁非被这非人的日子折磨得绝望透顶的时刻，局长那只消失的牛皮包，仿佛是从天上掉下来的救星，让他又一次看到自己辉煌起来的希望。也许，丁非这几年行尸走肉的日子，就是为了等着这一刻的到来。得知局长大人的包消失后，他不仅仅是脸上挂满了幸灾乐祸的表情，他的内心深处，已经点燃了一股热力四射的火焰。这股燃烧的火焰，让他的血液如沸腾之水，心跳如战鼓擂动。他觉得自己应该马上去做点儿什么事。于是，他推开眼前还未吃完的午餐，大步走出了食堂。

午后的阳光透过稀疏的树叶，稀稀落落地印在丁非通红发烫的脸上，杂乱的光斑被脸上的热度烫了一下，蒸出丝丝热气。丁非抬头瞄了眼阳光，眼角却让光线刺得发疼，他赶紧低下头，快步隐入那幢新落成的办公大楼的阴影之中。

二

一条笔直、长长的走廊，无限延伸，在远端凝聚成一个小黑点。黑点仿佛就在眼前，触手可及，但无论丁非费了多大的力，迈了多少的步，也无法让那个黑点变得更近一点儿。黑点犹如精灵，丁非走近一点儿，它就会远离丁非一点儿。走廊四周，墙体是白色的，地砖是白色的，天花板是白色的，墙上嵌着白色的门，门框也是白色的，白色的门一扇挨着一扇，连绵不绝，排列至远处那个黑点处，并在那里消失。白色的门板上，除了门把手闪烁着一丝银光外，连丁非去推门伸出去的一双手，也是苍白的，没有一丝血。白色充斥着丁非的眼球，这让他有了一种失重的感觉，就像飘浮在宇宙飞船的过道中，感觉不到自己双脚的存在。从自己苍白没有血色的双手来看，自己的身体也应该是一具苍白且毫无血色可言的躯壳。丁非讨厌白色，在他眼里，白色纯粹是没有生命力的色彩。那些认为白色代表纯洁和高贵血统的人都是胡扯，他们毫无思维深度，看不到掩盖在白色表面下的荒凉和孤独。如同用在尸体上的裹尸布——白色喻示着生命的逝去。所以，丁非对白色怀有毫不客气的抗拒。拒绝并不会伤害丁非，只是偶尔会引起他生理性的反感，反感时间久了，拒绝也慢慢变得麻木。这时你拿任何白色物品在丁非跟前晃悠，他都不会正眼瞧你一眼，你和白色之物只是一团透明的、没有重量的空气，仅此而已。不过，知觉的麻木并没有减轻他隐藏在内心的恐惧，而恐惧的源头，来自眼前这条没有尽头的走廊。

丁非患有轻度的幽闭恐惧症，这似乎和他喜欢独自思考有点关联，但有多大的联系，谁都说不清。要命的是，这个幽闭恐惧症并未随着丁非年龄的增长而消失，反而时不时地迸出来，在他平凡的生活中捉弄他几下，提醒丁非恐惧一直躲在他的身体里。譬如有次加班晚上回家，丁非被关在停运的电梯里，恰巧手机又没电，直到第二天早上被某位起来晨练的老头儿发现才被救出，被救出时丁非恍恍惚惚的眼神跟死鱼眼没任何区别。还有一次经历让丁非刻骨铭心，这辈子无法忘怀。为了省点儿电费，丁非下了班，就跑到单位只有两个淋浴头的洗澡间去冲一下凉。那天也该丁非倒霉，他正倒好洗发液，用力搓出满脑袋的泡沫时，突然就停了电，紧接着那台电热水器有点儿故意要和丁非过不去的意思，竟然停止出水，不管冷的热的，水龙头毫无出水的动静。于是，在那间漆黑狭小的淋浴房，丁非光着身子，头上顶着一蓬白花花的泡沫，哆哆嗦嗦地缩在湿答答的角落，忍受着寒冷、孤独与绝望，盼星星盼月亮地等了半个多小时，既没人来解救，水电也没有通上。无奈，在打了好几个喷嚏之后，他终于鼓起勇气，摸黑抓起冷冰冰的毛巾，胡乱地抹去一头的泡沫，又胡乱地穿上衣服，逃命似的逃出了淋浴房。从此，丁非再也没在单位洗过澡，淋浴房成了他的心病，不仅不敢涉足，连看一眼都心有余悸。

如果我们从高处看丁非，此时的他，一动不动，的确有点像飘浮在宇宙飞船里。只不过，他现在是一具四肢僵硬麻木的躯壳，强烈的紧迫感和压抑的气氛，不断从走廊两边压向丁非的身体，像是要压扁他，或者把他像牙膏一样在走廊里挤来挤去。巨大的恐惧从他的丹田升起，蛇一般沿着血管游到心脏，让心脏加速如鼓擂动；从喉咙穿过，犹如铁钳一般死死掐住丁非的脖子，让他无法自由呼吸；再从眼中溢出，令他瞳孔缩小，等待灵魂被恐惧充斥。他想大声呼救，可是恐惧已紧紧掐住丁非的咽喉，他的嘴巴张到最大，像一条正在伸出水面极力呼吸的鱼，却无法发出一点儿声音。他忍受着恐惧对他无情的折磨，贴着白色的墙壁，一扇一扇打开白色的门板，拼命地想从门板后面发现逃生的通道，他想逃离这条充满恐惧的走廊，挣脱让他无法呼吸的枷锁。可是，每一扇门后面，都是一间狭窄逼仄的房间，空间只容得下一人站立，一样是白色的地砖，白色的墙，白色的天花板。无论丁非打开了多少扇门，门背后都是刺眼的白色，他不清楚自己打开过多少扇门，只知道机械盲目地做着开门关门的动作，白色的门无穷无尽怎么也开不完。就在他气急败坏，满脑门儿悲情和绝望的时候，丁非从梦中醒来，悲情和绝望变成脑门儿上一颗颗类似大豆模样的汗珠，浸湿了枕头。

每隔一段时间——当然这一段时间间隔是相当短暂的，一般也就是一两天，丁非就会做同样的噩梦，并且十分惊恐地从噩梦中惊醒。丁非只记得梦中的一个细节，就是那些在血管里蹿来蹿去并从眼神里流露出的恐惧，感觉是那么真实，真实到他醒过来之后，恐惧依旧如一股浑浊而有分量的空气，重重地压在胸口，让他呼吸急促，心脏怦怦乱跳。

醒来的时刻，大多是在凌晨三四点。丁非听着自己粗重的呼吸，从起伏不定的胸腔里一点一点爬出来，散落到地板上，又从门缝里钻了出去，仿佛是被恐惧吓坏的灵魂，争先恐后四散逃亡。在万籁俱寂、沉重如铅的夜晚，似乎还惊吓了远处对动静极为敏感的犬只，传来几声吠叫，算是为灵魂送行。

丁非明白，一个灵魂不全的他，今天的睡眠到此结束。

然后，丁非会一直安静地躺在床上，睁大双眼，像一堆没有意识没有灵魂（反正他的灵魂已经逃离）的血肉，包围在四周杂乱斑驳的家具的黑影之中，一直等到黎明悄悄地降临。

接着，他起床穿衣洗脸刷牙，关门去赶公交。他会在坐上公交车之前或者下了公交车之后，买好早点，在到达单位之前吃完。接下来，就是一天聊胜于无的上班时间。当然，由于昨天得知局长的牛皮包丢失的消息，丁非今天过得相当充实和忙碌。他一早儿就开始游走于各个办公室，期望能够打听到一些令人激动的内容，可惜让他失望，每间办公室平静得都如同一汪深不见底的湖水，湖水下面虽然涌动着一股股暗流，但绝不会在水面上露出一丝浪花。没有人理会丁非在办公室里晃来晃去，他成了他们眼里的空气，透明得可以忽略不计。丁非无法深入湖面去探寻暗流，也就无法得到在他周围聚集人气闲聊的资本，他再次体会到前所未有的失落滋味。这一天他一无所获，满脸郁郁寡欢地挨到下班时间。当他垂头丧气、失魂落魄，从正在低头看报纸的门卫老王师傅跟前悄无声息地走过时，老王以为自己看走了眼，他还从来没见过一个人，像鬼魂一样从眼前飘过。

对于灵魂已支离破碎的丁非来说，黑暗到来的时间，比他预计的过程要短得多。时间消逝的多少和快慢，紧紧地和他的灵魂绑在了一起，灵魂失去了多少，时间就缺失了多少。进入黑夜后的丁非，他的时间被快速地挤压，当他意识到这些缺失的时间已经不属于他的时候，他又一次飘浮在那条白色走廊之上，两边排列着连绵不绝通向远方黑点的白色门框。

飘浮在空中的丁非视野非常好，令他觉得奇怪的是，左边一排白色门框中，有一扇门在墙上裂开了一道口子，虚掩的门后露出一条灰色阴影，好像在丁非进入走廊之前，有人比他先来一步，并且在匆忙之间忘记把门关好。

这扇虚掩的门的出现，是不是喻示了什么？是逃出无尽走廊的一个通道，还是丁非那些逃逸灵魂的一个藏身之处，又或是门后躲藏着什么怪兽？丁非飞快地把无数种可能在脑子里过了一遍，他的好奇心在胸口不安地跳动着，迸出强烈的欲望，欲望不断地膨胀、扩大，让他充满冒险的冲动。他移动自己满载着冲动的躯体，伸出苍白的手轻轻推开了这扇门。

如果丁非的记忆力没有出现问题的话，他记得这条走廊所有门板后面，全是一模一样的白色的墙体、白色的天花板，以及白色的地板。他在推开门的一瞬间，眼前触及的果然是白色，白色的墙壁、白色的天花板、白色的地板，等等。突然，在地板之上，却赫然出现了一块黑色的影子，黑色的影子在白色的包裹下，显得十分突兀，又有些不太真实。看上去是个笔记本——一个黑色封面的笔记本，静静地摆放在地板中间的位置。

丁非围着这个黑色的笔记本转了一圈，他也不清楚自己是如何在这么狭小的空间里转身挪腾的，只是觉得笔记本有点面熟，好像在哪里看到过或者出现过。现在，好奇心又让他对笔记本产生了强烈的欲望，他急切想知道在它的黑色封面里面，记载了什么稀奇古怪的内容。他伸出手指抚摸封面，感觉它冷冰冰的像块刚从地层深处打捞上来的石头。既然是石头，那么他的手指肯定无法翻动封面。于是，丁非伸出另外一只手去帮忙，不仅想翻开封面，还想把笔记本整个抱起来。然而，笔记本纹丝不动，任凭丁非如何使出吃奶的劲儿，笔记本都巍然屹立于地板之上。他甚至听到笔记本发出吃吃的嘲笑声，嘲笑他手无缚鸡之力，连本子都拿不动。丁非被嘲笑声激怒，他咆哮着，面目狰狞，暴满青筋的双手死死地抓住笔记本，像一头被引逗得没处发泄怒气的烈性斗牛，扬起四蹄，准备冲向嘲笑他的目标。然而，这头憋足了劲儿准备放手一搏的斗牛完全没有料到，他的蹄子会在这个时候打滑。不幸的丁非一头栽倒在笔记本上，接着，他整个躯体像一条扭曲的蛇一般，被吸入黑色封面。

黑暗像一层厚重的棉絮，紧紧地裹在丁非的四周，他的身体不停地旋转、下坠，他挥动乱舞的双手，拼命地想抓到什么，哪怕是一根稻草也行。但是，黑暗已经张开了一张巨大无比的嘴，铁了心要把丁非吸入无边无际的深渊。丁非惊恐地发现，自己双手挥动得越快，身体坠向深渊的速度也越快，他在只有自己才能听见的惊叫中，眼睁睁地看着身体被黑暗无情地吞噬。

就在丁非无比绝望地在深渊中挣扎时，他从梦中惊醒过来，发现自己全身裹在棉被里，毛孔冒着汗。于是他狠狠地踢开被子，好让自己的身体舒展开来，呼吸着冰凉的空气。他觉得自己像一具刚从悬崖边爬上来的湿漉漉的躯壳，瘫倒在床上，一股劫后余生的淋漓畅快感从四肢弥漫开来。他重重地吸了一口气，然后和昨天一样，静静地躺着，在一堆家具的黑影中，等待黎明的到来。

丁非似乎非常不喜欢阳光抚摸自己这张脸，当第一缕温暖的光线穿过窗帘的缝隙触摸到丁非的脸时，他惊得立刻从床上弹了起来。也就在这一瞬间，丁非看到书桌上躺着一个影子，他定了定神，看清那是个笔记本——一个有着黑色封面的笔记本。

三

刚才做的梦，并没有在丁非的脑子里留下更多清晰的痕迹，梦中的场景像一团乱七八糟的糨糊，和他的脑浆搅和在一起，让他心思如乱麻，无法清理出一点儿有用的头绪。他用力晃了晃脑袋，想把那团糨糊甩出大脑，甩了半天，脑子里依然混混沌沌。在这团糨糊中，他依稀记得自己刚从黑暗的旋涡中爬出来，而旋涡不是圆形的，它呈四边形，就像桌上那个黑色的笔记本，有棱有角。他的眼神小心翼翼地避开笔记本，生怕再看一眼，自己又会深陷进去。但泛着黑色光芒的笔记本似乎有种魔力，吸引着丁非的目光，他不由自主地一次又一次想翻开封面，看看里面到底有些什么玩意儿。

丁非深深地吸了一口气，看了看透过窗帘侵入屋子的阳光，认为光天化日之下，不会有什么危险，于是，他的手伸向了笔记本。

笔记本黑色的封面，是用高档的牛皮做的，表面柔和的亚光，细致柔软的纹理，让丁非感觉像摸着自己的肚子那么舒服。他的手只是在黑色表皮上轻轻地拂了一下，就已分明感到笔记本的沉重。沉重的笔记本安静地躺在桌子中间，像一块黑漆漆有分量的铁块，压得桌腿在那里发抖，丁非感觉到自己大腿里的神经也跟着节奏在那里颤动。

丁非屏住呼吸，翻开了封面。为了自己的身体能够在突发事件来临之前有足够的应对能力，此刻的丁非，全身的骨骼、肌肉、神经，都处于高度的紧张中，除了要去翻动笔记本的手指之外，身体的其余部位，都犹如石化一般。但是，丁非所担忧的事，什么也没有发生，屋子里安静得可以听见自己的心跳。

扉页右下方有一行钢笔字：树欲静 风不止。字体苍劲有力，十分有个性，应该是主人题给自己的座右铭。这行字占了扉页的三分之一多一点，每个字的横竖撇捺，都如毛笔字一样，张弛之间，笔笔有法，字字有章，过渡十分自然。看着这行字，丁非觉得有点似曾相识，但见在哪里识在哪处，一时又想不起来。对于文学，丁非一向没有兴趣，他的业余时间，从来不在看书时光中度过，他只喜欢电视的热闹。他觉得看书的时候，四周太幽静，幽静的房间、灯光、空气，会让他感觉时时刻刻被关在一个幽闭的空间，透不过气来。所以，在他的屋子里，几乎找不到一本像样的书，偶尔在角落里躺着的几本翻着卷边的杂志，他也记不清是怎么出现在他家里的。因此，对于树欲静风不止是什么意思，有什么含义，他没有丝毫的兴趣花时间去研究一番。

从打开扉页到现在，丁非所担心的危险并没有发生，笔记本安然地待在桌面上，像是从来就没有对丁非做过任何攻击性的行为一样。原本丁非的身体，两头就像被橡皮筋紧紧地绷着。现在没有出现任何状况，他身上的橡皮筋，好似被剪刀剪了一刀，"嘣"的一下，整个人松弛下来。丁非感觉自己体内的每一处细胞，从石化状态，瞬间转变成一坨橡皮泥，软绵绵地搭在床头。丁非非常享受自己身体软化的过程，他用手指仅剩的一点儿余力，拿起笔记本，靠在枕头上，翻开扉页继续往下看。

里面记录内容的字体有点潦草，乍看上去，满纸的龙飞凤舞，字与字之间相互连贯，几乎是一气呵成，再加上写字的主人喜欢写大字，每个字都撑满行间距，一时间，丁非看花了眼，竟然没认出几个字。这让丁非非常恼火，他觉得这本凭空出现的笔记本，一定隐含着某种重要的秘密，而这秘密，一定是要由他——丁非去发掘的。如果他连里面的字都认不得，那他肯定会被这本黑乎乎的笔记本嘲笑、蔑视，这是丁非内心绝对不可接受的。他斗气地把脸几乎贴近了笔记本，瞪大双眼，一字一字逐个看下去。只是，丁非才看了几页，就看不动了：其一，丁非如此近距离地看着笔记本，换做任何人，看几行就可能眼花恶心，丁非能够坚持看上几页，实属不易；其二，这才是主要原因，前几页记录的内容，无外乎是某月某日某地参加省里或者市里会议，会上领导讲话的重点要求，字迹潦草，根本就没有任何秘密的内容。丁非胡乱地翻了翻后面的页面，字体依旧龙飞凤舞，至于记了些什么，他没仔细看，反正也看不懂，猜测内容也七七八八差不多。丁非一时恼怒，把笔记本扔到脚跟，笔记本翻滚几下，竟然竖立起来，呈八字形散开的内页，在空气中微微地晃动着，沙沙地发出阵阵细微的嘲笑声，顺着丁非的脚跟慢慢地爬进他的耳朵。

丁非最厌烦别人无缘无故地嘲讽他。对于嘲讽他的人，他最初想采取的措施就是直接用舞动的四肢去回应，不过，丁非不屑于以武力的形式去纠正别人。他认为，武力只能增加感官的痛苦，却不能让人从灵魂深处改变看法，所以，他常常选择沉默地离开，他要用沉默是金这种斗争模式，来回击嘲笑他的人。至少，他没有损失什么还收获一点儿金。丁非就是这么富有理性。此刻，沙沙的嘲笑声变成了无数的蚂蚁，游走于他身体的各处，甚至扒开血管，钻进了大脑。他很想一脚踹上去，把笔记本从脚边踹到地上，顺便把那些讨厌的蚂蚁也一起踹走。踹踹小小的笔记本，应该不会招来什么大问题，况且，笔记本没有灵魂，他不必从灵魂的角度去批判它。只是，出现了另外一个问题，就是他现在的身体是一坨橡皮泥，两条大腿都不听他的使唤。他像一摊烂泥一样黏在床上，动弹不得。他的大脑为此与身体抗争了一会儿，直到气喘吁吁，筋疲力尽，身体仍然对大脑的指令毫不妥协。他喘着粗气，无可奈何地盯着笔记本，两眼冒着火花，任凭耳边充斥着无尽的嘲笑，心里已经不知道把笔记本撕了多少遍稀巴烂。

尽管丁非的身体不受控制，但他的大脑异常清醒，甚至有点兴奋。他在身体不受控制的一瞬间，就把自己过去一生的许多记忆碎片，电光火石般地过了一遍。他郁闷地发觉，自己这辈子过得相当窝囊。就拿他父亲来说，一位已经退休的默默无闻老公务员；作为儿子，超越父亲是理所当然的，长江后浪推前浪，这也是历史规律之一。但在丁非眼里，自己在机关里无论如何努力，付出多少的艰辛，始终活在父亲的影子下。机关里任何一个人，在介绍丁非时，总是在他名字前面加上特定的修饰词：这是老丁的儿子。还有好事的同事大姐，给他介绍女朋友时，第一句话居然把修饰词放在了前面：这是咱单位老丁的儿子——丁非。在接下来的介绍中，时不时穿插几句老丁怎么样老丁怎么好，仿佛是给老丁和老丁的儿子两个人介绍女朋友。前几天，他为了打听局长丢包的事，在新办公大楼光可鉴人的过道里闲逛，与局长不期而遇。局长扫了他一眼，笑眯眯地说，你是老丁的儿子吧？小伙子好好干啊！说完拍拍了他的肩膀就走了。当时丁非让局长这么一拍肩膀，心里着实激动了一番——局长还是认识我的。现在想来，局长认识的不是自己，而是自己的父亲。丁非一直觉得，自己父亲的影子总是矗立不倒的，而自己，却是父亲拖在地上的影子，时而被拉长时而又缩短。拉长或者缩短丁非自己无法左右，而是要看他父亲在别人眼里的分量有多重。所以，丁非不仅觉得自己活得窝囊，还很悲哀。

前面提到过，丁非的大脑处于清醒状态，并且是异常清醒。人的大脑，一旦处于兴奋过度，在医学上有个对应名称：亢奋。亢者，极度、过分。一个人在亢奋的时候，脸上的皮肤会因血液流动过快而呈现粉红色的光泽，遍布全身的神经系统也会因此变得极度敏感，只需要一点儿外在或者内在的因素，就能瞬间触发大脑激昂的机能。丁非产生的亢奋，是和回忆中一个一闪而过的影子有关，当然这影子不是他父亲的影子。

当丁非处于发呆状，也就是他自己所认为的思考过程中，他的思维极其敏锐，具有非凡的观察力。他回忆过的事情或者人物，只要他需要，可以像电影的特效镜头那样，一帧一帧地回放，然后定格，再从任何角度去观察每一处的细节。这是丁非最引以为傲的本事，他从没跟任何人说过，只在心里偷着享受无穷的乐趣。丁非一帧一帧地找到那个影子出现的画面，让他惊讶的是，这团影子依然模糊不清，没有任何细节可循，看不出形状，影子躲在一个人的身后，露出小半个影子。如果不是他敏锐地观察，是绝对发现不了它的。他抬头看着影子前面的那个人，居然是局长。局长微胖的身躯，定格在笑眯眯地和丁非说话的那刻，丁非表情紧张局促，上身微倾，目光闪烁，一副唯唯诺诺的下贱样儿。丁非对自己那一刻表现出一副卑微的神态不置可否，任何一个正常人遇到自己的上级领导，都会在潜意识里以低人一等的姿态，去讨好去迎合，以便在领导眼里留下一个较好的印象。他现在的注意力集中在那个影子上，影子躲在局长身后，若有若无，再仔细看看局长，一只手好像牵着那个影子，影子与局长是形影不离的。看到这情景，丁非好似被闪电击中一般，浑身打了个激灵。他发觉自己犯了一个浅表性的错误。之前他的思维一直停留在局长丢包这事上，根本没想到和包里重要的东西联系到一块儿。一个包，价值就那么多，以局长的身份，根本就不会在乎丢一个包还是几个包。只有包里有重要的东西，局长才会让那个包时刻保持在目光所及的范围内。那包里会有什么重要的东西呢？丁非飞快地排除手机、钥匙、文件、药品等琐碎之物，最后，他的目光移到脚跟前的那个笔记本上。假如他看到的影子是局长丢失的包，而那个黑黢黢的笔记本，里面记录的会议内容，正好符合局长的身份，这么一来，丁非很容易就推断出，其实局长丢失的，是那个笔记本。局长对自己的毛笔字颇有自信。他有个癖好，喜欢到处题字留墨，机关那些处长科长办公室的墙上，十有八九都挂着一幅局长的笔墨。丁非常去办公室串门，见多了，怪不得第一眼看那笔迹有些熟悉，原来出自局长之手！这些行云流水的笔迹更印证了丁非的猜测。笔记本有私密性，一般人不会无缘无故去偷窥其内容，更何况是局长的笔记本，所以它可以隐藏很多秘密，尤其是不可告人的秘密。局长如此看重他的包，真实目的是护着包里的笔记本，只有笔记本里的秘密，才是包里最重要的东西。

于是，丁非的亢奋点，被小小的影子瞬间点燃了。一股股滚烫的熔岩在体内咆哮，奔腾，冲塌任何可能阻挡它前进的障碍，灼得他每个毛孔都在喷发着嘶嘶的欲动。

四

说到秘密，丁非心里一直深藏着一个，这是他心里众多秘密中最隐秘的一个。这个秘密被隐藏了很久，直到这一刻，随着被影子点燃的火焰一起，从内心深处的深渊里泛了出来。其实这个秘密不算秘密，或许在每个男孩心里，都有，那就是英雄梦。就像每个女孩心里有个公主梦一样吧。男孩心目中的英雄，不是身怀绝技，身轻如燕，健步如飞，锄恶如探囊取物般的大侠，就是有特异功能，能够单打独斗，拯救国家乃至地球、宇宙于绝境的超级英雄。从小时候起，丁非就把古今中外各种英雄"做"了个遍，但他发现，那些平凡人物轰轰烈烈地历经无数艰险，最终成为众人仰慕的英雄之后，就不能称之为英雄了。他们躺在英雄的温床上，享受英雄的称号、英雄的待遇，不思进取，很快就被其他英雄代替，成为时代的历史。所以，丁非虽然怀有英雄梦，却不想成为英雄之后被人唾弃被人鄙视，他想当一辈子躲在幕后的英雄、一个永远让人爱戴的英雄。他在端正自己对待英雄的态度后，梳理了各式各样的英雄，最终，选择了蜘蛛侠。他喜欢蜘蛛侠的原因，除了那一身红色的艳丽服装之外，还有那蒙着脸、露出两只蜘蛛眼睛，躲藏在面具后面的侠肝义胆。不过，他只喜欢蜘蛛侠的前半段，也就是蜘蛛侠暗地里做了无数好事，还没有被人发现这一阶段。他认为一个英雄的本质，是做好事不为名不为利，永远不被人所知。

现在，丁非认为他成为蜘蛛侠的机会来了，这个机会就藏在那个笔记本里面，等待他去发掘，成就他的英雄梦。

他的目光重新转到脚跟的笔记本上。此时黑色的笔记本，乖巧安静地竖立着，不仅没有嘲笑丁非，反而让他觉得十分可亲又可爱。他伸出手，弯腰用力，居然一把就把笔记本抓到了手里。他惊讶于自己的身体何时恢复了自由行动的本能，觉得不可思议，但他此刻的注意力集中在笔记本上面，只是隐约地感觉到体内那股奔腾咆哮的热流，摧枯拉朽般在体内横冲直撞，任何想阻挡他拿到笔记本的障碍，都会被无情地摧垮。

有搜索目标，要找到丁非想要的东西，就容易多了。他随手翻开一页，很快就在一大堆令人眼花缭乱的字迹里面，搜寻到几个与众不同的字眼儿：万建吴 8。这四个字写在一行潦草的字迹后面，看似随意，但字迹与前面相比，明显工整规范，显然是后来添上去的，并且在书写的时候，不再是记录领导讲话时那种匆匆忙忙的急促痕迹。丁非愣在那里，他觉得这像一个人名，但在后面那个 8，会是什么含义？而这四个字，又与局长极力想隐藏的秘密存在何种关联呢？这四个字出现在笔记本里，绝非偶然，只是一时三刻，无法悟透其中的含义。丁非急切地想知道，在其他地方是否可以找出更直观更能理解的秘密，然而，丁非翻遍了笔记本的角角落落，甚至连封皮都被他拆开来检查了一遍，也没有找到他想获取的秘密，除了笔记本里出现十七次与万建吴 8 这四个字类似的怪异之处。譬如，锦冷江 5，这显而易见不是人名了，还有诸如广贸张 4、新月周 7、嘉业张 2、鼎电史 5 等，其中通建何出现了 3 次，后面数字分别是 11、7 和 8，嘉业张出现了两次，都是 2。

面对如此之多突兀出现的奇怪信息，丁非的大脑并不比那只被填了胃的鸭子更舒服。鸭子好歹还能挣扎几下，以示抗议，丁非的脑袋却连挣扎抗议的机会都没有，每个信息都是一股谜团，不断地从笔记本转移到他的大脑里来，也不管这个脑袋能否装得下。谜团在大脑里越积越厚，重得让丁非的脑袋像是塞了一大块铅一样，沉重的脑袋不断下垂、下垂……他惊恐地发现，自己的脸离笔记本越来越近，梦里那深不见底的深渊，又出现在眼皮下。就在这时，枕边的闹铃歇斯底里地响起，丁非猛然惊醒，满头大汗。

看到从窗帘缝隙里钻进来的阳光又明亮了些，他想起今天是需要上班的，上个月因为忘了开闹钟，迟到两次，全勤奖扣光，丁非心疼不已。所以，现在睡觉之前，第一件事就是打开闹钟。他擦了擦汗，拍拍闹钟，似乎是感谢它把自己从悬崖边拉回来，顺手把笔记本塞到枕头下，接着，匆匆刷牙洗脸，风一般地冲了出去。

丁非坐在公交车上，脑袋随着车厢的晃动而无规律地转动着，一脸心事重重。他从梦中惊醒到早上并没有觉得肚子饿，那些谜团从脑袋里四散开，钻进了他的五脏六腑，搅得他胃口全无。公交车缓慢地穿行在城市道路上，慢车道上电动车和行人匆匆而过，一脸的倦容，仿佛个个都和丁非一样，做了一晚的梦。远处，清冽的阳光从一幢贴满玻璃幕墙的大楼顶端钻了出来，映出四个大大的广告字牌影子：广新贸易。丁非眯着眼躲开刺眼的阳光，继续想着那些奇怪的字。

丁非强烈地感觉到，离单位越近，笔记本的分量越重。整整一个上午，丁非防贼似的看着每个人，生怕他们从他手里抢走笔记本的秘密。每天早上上班，他都要和门卫老王打个招呼，今天老王远远地看到丁非走近，刚要抬手招呼他，丁非的眼神就跟见了陌生人，完全没当老王存在，直接目不斜视地从老王身边快速走过。老王气不过，想着昨天下班这小子就心不在焉，悄然从身边溜出去，心里就骂开了：小子，你反天了！看我怎么治你！其实老王也好心，因为丁非根本就忘了考勤打卡的事，老王想抓住丁非问问，这几天到底有啥心事，整个人一天到晚失魂落魄的，不正眼瞧人，好像天底下都欠了他丁非什么。丁非毕竟年轻，脚下有力，步伐生风，老王连他的衣角都没碰到，丁非就风一样地蹿了出去，转眼就消失在拐角处。

丁非在公交车上就决定，今天上班一定装成和平时没什么两样，不能让任何人看出他手里有局长的笔记本。这本笔记本隐藏的秘密，是关乎他能否成为幕后英雄的关键，他是绝对不会让任何人从他手里抢走这个秘密的，连知晓他有笔记本的机会都不给。所以，丁非今天没有发过呆，也没有去别的部门闲逛，打听什么。他生怕在走廊里再次遇到局长，他不知道该以什么表情面对局长，如果自己的紧张兮兮让局长看出什么端倪，反而得不偿失。即使自己不怕面对局长的眼神，但在没有整明白秘密之前，突然遇到笔记本的主人，明知道笔记本属于局长，自己却毫无廉耻地占有它，毫无归还的意思，心里总归有点儿惶惶然。丁非想了想，觉得待在一个安全的角落比较放心。因此，今天上午，丁非除了上了两趟厕所，到饮水机前泡过一杯茶，顺手拿了张报纸之外，他一直没离开自己办公桌周围两米的范围。

现在，办公室静悄悄的，一个人都没有，其他同事有公事或者私事去办，在丁非不知不觉中消失在门口。丁非才懒得管他们去哪里，一个人没有倒是他最期望的。此时此刻，他觉得自己的决定是完全对的，什么地方都不去，没有人来打探，没有人来骚扰，更没有危险。现在的办公室，虽然也不大，但好歹比以前那间鸽子笼一般的地方宽敞明亮多了。他惬意地跷着腿，两只脚搁在桌子上，满意地欣赏着空无一人的办公室，然后闭上眼，面露微笑，陶醉在自己无懈可击的正确选择中。

等丁非再睁开眼时，眼前突然出现一张泛着油润光泽的脸，这张脸笑眯眯地盯着他，像是看着一大盆的红烧肉，琢磨着该从哪里下手。丁非吓了一跳，本能地双手护住胸口，发现手里并没有笔记本。他挣扎着从椅子里爬出来，十分警惕地望着那张脸。

一个中年妇女的声音从脸颊下部宽阔的嘴唇里迸了出来："小伙子，睡醒了？"脸上依旧是笑眯眯的样子。中年妇女脸上鼓鼓的肉，散发着阵阵的热浪，撑得皮肤半透明，一笑起来，暗红色的肉在皮肤下跳跃，仿佛随时会冲破皮肤的阻碍，跳到丁非的脸上，令丁非感到有点儿……想呕吐。

"你离我远点儿！"丁非害怕那堆肉真的会扑上来，那他连午饭都没法吃了。

"好好！"中年妇女后退几步，终于和丁非之间恢复了正常的距离，她拉过一张椅子，笑着问，"小赵不在？"

远离滚滚热浪，丁非狠狠地吸了口空气："刚出去，不在。"他恼怒中年妇女打断了他的美梦，没好气儿地回了一句，顺手拿起报纸，装模作样地看着，很明确地下了逐客令。

中年妇女两个月前托了点儿关系进了机关食堂，做切切菜打打下手的活儿，今天食堂大师傅见她无事可做，就支使她给小赵送上个月的购物清单。她如同接了圣旨，乐不颠儿地一路儿小跑进了大楼。进了大楼，好比刘姥姥进了大观园，东瞧瞧西看看，在楼层间上上下下转了半天，才在一个角落里摸到了小赵的办公室。

见小赵不在，中年妇女有点儿失望，原本她想趁这个机会，把自己一个远房侄女介绍给小赵的。她私下早就打听好了，小赵各方面的条件，都符合侄女的要求，再说，如果两个人成了，自己怎么着也在机关里算是有个靠山了。她一个妇道人家，想法简单，只要在这幢大楼里上班的人，都是有头有脸的。她刚才趁丁非闭目养神之际，仔细端详了一下丁非，觉得这小伙子长得也算端正，不胖不瘦，除了皮肤有点惨白，没血色，精神看上去还是蛮健康的。既然小赵不在，不如瞎猫碰个死耗子，试试这位小伙子会不会对侄女有兴趣。万一有了眉目，对侄女也有个交代。

于是，丁非举在手里的报纸，被中年妇女拉开一个角，笑眯眯的脸再次展现在丁非的眼前。

"哎，姐跟你说个事，"见丁非没理他，中年妇女自顾自地说开了。"看你样子，肯定是单身吧？多大了？要不姐给你介绍个美女？"

之前也有给丁非介绍女朋友的，不是这种原因就是那种缘故，没有一次成功，弄得丁非现在对相亲严重缺乏信心，所以，中年妇女的话，他只当没听见。

"我不当你是外人，老实说，是我侄女。我侄女，那我肯定再清楚不过，眉清目秀，苗条淑女，脾气好得不得了，文静。不像我，咋咋呼呼，想啥说啥。"中年妇女往前凑了凑，丁非忙不迭地把身体往靠背压了压。"我侄女有这么高吧。"她的手背伸过头顶比画了下，丁非目测也就一米五出点儿头，"皮肤老白了，跟你挺相配的。哦，忘了告诉你，她在广新贸易公司上班，就在前面不远的十字路口那里，上下班照应多方便哪！"

广新贸易？丁非觉得今天在哪里见过，这四个字在他脑中一闪而过，并没有停止飞奔的迹象，直接撞在他的心头，撞成四分五裂。他的心被撞得怦怦乱跳，他下意识地低头四处寻找，半天，他找到一些残缺的笔画，他慢慢地拼着，拼了很久，才拼出广贸两个字。他惊讶地发现，笔记本里也有广贸这两个字。广贸张4，丁非的脑子里迅速跳出这串汉语数字组合。如果，笔记本里的广贸代表的是广新贸易，那么，张是不是可以认为是张姓呢？他把笔记本上出现的奇怪的汉语数字组合都列出来：万建吴8、锦冷江5、广贸张4、新月周7、嘉业张2、鼎电史5、通建何11……哈，现在一目了然了，这些组合中的第三个字，吴、江、张、周、史、何，不都是姓吗！丁非犹如找到打开秘密的钥匙，心中异常兴奋。他发现，只要打开一个缺口，对剩余组合的推断，就像多米诺骨牌，秘密全都从倒下的骨牌底下暴露出来。

丁非现在是打了鸡血一般的血液沸腾，对于他来说，发现隐藏在笔记本的秘密，就离他成为让人仰慕的英雄的日子不远了，多年的夙愿就要成真，他的血液怎么会不沸腾呢？

那些汉语数字组合在他脑中飘浮着，每一个都让他感到可爱又可亲。他先把嘉业张拉到跟前，这三个字其实他非常熟悉，因为现在这幢新大楼的物业保洁，就是包给这家嘉洁物业公司的，公司老板张冬林，前两天还在他们办公室吹了一会儿牛。可以肯定，嘉业张就是指嘉洁物业公司张冬林。丁非又把锦冷江拉近了看，他记得，小赵早上给锦江制冷打了个电话，说是九楼的空调出了点儿故障，出风口有水流出，让他们赶紧过来查查什么原因。估计小赵现在正在九楼忙着呢。这家制冷公司的老总就姓江，丁非脑中闪出他有张名片压在小赵桌子的玻璃板下面。在多米诺骨牌下面一下找出三张底牌，丁非心里十分得意。过去有段时间，他曾羡慕过电视里那些破案出神入化的侦探，层层推理，丝丝剥茧，最终将罪犯绳之以法。那也是英雄行为，只是这些英雄要大费脑筋，让丁非有些敬而远之。如今，经过严丝合缝的推理，他轻而易举破解了汉语数字组合的秘密，丁非得意地发现，自己也有成为一名侦探的潜力。得意过后，丁非把其他的组合一股脑儿拽过来，他想速战速决，把剩下的秘密一网打尽，以彰显大侦探的神勇和战斗力，但结果令他十分失望。剩下的组合，肯定是某些公司的简称，全市有那么多的公司，丁非不可能只用十几分钟的时间，就把所有的秘密都解开。丁非的大脑即使开足马力，也没能找出剩下的汉字与哪个公司名称相对应。好在他并没有气馁，他认为上网百度一下，或许就能获知答案。因此，他转而把注意力放在汉字后面那些数字上。丁非猜测，尽管这些数字毫无规律可言，但是和公司老板的名字连在一块儿，肯定有特别的含义。丁非体内的鸡血源源不断提供着能量，他那兴奋异常的脑皮层里，无数的电波此起彼伏闪烁着蓝色的电光，一个又一个似是而非的答案飞快地出现在脑袋里。丁非想了几个可能，但这些想法都没有实际的意义，比如代表月份或者人数，抑或是一个数字对应一个地点。再一想，他也许谍战片看多了，现在和平时期，局长有必要搞得跟谍战片那样，用复杂的密码代替地点吗？丁非把这些可能一一否定，最终，锁定了一个可能，也是唯一可以说得通的答案——这些跟在汉字后面的数字，是钱的数目，也就是这些公司老板孝敬局长的金额数。如此就能说通了。笔记本上的奇怪组合，极有可能是局长在收下每笔钱后，顺手就在本子上记上一笔。把笔记本变成了账目本，记下每笔交易的数目，这就是笔记本最终的秘密。怪不得局长把包看得如此重要，原来里面的秘密无比重要。

洞悉局长的秘密，丁非内心沸腾的血液反倒平静了许多。有一点丁非心里十分清楚，秘密的重点在于知道秘密的是谁，保存秘密的又是谁。秘密，只能你知我知天知地知，或是极少的人知，如果天下人都知道了，就失去成为秘密的意义。正如丁非想当英雄的秘密，任何人知道了，只当是一个笑话，没人会把这个秘密当真，笑过之后，生活照旧，但对于丁非来说，他就像被人洞悉了内心最深处的隐秘，而遭到重击。所以，丁非认为，局长的秘密，是有分量的秘密，有杀伤力的秘密。这些秘密如果公之于众，不仅会害了局长，还会害了与秘密相关联的一些人，甚至会危及丁非自己身上。到时候，丁非的英雄梦就永远成为水中花、梦中影。况且，丁非并不希望自己的秘密昭然天下，他现在手里握着两个重要的秘密，一个是自己的英雄梦，一个是局长收钱的秘密。局长的秘密是重要的，他自己的秘密也是重要的。他心里开始合计着，如何让自己的秘密，成为和局长的秘密同等重要的秘密。

丁非把报纸拉下来，抬头看了看，办公室里静悄悄的，中年妇女早就没了影子，本来还想好好谢谢她，现在看来，已经没有这个必要了。

## 五

今晚一反常态，那台跟随丁非作息时间发出动静的电视机，像只乖巧的小狗，安静地躲在角落里。下了班，丁非胡乱地往肚子里塞了点儿东西，然后一头钻进自己的房间，再也没有发出一点儿动静。他的房间寂静得可以听到任何细小的声音，好在他一个人住，没人关心他在自己屋子里捣鼓什么。

但丁非一直怀疑，自己房间里存在着一个若有若无的影子。这影子和局长的影子是不一样的，它透明，看不见也摸不到，时常会趁自己打盹儿、发呆之际，或者干脆在自己稍不留神之际，代替自己行使房间主人的各种权利。比如，早上临走时，丁非清楚记得他把笔记本塞到枕头下，然而等他吃过晚饭，笔记本却堂而皇之地摆在桌子的正中央。还有，他并不记得在笔记本奇怪的汉语数字组合下面做标记，现在打开笔记本，那些奇怪的组合下面都用黑笔画了出来，特别醒目。在笔记本出现之前的那些日子里，房间里很多东西物品的摆设，都会和他想象中的位置不一样，经常挪来移去。有几次，丁非在半夜里突然起床，拿手电筒挨个儿照一圈，他想看看，房间里这些物品，会不会成了精，每到夜深人静，一个个活了过来，在房间里到处闲逛。

之所以丁非认为是影子，无非是影子一直没让他抓到过一次现行。影子来无踪，去无影，不影响丁非的任何生活，他该吃吃该睡睡该上班上班，只是，丁非却真真实实地感受到影子的存在。影子跟着他吃饭睡觉上班，随时随地会冒出来，代替一下他自己。当然，这也属于丁非的一个秘密，从来没向任何人透露过一丁点儿的端倪。

影子常常令丁非担心，也许有一天，它会全面替代他本人，成为另一个丁非，因此他常常苦恼。但今天，他一点儿都不在乎影子偷偷在房间里干了些什么勾当，他的眼里现在只有笔记本，只要见到笔记本还在他房间里，局长的秘密就握在他的手心里，他的心就踏实。他才不屑影子做的那些鸡鸣狗盗的烦心事，他即将变成英雄，英雄就应该不拘泥于小节，英雄就应该成就大事，他一定要成为惊天动地的幕后大英雄。

一开始，丁非首先想到要让局长身败名裂。他决定拿着笔记本去检察院检举局长。后来一琢磨，让局长身败名裂虽然大快人心，但他的英雄梦却只能昙花一现。人们也许今天还记得是他丁非举报了局长，明天呢？后天呢？未来呢？没有人让他有机会举报了，他丁非不就又要陷入天长地久碌碌无为、在机关里混日子的无聊岁月了吗？不行，丁非觉得轻易就浪费这么一个天赐的机会，实在有点儿暴殄天物。后来，丁非又琢磨些别的法子，既能够惩罚局长，又能成就他的英雄梦。譬如，让局长把收下的贿赂都捐给红十字会。只是丁非觉得，如此一来，局长的善举会不会博取众人的同情心？他丁非出的主意，局长出面办了件大好事，却跟他的英雄梦扯不上半毛钱关系。他的梦想还在半空中飘荡着没有实现，倒成就了局长的丰功伟绩，这万万使不得。接着，丁非又想到一个法子，让局长把赃款交给他来处理。他可以像电视里那些飞檐走壁的侠士那样，一到深更半夜，便穿上夜行服，在小巷子里飞檐走壁，慷慨地把这些不义之财散发给贫苦人家。丁非为自己的侠义之举激动了半个多小时，等他慢慢恢复了理智之后，发觉自己不仅没有侠士飞檐走壁的本事，更不清楚周围哪些人家属于贫穷范畴。要找出这些贫穷的人，需要耗费大量的精力和时间，还要做很多琐碎的调查、取证、确认。不出意外的话，这将是一个漫长而非常无趣的过程，他的英雄梦何时能够落地有声呢？他开始有些气馁。

为这事，丁非茶不思饭不想夜不寐地把自己折磨了几天，在苦思冥想之后，丁非终于想到一个绝妙的主意。这个主意是如此天衣无缝，简直妙不可言。当这个主意在他脑海中冒出来时，连他自己都诧异非凡，自己居然能够想出来！现在看来，在别人眼里经常发呆的脑袋瓜，也并非一无是处。丁非为此感到异常兴奋，以至于他一回到家，立即紧锁大门，悄无声息地秘密谋划起他的英雄计划。

每个人都有弱点，如果抓住人的弱点，就等于抓住了人的命脉。局长的弱点就是笔记本的秘密，而这个秘密，现在就掌握在丁非的手里，那么，局长的命脉就等于握在丁非的手中。局长现在最害怕秘密被曝光。别看局长这几天表面上若无其事，好像丢了个包没啥了不起，但丁非可以想象到，局长在那间硕大宽阔的办公室里，惶惶不可终日，一副魂不守舍的狼狈样儿。包已丢了几天，笔记本如石沉大海，秘密也并没有公诸天下。局长可能还心存侥幸，或许笔记本被某个马大哈扔在某个角落，里面的秘密也许并没有被破解。现在，局长担心的大事并没有发生，内心的恐惧在一天天减少，希望在一天天增加。这个时候，如果突然告诉局长我已经掌握你的秘密，不知道局长会露出什么奇怪的表情！想到这儿，丁非脸上泛出一丝闪着荣耀光芒的窃喜。

为了不让局长知道是谁掌握了他的秘密，丁非决定给局长寄一封匿名信。但问题来了，丁非不想重蹈自己发现笔记本秘密的覆辙，让局长从自己的笔迹中推测出是他写的匿名信。因此，他在白天，一个窗外弥漫着明媚阳光的下午，歪着脑袋思索了半天，总算想出了个绝妙主意。这天，下了班，他从办公室角落扛了一大沓没人要的报纸。为了不让别人对他拿这么多报纸有所疑问，丁非一路上有说有笑，抢着先跟认识不认识的同事打招呼，当然也包括门卫王师傅在内。老王本来还想质问丁非早上为啥像躲瘟疫一般躲着自己，没想到丁非一反常态，变了个人似的，扛着一沓报纸，如沙漠中吹来一阵滚滚热风，哗啦啦地从身边呼啸而过。

一头钻进房间的丁非，马不停蹄地忙碌起来。

要隐藏匿名信的笔迹，最直接的办法，是打印，不过丁非家里没有打印机，在单位打印匿名信要冒着暴露的风险，丁非想到曾经看过一部谍战片，里面的间谍使用从报纸上剪字的办法来写匿名信。他觉得这个办法十分适合他这次的计划，所以，他扛回家一大沓报纸，就是派这个用场。

从报纸中找出匿名信所含的字，并不是件容易的事，好在丁非想好的内容，字不是很多。不过寻找这些字，用剪刀小心翼翼地剪出来，再贴到白纸上，如此细致缜密的活儿，着实费了他好些时间。忙活了大半夜，丁非终于直起腰，十分满意地欣赏着他的杰作：一张因涂了胶水而显得起伏不平的打印纸上，歪歪扭扭地趴着一行大大小小的印刷体：笔记本在我这儿，给你一个礼拜，马上提拔秦秘书、许处长、王美丽，按我的指示做，否则……

混迹在机关这么多年，每次人事变动，丁非总能听到一些流言蜚语，不是某人和局长或者局长夫人有着不可告人的关系，就是某人在一个漆黑的夜晚徘徊于局长家的楼下，至于这些流言蜚语是否属实，没有人会去核实。不过有一点能肯定：这些升迁的人里面，很多平时的口碑都不怎么样，溜须拍马的，见风使舵的，耍小心眼儿的，精打细算的……丁非可以从他们身上找出一大堆毛病，但就是这些人，一个个升了职，加了官。而很多业务能力强、办事有魄力、敢说敢做、老老实实闷头死干的，多年来一直在原地踏步，升不升迁与他们没有任何关系。

丁非所工作的部门，后勤管理处的许处长，在副处长的位置上干了十多年，兢兢业业，吃苦耐劳，后勤管理上无数鸡毛蒜皮的小事，都亲力亲为，任何一点儿马虎纰漏，都逃不过他那双严厉苛刻的眼睛。为了新大楼装修的事，他起早摸黑，忙得整天不着家，只要发现哪里不合格，立马通知装修公司改正，为此那些小包工头儿一天到晚怨声载道，暗地里不知骂了许处长多少回。新大楼启用后不久，局里再次人事变动，正处长升迁后，提了一位平时喜欢打打官腔、做事缩头缩脚的副处长上去，许处长依然是个副职。还有局办公室的秦秘书，老实巴交的小伙子，写了一手好文章，但就是不太喜欢说话，平日闷葫芦一个，坐在办公室，就知道在电脑前敲着键盘，一刻不停地写着各种汇报材料。全局上上下下都明白，局长在会议上的讲话稿，大部分都是秦秘书辛苦操劳写的，有些一字不改被局长照本宣科用在会议或者汇报上面。但是，丁非听说，秦秘书写的这些汇报材料，全都归于局办公室主任的功劳，主任到局长那里邀功请赏去了。小伙子在局办秘书的岗位上挣扎多年，苦劳都是他的，功劳连个边儿都挨不到。至于王美丽，丁非和她接触不多，偶尔听许处长说是设备的仓库保管员。她家条件不好，女儿有腿疾，一直待在家里找不到工作，还有老母亲也卧病在床，日子过得十分艰难。有次丁非去领设备材料，听到王美丽和另外一位保管员发牢骚，骂了局长几句人前背后不是东西的话，丁非听着十分解气，对她颇有好感。

丁非的英雄计划是经过深思熟虑的。他认为，现在他掌控了局长的命运，掌握了局长的生杀予夺大权，只要笔记本在他手里，只要局长害怕笔记本的秘密大白于天下，那么，他就可以左右局长，甚至可以代替局长做一些想都不敢想的事。这个笔记本对局长到底有多大的威力，丁非现在还不清楚。所以，他绞尽脑汁想出这个办法。如果局长遵照匿名信的指令，提拔了这三个人，就能证明，笔记本记录的内容是真实存在的。而秘密一旦曝光，局长不仅名誉扫地，还要吃官司进监狱，这肯定是局长不愿意面对的残酷现实。丁非暗自好笑，他想象局长手里拿着匿名信，一副气急败坏和无可奈何的样子。而他则躲在自己的小屋，背地里看着局长按照他的想法，执行他的指令。他就要实现成为幕后英雄的梦想了，而这一切，源于一个笔记本，丁非觉得这个世界对他还是相当公平的。

第二天，天刚蒙蒙亮，他起个大早，赶上头班公交，在门卫老王狐疑和诧异的目光下，昂首走进单位大门。然后把手机拍摄的几张笔记本页面打印出来，连同那张皱巴巴的匿名信，一同塞进信封，趁着没人，在局长办公室外前后张望了多次，才迅速把信封从门下缝隙里塞了进去。

接下来的几天，丁非度日如年，每天数着分和秒过。他看不出任何人事变动的迹象，也得不到任何民间的谣传。按照以往的惯例，每次人事变动，总会有无数个版本，在各个办公室、食堂、楼道、厕所间传来传去。这些版本五花八门，虚虚实实，传得比真的还天花乱坠，最终结果却总是出乎意料，与每个人猜测的完全不一致。有那么几次，丁非揣着一颗忐忑不安的心，从局长办公室前走过，期望能够偶遇局长，或许能从局长的表情中揣摩出点儿蛛丝马迹来。但是，局长办公室大门紧闭，厚重的大门像一堵墙，把局长与丁非隔在两个世界里。

自从捣鼓出匿名信后，丁非坚信，局长肯定看到了他的匿名信，也在焦头烂额地思考着如何应对丁非提出的要求。丁非发现，局长这几天深居简出，公开露面的次数几乎没有了。以往局长三天两头就要召开会议，布置个工作传达点儿上级指示，或者到某个办公室走走，和每个人寒暄几句，算是视察工作，体察民情。现在，局长从汽车里出来，就一头扎进办公室，马上关紧大门，有什么公事让机要秘书代他发发通知，要事就打电话交代，没什么大事他谁也不见。有好事者想通过机要秘书打听点儿什么，机要秘书也是一脸茫然，不知道局长葫芦里卖的什么药。

在等待局长按指令做出决定的这些日子，丁非对于影子的存在又发现了更多的证据。为了确保笔记本不会被人偷偷拿走，丁非每天晚上睡觉前，都是把笔记本塞在枕头下的，只有这样他才觉得最安全，才能睡得安稳。然而，影子却趁他不注意，把笔记本偷偷藏在柜子最下层的一个抽屉里。第一次丁非以为谁在他睡梦中偷走了笔记本，当他每次翻箱倒柜，在那个角落找到笔记本后，他终于确定，肯定是影子干的好事。虽然他并不担心影子打笔记本的主意，但影子每天折腾他一番，让他心惊肉跳一回，丁非的心里总有点忐忑不安，如果他能抓住影子的脖子，早就恨不得掐死影子了。不过影子也做过一件让丁非惊喜的事：今天早上，丁非从柜子里找出笔记本，从扉页里发现一张折好的纸，打开一看，上面把笔记本里那些奇怪的汉语数字组合的含义都解了出来，并且手画了一张表格，一行一行对应起来。新月周7旁边注明了新月装饰装潢公司周月红7万，通建何11旁边注明了通州建设工程公司何军11万，等等，字写得规规矩矩，跟自己的笔迹有点儿像。丁非匆匆地扫了一眼，就把表格塞进扉页中。他觉得自己既然掌握了局长的秘密，给局长行贿的人再多几个，金额再增加几十万，对于他来说，已经没有多大的意义，他的注意力现在集中在局长是否会服从他的指令，满足他的要求，这才是关键。

人事调整是在第六天临近中午时分，突然公布的。当时丁非正要去楼道里溜达溜达，打听点儿消息，就见正处长领着秦秘书进了门，接着，就公布了调整的任命。许副处长去下属某工程公司任书记兼副总经理，正处，算是升了一级，接替他副处职位的就是秦秘书。当时，许副处长正在喝茶，听到任命通知，惊得吞下一口热茶，烫得舌头食道热辣辣的好不难受。一同进门来的秦秘书依旧一副老实人的表情，让他讲几句话，也是疙疙瘩瘩，红着脸从牙缝里挤出来似的。

随后，后勤处就变成麻雀窝，叽叽喳喳热闹了一阵。大家一会儿给许处长道喜，恭喜他终成正果，一会儿又抢着和秦秘书握手，自我介绍，希望能给新来的副处长一个好印象。不仅是后勤处，整幢大楼的每一个角角落落，都在议论着这次人事任命。

要想在机关里混得风生水起，游刃有余，得练就一身明察秋毫、见风使舵的本事。上面任何一点儿风吹草动，经过某些人的打探、旁敲、分析，甚至猜测、臆想等，能得出七七八八的动向。而这次悄悄进行的人事变动，事先没有任何人闻出一点儿动静来，不过，突然提拔两位公认早就应该得到升职的老好人，这与之前迥然不同的任命风格，不亚于投下了一颗原子弹，它的能量波冲击着每个人的内心，与每个人惯有的思维碰撞着，纠缠着，发出隆隆的回响，让人在愕然不明所以中感受到强烈的震撼。至于王美丽替代了原来的组长，一个小人物的升迁，就跟一朵浪花闪现一样，毫不起眼儿地淹没在隆隆回响之下。

当大家纷纷猜测这次人事变动背后是否另有深意时，只有丁非在一旁暗自得意扬扬。幕后英雄的感觉原来是这么美妙，丁非心里想着，胸口填满了荣耀和自豪。看到许多人都在为许处长和秦秘书的升职而高兴，他认为自己活到现在，做得最正确的一件事，就是躲在暗处，成为蜘蛛侠那样的幕后英雄，让好人善有善报，让坏人恶有恶报。现在，梦想终成现实，他不再活在父亲的影子里，丁非的心在战栗着，他突然觉察到自己的双脚慢慢地离开了地面，轻飘飘地不断上升，一股飞升的快感布满了全身。随后，他如空气一般在空中盘旋，飞舞着，看着脚下如蚂蚁般蠕动的人类，这一刻，他觉得自己犹如威武天神，高大并且伟岸，每个人都要仰视他，敬畏他。

这天晚上，激动了一个白天的丁非，早早地上床睡着了，一夜无梦，睡得特别香甜。第二天是周末，他睡到临近中午，才睁开眼。丁非没有马上起床，而是躺在床上，脑子里不停地思索着下一步，应该给局长再寄点儿什么指令，他想再次回味一下当幕后英雄的那种快感。很快，他又想到一个更加绝妙的主意，既然局长有权提拔人，那降某些人的职肯定没问题。对，就这么办！丁非想好了几个应该受到降职处分的名单，马上从床上跳下来，直奔影子经常藏匿笔记本的柜子。他想把影子那张表格拍下来给局长看看，增加些让局长听从指令的砝码。但是，笔记本却不在柜子里，丁非翻遍了房间的每个角落，笔记本就像前几天突然出现在屋里那样，就在此时，如同蒸发了一般，凭空消失了。

丁非坐在横卧的床头柜上，看着满屋横七竖八的家具和一地杂物，脑子里一片空白。那台可怜的电视机斜躺在地上，一脸无辜地对着一动不动的丁非，像是在抗议对它的不公待遇。

此刻，丁非的脑子里充斥着无数的问号：笔记本怎么消失的？是不是局长派人偷走了笔记本？没有笔记本，局长还会听他的指令吗？他还能做幕后英雄吗？做不成英雄，他会继续活在父亲的影子里吗？失去了幕后英雄的称号，他会不会一蹶不振？……问号像细胞那样一个裂变成两个，两个变四个，四个变八个，越来越多。它们伸出巨大的触角，麻藤一样扭成一团，无休无止地生长，扭曲，纠缠，密密麻麻，爬满了他的整个脑袋，像一头黑暗中的怪兽。最终，丁非的脖子再也无法支撑怪兽的重量，一头栽到地上，失去了意识。

## 六

有一个声音在远处呼唤着丁非，断断续续，飘忽不定，不断变化着传来的方位。声音如一把无形的锥子，刺破耳膜，执着地钻进丁非的大脑，并且不停地抽打着他，像是要把他从黑暗的深渊中抽醒。丁非在迷迷糊糊中忍受着声音的鞭挞，终于，他艰难而缓慢地睁开双眼。

眼前是一片模糊的白色。白色的吊顶上，几盏日光灯透过白色的罩子，散发着柔和的白光。周围是一圈白色的墙，墙上没有任何装饰物。在丁非的右手边，隐隐约约挂着一幅窗帘，白色的窗帘几乎和墙的颜色融为一体。在左手边，有一扇白色的门，门上开了一小块玻璃窗，只有这小块玻璃，是灰色的，让丁非在视觉上能够看出一点儿距离感。他想起身离开床去开门，没想到双手双脚被牢牢地束缚在床上，动弹不得。丁非这才发现，自己身上的衣服，身下的床被，连床的颜色，全是白色的。

"我这是在哪儿？"丁非喃喃自语。满眼的白色令他感到心惊肉跳，在他的梦中，有时候自己就是悬浮在一间全是白色的房间的空中，不停地挥舞四肢，怎么也无法逃离让他感到惊恐的白色。

那个声音从远处飘到跟前："醒了。"一只冰凉的手翻开丁非的左眼皮，接着又翻开右眼皮，然后，随着嗒嗒的脚步，声音渐渐地远去。房间再次安静下来。

丁非不知道自己身处何处，这个偌大的房间空空荡荡，他能听到自己急促的呼吸声，怦怦震动的心跳声，以及每次挣扎，自己四肢皮肤与衣服床单之间的摩擦声。睁开眼，没有一点儿色彩的白色，从他的瞳孔中灌入大脑，这色彩没有一丝的怜悯，更没有任何的生气，它瞬间就把丁非的全身染成跟它一样的颜色。丁非感觉自己又变成一具没有思维的行尸走肉，被困在了这间房间。

"姓名？"从房间的某个角落突然传来的声音，把丁非吓了一跳。

是问我吗？丁非心里有点儿困惑，没有回答，不过，他的大脑对于自己姓什么、叫什么，却是一片空白。他想不起他有名字，

"我是谁？"他也在心里这么问自己，但没有人回答他。也许他本来就没有名字。

"姓名？"那声音不耐烦了。

丁非没有理睬那个声音，他的思维游离在房间中，他极力想早点儿逃离这间充满白色的房间，白色让他想起做梦时的恐惧，想起被关在密闭空间里的无助。丁非恐惧地看着自己的身体被束缚在白色的床上，他想畅快地呼吸，呼吸点儿新鲜的空气，可是这个房间里的空气仿佛被冻住，丁非每一次呼吸，只有从胸腔呼出去的气，却无法吸进任何一点儿空气。

他开始挣扎，四肢用力地对抗绑住他的带子，脸上憋得通红。他对声音提出的问题完全不在意，如果声音继续问他问题，他也许会在挣开带子之后，再考虑如何回答声音的问题。现在他全身的力量集中在手腕上、大腿上，不停地扭动着四肢，像一条蛇一样，在白色床上无力地扭动，翻滚，直到力量被消磨得一丝不剩。

带子像四把有力的钳子，牢牢地把丁非钉死在床上，脱了力的丁非再也无力挣扎，一阵头晕目眩袭来，他再次陷入无意识的状态。房间很快沉寂下来。


廖医生指着屏幕，对着正在观看丁建军扭曲挣扎这一幕的一男一女两位年轻人说道："这是病人一个月前第一次醒来时的录像，经过治疗，现在病人的状态稍微好了一点儿，有时会清醒过来，但说不准。"

年轻男子身着检察院的制服，和旁边同样身着制服的年轻女子对望一眼，露出兴奋的眼神："你是说，我们现在去询问他，还是有希望的？"

"可能吧，这个要看病人今天的状况。"廖医生没有停顿，继续说，"我们诊断该病人患有轻微癔症性的分离性心理障碍，经过短期药物和环境治疗，已取得初步的疗效。"

"分离性心理障碍？"年轻女子问道。

"这是专业术语，就是平常人们谈论的双重人格。"廖医生说道，"这名病人发病时自称丁非，是市某局的管理人员，但我们知道，这是他臆想出来的，并不是他真实的身份。每次发病，他嘴里就一直唠叨，说笔记本没了，找不到了，做不成英雄了，没完没了。"

"他的情况我们从他单位基本了解了大概，他叫丁建军，是后勤管理处的一名普通维修工。人还不错，胆小怕事，平时不声不响的，没出过什么大错。他的领导和同事似乎都知道他脑子有点儿问题，所以，"男检察官顿了顿，"平时安排点儿小修小弄的事给他做，其余时候任凭他看报纸还是喝茶聊天打发时间，只要他不给单位和部门添乱，就谢天谢地了。如果他是双重人格患者，那就能解释他的行为了。"

"廖医生，您刚才说，丁建军发病的时候嘴里一直在说笔记本，那么，他不发病的时候，有没有提到过笔记本的事？"年轻女检察官问。

"正常人的思维只有一个，而双重人格是两种独立运行的思维体现在一个人身上，两种思维可能会在瞬间相互交换，也有可能在一个时间段内交换，但不会相互影响和干扰。这么跟你们说吧，当你前脚还熟悉这个人，和他有说有笑，一个转身，下一秒面对的可能就是一个陌生人。这个陌生人具有杀手性格，也有可能是虐待狂，总之具有危险的攻击性。他会从善良转变成邪恶，自闭转为开放，甚至从男人变成女人。当然，我说的这一切，你们可以反过来看。这位病人，一个月来，据我们临床观察，他正常时，与发病状态完全是不同的两种人格。在他们各自的大脑中，存在着截然不同的两种记忆和人生轨迹。不过，他们之间也有可能有一些细微的交叉，比如姓氏相同，这表明他们认可同一个血缘关系。再比如，他们对职业角色的转换，局限在后勤管理很小的范围内，这表明是潜意识在左右他们对外部世界的反应。病人发病的原因很难说，有可能跟成长的经历、环境有关，也有可能与在职业生涯中受到过的挫折打击有关，或许还有其他一些，我们无法理解的原因造成的。"

男检察官听明白廖医生的意思，两种人格对世界的认知是完全不同的，在丁非的世界里，也许笔记本是他生命的全部，但在丁建军的眼里，笔记本对他本人来说就是一种负担。他暗地里拉了拉搭档的袖口，示意她不要再问了。他认为医生只会对病人的病情感兴趣，至于病人口中念叨的笔记本，只是病人臆想出来的东西，怎么能去刨根问底呢？

"谢谢您，廖医生，您今天让我们涨了不少知识。"男检察官笑着说道。

"不客气，配合检察院调查是应该的。这样吧，我带你们去见见病人，这会儿他应该睡醒了。"

丁建军今天醒得特别早，醒来时，四周十分安静。他躺着没起来，看着阳光一点一点从窗帘的缝隙里爬进来，再从床脚爬上他的脚跟，觉得非常有趣。每天吃吃喝喝睡睡的日子，不仅让他的肚子肥了一圈，还让他原本灰蒙消瘦的脸，出现了些许红晕。他感觉今天的精神好多了，一觉起来，神清气爽，连伸个懒腰都是那么舒坦。

等阳光爬到门口的缝隙，他起床拉开窗帘，于是，阳光如水泄一般，瞬间铺满房间的每个角落，将整个房间镀上一层暖和的色彩。丁建军喜欢这个早晨，透过窗户，远处是一片茂密的树林，绿葱葱的树林围着一个大大的院子，院子里三三两两的和他穿着一样白色衣服的人在走动。清新的空气迎面扑来，他双手握住安装在窗户上的铁栅栏，鼓起胸膛，深深地吸了几口，陶醉在这美妙的一刻。他羡慕院子里的人，很想到院子里去，和院子里那些人一样，自由地走动。但医生告诫他，他是病人，还在观察期，等他病情稳定后，才能去院子里自由活动。

护士每天都给他吃一些五颜六色的药丸，药丸的名字拗口难记，丁建军分不清这些对他到底有没有效果，既然是医生说要吃，他就按时服药。今天起床早，还没到护士送药的时间，他就趁这个机会，站在栅栏内，贪婪地呼吸着新鲜的空气。

丁建军没想明白，自己为什么会被关在医院，关在这间有铁栅栏的房间。他觉得自己身体并没有出现任何异样。他现在用力地吸气、呼气，清新的空气在肺里流转，带来阵阵的惬意。他活动四肢，踢踢腿，弯弯腰，举起手臂摸摸自己的肌肉，肌肉充满力量，如石头般坚硬。他现在胃口特好，一顿能吃两大碗饭，还特别能睡，挨着枕头就能呼呼睡到天亮。以他现在的身体状态，比任何正常人都强壮，因此，他怀疑医生是否诊断错了对象，把他和另外一个病人搞混了。如果是这样，那他就可以早点儿去院子里走动，或者早点儿出院，离开这个限制他自由的鬼地方。丁建军站在窗边，想着如果今天医生来会诊，他一定要跟医生好好展示一下身体，说明一下情况。

就在丁建军胡思乱想之际，房间门打开了，廖医生一身白大褂，领着两个人走了进来。

"气色不错嘛，"廖医生脸上挂了一丝笑意，以他的经验，病人今天应该是正常人的身份。"药吃了吗？"药剂对稳定病人的情绪有相当不错的作用，廖医生希望病人今天不要出现反反复复的情况。

"医生，你看我这身体……"丁建军见到廖医生进来，迫不及待想把刚才脑子想的事做给医生看。

"不急不急，"现在病人情绪安稳非常重要，廖医生轻轻按住丁建军的肩膀，让他坐在床边，"你的事过会儿就解决，现在有两位检察院的同志，有些事要问你，等他们的事办完，马上给你复诊。"

廖医生对检察官笑笑："你们先忙着，我过会儿再来。"说完，拉开门走了出去。房间陷入短暂的安静。

丁建军是第一次和检察院的打交道，从他俩和医生一起进门那一刻，丁建军就明白他们此行的目的了。他面对穿制服的人，天生就会生出一丝不安的情绪，就和有些男孩一见女孩就会脸红一样。因此，丁建军心里免不了有些紧张，拘谨地坐在床边，等着他们提问。

房间除了床以外，没有其他可以坐的地方，两位检察官只能站着。男检察官首先发问。

"你是丁建军还是丁非？"

"嗯？"丁建军一时糊涂了，难道他们找错人了。

"我是丁建军。"

"是丁建军，那就好。那么，你应该知道我们要问什么。"

"知道。"

女检察官拿出录音笔，打开开关。

"有几个事需要核实一下。"

"你尽管问吧，知道的我都回答。"

男检察官拿出手机，给丁建军看一张截图，照片里丁建军站在市检察院的门卫室外面，交给门卫一包东西。

"照片上的人是你吧？"

"没错，是我。"

"检察院有正式的举报箱，为什么把笔记本扔给门卫就跑？"

"怕打击报复。"丁建军在心里叹了一口气，本来就不想露面，看来，还是被摄像头拍到了。"我能问一下，我们局长是不是被你们……"他欲言又止。

"是的。根据你送过来的笔记本，我们很快就查清楚他收受贿赂的来龙去脉，检察院已正式立案调查，所以需要核实举报人的情况。"

"那么，我们想了解一下，你是怎么得到笔记本的？"

"是这样的，"丁建军扭了扭屁股，把坐姿端正了些，"有天上午，我在厕所隔间里维修堵塞的管道，局长陪着市里的领导说说笑笑进来小号，我没敢出声，就停下手里活儿听他们讲些什么，其实也没听到什么。等他们出去了，我开了一条缝，才看见局长把包落在洗手池旁边没带走。因为之前总是见到局长的包，所以认出是他的。本来，我想追出去把包还给局长的，可是，也不知道怎么的鬼使神差，顺手就把包塞进工具箱，然后，假装什么也没发生，一口气溜回办公室。您晓得吧？那只软软的包摸起来很舒服，却像烫手山芋，我都不记得是怎么带回家的。"

"包和笔记本带回家后，你接着做了什么？"

"包我后来趁没人注意，悄悄地扔回厕所了，笔记本被我留下。开始我翻了几页，没看出什么，后来，我才发现，里面有几处文字很奇怪，多看几遍，就看明白了，那些是单位简称，后面的数字肯定是人民币金额。"丁建军说得口干，想找杯水喝，但又怕耽搁检察院的同志的核实，于是，他没打算停下来，继续说道，"有些单位的缩写和名字一时看不出是哪儿的，这费了我好几天的劲儿，上网和打电话，总算一一查出来。很奇怪，我发现笔记本三天两头和我存放的地方不一样，晚上明明藏在柜子里，早上却又在枕头下出现。我怕笔记本被人偷了，所以，才决定把笔记本交给你们，免得夜长梦多。"

"你没有利用笔记本做过其他的事？"

"利用？"丁建军又糊涂了，这笔记本有什么可利用的？里面除了记录局长受贿的证据，还能利用它干什么？难道有人想用它来敲诈局长？幸亏我及时把笔记本交给检察院了，利用不利用跟我没什么关系。丁建军摇了摇头。

一直在旁录音的女检察官突然问道："你知道自己得了什么

病吗？"

"不清楚，每次问医生，都含含糊糊，护士也是，爱理不理。"

女检察官继续说道："如果你有另外一个身份，这个身份利用笔记本要挟你们局长做了一些匪夷所思的事，你会怎么看待这种事？"

丁建军被女检察官的话逗笑了，脸上挤出一丝微笑："我就是我，怎么会有另外一个身份？我又不是间谍。"

"我们就是随便问问，没有其他事了。"男检察官用眼神制止了女检察官。既然丁建军没有意识到自己拥有双重人格，如果继续刺激他，很有可能适得其反，引起病情加重。法院审理，还是需要丁建军以正常身份出庭做证的。

男检察官伸出手和丁建军握手告别："谢谢你的配合，也谢谢你尽了公民应尽的义务。今天就到这儿，如果有需要，我们还会来打搅你的，不介意吧？"

"只要不是来兴师问罪就行。"丁建军发现，这两名检察官今天净问些让他摸不着头脑的问题。这样也好，这些问题与他毫无牵连，再说局长已被立案调查，他不用担心打击报复这事了。想到这儿，丁建军紧绷的身体松弛下来，浑身轻松得像是刚从澡堂里出来。当务之急，他需要立刻告诉医生，现在他身体没有任何的不适，更没有任何毛病，连检察院的同志都和他客客气气的，那么，他应该有资格走出这间屋子，去院子里自由活动，自由呼吸。

# 祠　堂

一

一只小猫咪，从松松垮垮盖着蓝印花布的篮子的缝隙里，支棱出两只毛茸茸的耳朵时，苏启明正头顶毛线帽，缩紧脖子，挤着风，从这对毛茸茸耳朵前面的马路牙子边疾走而过。当那个女人，脆生生地喊了一声，哎，大哥，犹如黑夜里抛出一根无形绊索，看不见摸不着，却实实在在羁绊住了苏启明匆匆的步伐。也就在那一刻，小猫咪冷不丁探出一只比网球大不了多少的小脑袋来，万分好奇地，张望着苏启明裹得严严实实的一颗硕大脑袋。

此时，天色由白转灰，天空最后一抹青黛色云彩，毫无眷恋地一头钻进远处山峦那连绵起伏、巨大而黑黝黝的阴影里。那个女人身着一件黑色上装，双肩尺寸明显过大，罩在其瘦弱的身子骨上面，如同晾在一个衣架上。她松松垮垮地靠着一根水泥电线杆，那上面爬满了花里胡哨的广告纸。女人把大半个身子隐在电线杆长长的影子中，好像那样才安全些。

明天就是冬至，天色说暗即暗，借着黑夜降临，冷空气肆无忌惮，挥舞着凛冽的大棒，呼啸着刮起一阵寒风，在大街上横冲直撞，毫不留情地驱赶在街上闲逛的行人。呼哧呼哧的，发出厉喝声，行人倍感风寒刺骨，纷纷避其锋芒，躲入家中。唯恐一不小心，给那寒风刺入骨头，带来钻心的疼。

苏启明硕大的脑袋里，修缮祠堂那些杂七杂八事情，稻草般在脑子里凌乱纠结。他一心只想早点儿赶回家，捯饬晚饭，伺候完梁姐，然后躲进自己房间待着，清净清净，让膨胀的脑袋变小一点儿。正想着，隐约听见有人喊叫，针尖一般钻透脑壳，他心头兀自诧异，不知道这喊声冲谁来，迟疑着抬起头四处环顾。不远处有几个黑影似隐似现，街角空荡荡，几片白纸随着风儿打着转，四下里唯见他一人站立在寒风中。他似乎意识到，喊声定是冲着他来的，只是他乍眼找去，一时间竟没寻到喊她的人躲在哪里。

女人缓缓地从黑暗中露出一张脸来。

苏启明转向电线杆，和女人对上了脸，心头凛然收紧。在他眼里，从黑暗中露出脸，喊住他的这个女人，年龄应该没超过四十。女人脸色苍白，瞧不真切，依稀能看见额头略有几道皱纹，眉目算得上齐整，只是让风吹得皱巴巴，路灯映射下，皱纹被刻画得粗大了许多，隐隐露出一丝阴郁和憔悴，和清秀二字就牵扯不上了。苏启明除去看到一张脸，女人身体大半部分，依旧隐藏在黑影后面，换作任何人，都不会料想电线杆下面还隐着一个人，何况苏启明眼神本就不灵光。他硬生生停下脚步，心里犯嘀咕，哎哟，幸亏现在天色还不算黑，要是再晚一会儿，非被这个女人吓出心脏病来！

女人脚下铺了张塑料编织袋，有些碎土零落其上，几捆打了蔫儿的黑叶菜，无力地趴在地上。哦，原来是流动菜贩，苏启明定下心松了口气。女人这个摊子大概是在这条马路边侧，摆摊小贩中最末一个，因为隔了有十多米远，才见有个小贩黑着脸，偎着昏暗路灯，在收拾地上的残枝败叶，看样子准备收摊儿了。更远一点儿，一直延伸到菜场大门口，稀稀拉拉几个小贩身影，或坐或站，个个缩着脖子，背着寒风，哆哆嗦嗦地摇晃着臃肿的身影。看来，不用多久，路边小贩都会在黑夜中消失。

见苏启明停下脚步，女人从黑影中跨出一步，咧嘴一笑："大哥，您留步。"绳索一般的声音一股股分裂，张开，形成一张网，甜丝丝地沾着寒气，在夜色中撒开。苏启明这才从女人干巴巴的脸上，瞧出一点儿生气。他心里还在安慰自己，还好，还好，不是一张吐着舌头的绿脸。

苏启明瞧了女人两眼，目光很快从她脸上挪开，倒不是女人那张脸有多瘆人。天寒地冻，小贩无外乎想用低廉的价格，在落市前说服客人，半卖半送处理掉最后一点儿存货，好趁早儿回家喝口热汤暖暖身。主妇们三天两头去菜场买菜，经验老到，不待见那些剩货，对卖命吆喝声无动于衷，视而不见。苏启明一来不经常买菜，二来心地淳厚，想着别人喊他，一定有什么事——没什么事，互相不熟悉，为啥只喊住他呢？苏启明索性收住脚步，想听听女人说些什么。

待低头瞧见地上摆的摊子，苏启明脑子转过弯儿来，这女人除了费心向他推销，不会再有别的事了。略微失望之余，他准备抬脚走人。可是，眼角扫过，苏启明不由自主再次将目光转向那个女人。女人脸上苍白无色，虽然没引起苏启明的反感，但不至于吸引他再去看一眼。吸引他目光的，是女人弯着一只胳膊，挎在腰间的一只篮子。藤编的篮子，用一块蓝印花布盖着，随着女人从阴影里探出身子，那块布子下面，突然挤出一团颤颤巍巍、毛茸茸的白色小脑袋。在黑暗的映衬下，小脑袋耀眼突兀，苏启明涣散的目光毫无准备，就被那道耀眼的白光所俘获。

小脑袋在风中颤颤巍巍，蹭着篮子边缘，脖子转来转去，似乎想缩回去躲避冷风侵袭，但又好奇黑暗以外的陌生世界，舍不得躲进篮子。苏启明定眼仔细瞧去，看清楚了，那是只白色小猫咪，好像才出生不久，顶着一头雪白的雏毛，蓝印花布下一双好奇的猫眼如两颗蓝宝石。

尽管目光被小猫咪吸引过去，但苏启明内心并没有对小猫咪产生更多异样的感觉。这年头，街坊邻居流行养宠物，茶余饭后抱着小猫牵着小狗在小区溜达实在不稀奇。自己居住的小区内外，总有些流浪猫，躲在草丛、阴暗的墙角或者杂乱无序乱摆乱放的电瓶车踏板下，在你路过时，冷不丁蹿出来，无声无息地吓人一跳。那些流浪猫，有的浑身黑不溜秋，有的黑白相间，或者长着棕色花斑，更多野猫身上带着不知从哪里蹭来的污渍，混合于一身，将毛皮染成介于黑与白之间的灰色，越发肮脏。对于那些从脚下夺路而逃的野猫，苏启明向来昂首挺胸不去理会。不过，苏启明从来没见过刚出生的小猫咪。

　　说来也巧，一阵疾风从俩人之间的马路牙子穿过，停留不前，竟盘旋而上，猛然掀起那块蓝印花布，于是，那只一头雏毛的小猫咪，从头至尾暴露在苏启明的眼皮下，目光所及，苏启明被彻底惊讶到了。

　　小猫咪一身雪色毛发，从支棱棱的耳朵到盘着的尾巴，从柔顺的后背到纤细的脚爪，纯白如雪，没有一丝杂色。雪色毛发像是给小猫咪裹上了一件圣衣，它浑身上下笼罩在一层柔和的光芒中。失去蓝印花布遮挡，寒气逼身，小猫咪缩紧身子骨，头脚抱成一团，那层光芒随之笼成一团，安详而柔和，绰约如处子。苏启明眼前出现幻觉：小猫咪幻化成天使，四爪如雪，劈开黑幕遮挡，从黑暗中向他走来。鼓点般的脚步，在他凌乱的心尖上荡起层层涟漪，直击苏启明的心田，打开他尘封已久的心扉。

　　寒风瑟瑟，小猫咪身躯孱弱，一声声呻吟被风吹得四向飞散。它蜷缩在篮子里，浑身细小的绒毛随风摇摆，看上去抖得更加令人心疼。那具孱弱的身体好像蕴藏着一股魔力，声声呻吟颤悠悠地钻入苏启明耳郭，骤然间拨动他心中那根最柔软的心弦，掀起阵阵浪花。一股暖流从苏启明丹田喷涌，直冲胸口。

　　苏启明心中那根弦，是他媳妇梁姐。

　　梁姐，退休前从事会计工作，精明能干。她脾气爽直，爱和周围人打成一片，领导同事、街坊邻居都热情地称她梁姐。梁姐这个称呼从她三十多岁喊到现在，一直没变。连苏启明也习惯了喊梁姐。梁姐挺满意别人这么喊她，每次应答飞快，自我感觉年轻了十岁。但自从孙子考进市重点高中后，梁姐觉得年轻在悄悄地离她而去。

重点高中要求学生住宿，孙子自然满心欢喜。年轻人嘛，没了家长在身边啰唆，像小鸟飞出笼子，在广阔天地自由翱翔，想咋样就咋样。可梁姐伺候孙子一日三餐、整日忙碌充实的日子就此终结。

开了学，孙子住进宿舍，学校半个月才放学生回家半天。一挨到放学日子，孙子却情愿回刚装修一新、还有一股子甲醛味的新家，不愿意回梁姐现在住着的老公房。孙子总是找学习紧张、作业超多，诸如此类的理由来搪塞梁姐，这让眼巴巴盼望孙子回来见一面的梁姐，心里面堵着苦闷，却只能自个儿咽下去。

老公房年久失修，外墙斑驳，内墙发霉。老两口住的这套房子，有两个房间朝南，因为前面有棵梧桐，长势旺盛，遮住不少阳光，房间便显得狭仄昏暗。这个小区的房子大抵如此。虽然早被市政府纳入拆迁计划，但等了近十年，只听雷声不见雨点，毫无进展。这个二十世纪建起来的老小区，如今住的多是退了休、生活在底层、收入少的，或者搬了新家把房子出租出去的。

早些年，孙子上的初中就在小区后背，为了早上能多睡半个小时，儿子媳妇一家选择住在梁姐家，挤是挤了点儿，但省心又省力还省钱。如今的一部分年轻人，喜新厌旧，贪图享受，当然不会把这种老小区当作自己终身栖息之地。他们大多将目光投向新城，新城区每个新建小区道路宽敞，绿树成荫，楼体外墙美观大气，电梯上上下下的带来优越舒适感，迎合了人们的虚荣心态，所以很多市民对新城区趋之若鹜。梁姐的儿子媳妇也随波逐流，他们卖掉结婚时的单间，凑了首付，背负一身贷款，狠下心在新城区置下一套新居，跻身引领新时代的新生活中。

孙子耳濡目染，两厢那么一比较，当然选择置身于环境优美的新家。梁姐有大半年没见到孙子一面了。

梁姐多出来无数闲暇时间，原本日子过得跟打仗似的，身心永远绷紧着，突然松懈下来，如同一条失去了前进目标的船头，晕头转向，迷失在了平淡生活这片茫茫大海上。

记得开学那天，梁姐一如往日早早起床，在厨房乒乒乓乓忙碌一阵，端着早点走到餐桌前，才看到孙子并未像往常那般坐在桌边，拍着桌子嗷嗷地叫唤，催促自己早点儿端出早饭。梁姐在餐厅愣了半晌，一把推开苏启明的卧室门，扯着耳朵叫醒他，硬是连哄带威胁把早点塞进苏启明肚子里。然后，拎起篮子冲出家门。梁姐走到小区中央那块唯一的，因为塞满了各种健身器材，而显得无比拥挤的广场边，脑子里打了个激灵，嘲笑自己拎着菜篮子去菜场干吗呢？孙子中午和晚上都不会回家吃饭了。

齐春花正在健身器材上扭动腰肢，左一下右一下，腰部一圈肥肉抖了两下，让人不禁担心那圈肥肉马上会掉落下来。她刚过五十岁，年富力强就从机械厂退休，多余精力没处发泄，天天赖在冷冰冰的健身器材上，挥洒着发福体态里多余的热量。此刻，齐春花抹了一把额头上冒出的细汗，见梁姐失魂落魄站着不动，便抻长了脖子，用一连串苏北话与本地方言杂糅的腔调，硬生生把梁姐似乎爬出头顶的魂灵，给压了回去。

"梁姐，去买菜啊？听说你家孙子考上重点高中，啥时候让我家那个不开窍的外甥过来取取经？"

那天，明晃晃的太阳孤零零低挂在蓝天之上，没有一丝云彩作陪。秋老虎不期而至，开学第一天继续要起威风，在三伏天蹂躏过多遍的大地上，再次展露余威。小区空地失去了孩子们天真的笑声，显得萧条孤寂。梁姐迎着毒辣的阳光，脸上布满阴霾回到家，倒在沙发上，长长一声叹息。那一声叹息，在房间里游走半天，也没从窗户缝隙里溜出去。

此后三个月，房间里弥漫着被抛弃的味道，显得比以往更加空旷和寂寥。梁姐惆怅若失，大门不出，每天与沙发为伍。苏启明可以肯定，沙发是孙子打小最爱待的地方之一。当然，还有厕所里年代久远的马桶，以及阳台上摆了一台老式电脑显示器的写字台，那里是孙子玩游戏的专用场所。

客厅电视机一天到晚开着，梁姐从来不去换台，也不让电视机发出一丝一毫响声。每次苏启明回到家，总让他有一种错觉——梁姐的肉身端坐在沙发上，魂灵却在房间犄角旮旯里游离。梁姐坐在沙发上的孑然孤影，让苏启明联想到某部电影中一句台词：一只被囚禁的孤独灵魂，期待上帝来解救它逃离桎梏。

苏启明曾经撺掇梁姐去跳广场舞，期待她跳着欢快的舞蹈，在节奏明快的扭摆中忘却孤独的折磨。只是没过半个小时，梁姐就由人搀扶回家，嘴里"哎哟哎哟"地往床上一躺，让苏启明赶紧给揉揉，敢情她把腰扭了。儿子苏越过意不去，想对老妈尽孝心弥补一下，就给老爸出个主意：他出钱，老两口出门去旅游，散散心，说不定，天高海阔，老妈的忧郁症便自然痊愈。当然，苏越谈及忧郁症这三个字眼儿，是贴着苏启明耳根说的。但苏启明不买账，指着儿子狠狠地骂道："你妈的心病，还不是你们鼓捣出来的！"苏越一脸怏怏，默不作声，躲一边给旅行社打电话去了。

儿子忙着打电话，苏启明搜肠刮肚，遍寻不着陪梁姐出去旅游的记忆，内心愧疚又多了一分重量。他原本是想退了休，便要好好游览一番祖国大好河山。但碍于囊中羞涩——经济命脉被抓在梁姐手中，宏伟蓝图刚到嘴边，就被梁姐凛冽的目光给打回肚子。这回，儿子给老两口报了老年团队游，又不要自己出钱，苏启明十分乐意陪梁姐云游一番。只是没想到，出游才第一天，梁姐就在苏启明耳根子边折腾起来。不是嫌弃酒店床太软，睡不踏实，就是抱怨团队餐像喂猪似的，人怎么能吃得下去！最令梁姐不待见的是，一天紧凑的行程下来，人的脑子始终紧绷着一根弦，吃饭上厕所跟打仗一样，扒拉两口，导游马上赶羊群般催着上车出发，简直活受罪。如此折腾后，梁姐再听到旅游团三个字，一张老脸拉得比忧郁症发作时更冰冷。

媳妇还算明白事理，听说婆婆扭了腰，买了一堆营养品让老公扛进门。她则给婆婆揉腰，嘴里还没闲着，顺口提了个小小建议，她建议婆婆去上个插花或者烹饪培训班，媳妇本是一片好心，只是一张热脸贴上婆婆的冷屁股。梁姐哼哼唧唧咧着嘴，一口掐断媳妇话头。

"一大把年纪了，还要老着脸皮去学这学那，受老师的气，受同学的气，我这张老脸没处搁怎么地，自寻烦恼。不去！"

梁姐一张老脸往家里一搁，房间里顿时空气凝固，无人敢出大气。儿子媳妇躲避瘟神一样夺门而逃，家中恢复了寂静。傍晚时分，剩下苏启明一人，见梁姐坐沙发那儿一直没动弹，他只能自个去厨房捣鼓，将就着解决两个人的饥饱。苏启明时常坐餐桌旁发呆，盯着梁姐沉默寡言的背影，感觉他俩之间，隔了一层迷雾。这层迷雾比空气还厚重，让他既看不清梁姐那张老脸，亦琢磨不透她心里想些什么。既然无所适从，苏启明索性任由思绪胡乱开小差。他把小差开到每周去一趟的祠堂，祠堂那地并不比家里空旷多少，一边摆放书架，另一边则是陈列架，中间还置着一张长条书桌，房间顿显狭仄。有时，他和大哥两个人各坐一端整理收集来的史料，静得仿佛能互相听到对方的心跳。即便如此，也没有像回到家，一股冷漠萧寂的寒气扑面而来。祠堂寂然无声，那是自然而然的，毕竟那是老祖宗待的地方，家里要是没了活生生的人气，苏启明觉得还不如待在祠堂。

胡想了半日，苏启明得出结论，心病得用心药治，能治好梁姐的心药，非孙子莫属。可是，让在学校寄宿、学业繁重的孙子如以往那样，三天两头回来吃顿饭，露下脸，肯定不现实。假如有某种替代品，譬如兴趣和爱好，让梁姐转移对孙子的注意力，或许，她会慢慢从忧郁的泥潭中走出来。诚如自己接手整理家族史料，每完成一项考证，全身每个毛细血管都弥漫出满足，使命感和荣耀感油然而生。手头有事做，心头有事牵挂，就不会有多余精力，纠结那些虚无缥缈的烦恼。但经过前一段时间的尝试和折腾，苏启明对培养梁姐的兴趣和爱好束手无策。

巧合，用科学来解释，那属于概率问题。以佛家之语来解释巧合，那是缘分。缘分不是不到，只是时候未到。所以，当苏启明初见这只浑身长满白色绒毛的小猫咪，第一个反应，就是梁姐和它有缘分。

苏启明近期首要任务是治好梁姐的病。他想尽各种办法，没取得任何效果，每天愁眉苦脸的，感觉坠入了黑暗深渊，他也快得忧郁症了。苏启明倒情愿自己得病，也不希望梁姐被忧郁折磨得不成人样。他认为一个家庭，如果没有女人操持，家，基本名存实亡。他不想让自己的家走向覆灭。

披着天使般光芒的小猫咪，出现在苏启明眼中那一瞬间，暮色缭绕的黑暗如被一道闪电撕开，蓦然让他得到启迪。他意识到，这羸弱的小生命，也许是一把打开梁姐心结的钥匙，是治愈她忧郁的良药。苏启明盯着小猫咪瑟瑟发抖的身子，胸口心血翻涌，心跳在加速，梁姐高于一切，他真切地感受到梁姐的希望就躺在那只篮子里。苏启明决定不惜任何代价，也要抓住挽救梁姐的机会。他不假思索，冲着女人脱口而出："这只猫我要了。"

与此同时，女人寡淡的脸，泛动了涟漪，散开一脸笑容。她隐在阴影中的身躯，移至昏黄路灯下，松松垮垮的上衣随风摆动，一头秀发荡漾飞舞，彰显出女性的生动来。女人伸出五根手指，苏启明心照不宣，不待女人开口，从裤子兜里摸出五张百元大钞，交给女人。

女人抓过纸币，没数，直接塞进上衣口袋，然后扯了一把蓝花布，把小猫咪掩盖起来。那道天使光芒，消失在黑暗中。女人连着篮子一块儿递给苏启明，叮嘱道："大哥，好生善待它，菩萨保佑你平平安安的。"

寒气侵袭，苏启明缩缩脖子，心思搁在小猫咪身上。女人的最后一句话，在黑夜中呜呜作响，被刮过空旷街角的一阵劲风吹散，如同扬起的一只白色塑料袋那般，翻翻滚滚，最终消失在昏暗的马路尽头，没在苏启明心中停留片刻。苏启明急于赶回家，他想给梁姐一个惊喜，给深陷在冰冷里的梁姐，带去天使般的温暖。他接过篮子，头也没回，转身就走。

风在大街上找不到行人发泄淫威，便想在苏启明身上寻回点儿尊严，悄悄追上他远去的背影。苏启明一手拎着篮子，腾出另一只手，紧紧拉着绒线帽边沿，不让冷风灌进脖子，两脚发力，走得更急了。

二

其实，梁姐这几个月来，对自个身体和精神的状态，心里面一清二楚。她比谁都着急，想尽快适应冷清的房间、空旷的脚步、寂寞的呼吸所带来的惆怅和恐惧。可是，当她一屁股坐上还残留着孙子体温的沙发，想念孙子的念头，就像一只蚂蚁，从心窝爬上头顶，由不得她控制。那只蚂蚁蹿入满头白发下、岁月留存道道痕迹的额头，把那儿当成了自家为所欲为的乱草窝。玩腻味了，便从头顶蹦跶出去，游走于房间四处，徘徊在和孙子息息相关的床头、书桌、电脑、玩具、马桶等附近。那念头附在自己身体的影子里，还未经梁姐同意，自说自话地从窗户缝里钻到外面大千世界。影子携着念头，顺着长满苔藓、斑驳杂乱的外墙，趴在到处漏水的下水管道，或者沿着小区坑坑洼洼的道路，攀附在某片翻滚中的枯叶上，在外头晃荡到大半夜，又悄无声息地溜回梁姐辗转反侧的身躯，一头撞开梦境大门，继续在梁姐的梦中游荡。

在邻居们眼里，梁姐和孙子几乎形影不离。邻居们眼睛是雪亮的，他们淳朴热烈的目光中，对于梁姐的儿子和媳妇，带着孩子，在大庭广众之下出没，几乎没有一点儿印象。即便是周末，也没看到他们牵着孩子的手，出来散散步。在他们缥缈的记忆里，小两口捣鼓出一个小人之后，没尽过一天为人父母的义务。反倒是梁姐，日复一日含辛茹苦，一把屎一把尿把孩子养大。不过，梁姐毫不在意邻居们对小两口的指责，她体谅儿子儿媳的辛苦。

儿子在一家知名公司跑销售，媳妇是一家医院的护士长，工作都不着家。小两口如此拼命赚钱，无非是为了孩子，为了他们那个家。小两口梦想着攒足够的钱，买一套像模像样的房子，逃离挤着祖孙三代，转个身都可能鼻尖碰鼻尖、屁股顶屁股的破旧老房子。梁姐对买房子不感兴趣，她和苏启明住惯了老房子。让她远离生活便利的故地和熟悉热络的左乡右邻，去一个陌生地方度过下半辈子，她坚决摇头表示拒绝。她不掺和儿子儿媳换房子的梦想，他们爱怎么折腾就怎么折腾，孙子没人照顾，身为老人，就主动多承担一点儿吧，也算替小辈减轻点儿压力。于是，梁姐便把所有精力和心血，花在孙子身上，几乎把孙子当成亲儿子来养。

自此，梁姐和孙子组成一幅形影不离的画面，在邻居们的记忆中永恒地定格，历经口耳相传，成为小区居民茶余饭后一大谈资。

孙子是梁姐心头一块肉，牵着心经，连着血脉，风风雨雨度过了十五个年头。时光如流水，日复一日不经意间，孙子如风吹野草，见风就长大了。孙子要去住校，梁姐十万个不舍得，却不得不强装笑容，目送比自己高出一头的心头肉离开身边。待到尘埃落定，一阵阵孤独如同开闸洪水，瞬间冲垮了梁姐这些年一砖一瓦搭建起来的骨肉亲情。孤独就像病毒，在血管中蔓延，不断滋生、复制，堆积更多思念，最终让她病入膏肓。原本颇有主见的她，渐渐迷失了自我，变得对任何事不敏感，不关心。

光线越来越暗。墙上的霉点就像蚕茧表面的疙瘩，在黑暗中一点点收缩，将梁姐包裹起来，使她无法动弹，只能兀自呆坐在沙发上。电视机屏幕闪烁不定，默不作声，正播放一部不知名的连续剧，画面明暗相间，映射在梁姐脸上。这时，梁姐异常清醒，她一动不动地保持着姿势，只是期待苏启明赶快开门回家。

平常这个点儿，楼道里会响起脚步声，蹑手蹑脚，梁姐一听就知道是苏启明。随后，苏启明轻轻扭动钥匙，推开一条缝，伸进脑袋朝门内张望。梁姐清醒的时候，会慢吞吞地走进厨房，叮叮当当忙乎一阵，端出两三样小菜。两个人默默地吃完晚饭，梁姐动手洗碗，把厨房简单收拾干净，无视苏启明的存在，回自己房间，关上房门，一觉睡到天亮。不清醒的时候，梁姐搞不清苏启明是怎么打发晚饭的了。

今天不知为何，过了点儿，门口还没响起苏启明蹑手蹑脚的动静。等得时间久了，梁姐倒有点儿担忧起来。自打孙子出生，苏启明在家里的地位急剧下降，自然没法和孙子相比。但毕竟老夫老妻，相濡以沫走过半个多世纪，孙子在梁姐内心的位置一旦空置，苏启明名正言顺，恢复到她心中重要的地位。自然，梁姐在清醒时，依旧行使作为妻子的全部责任。除了满足苏启明肠胃的温饱，她也会在意苏启明和她生活了大半辈子所养成的生活习性，譬如穿衣打扮，兴趣爱好，身体状况，外出安全等一系列家常琐事。就像此时此刻，苏启明一旦晚回家那么几分钟，身为苏启明老婆的梁姐便按捺不住焦虑，黑灯瞎火中万分担心起苏启明的安全来。

风在外面挠着窗户，不依不饶地想从窗棂缝隙中钻进房间，邀请梁姐思念的念头，于凄冷黑夜中相伴出游。经过一番惊心搏斗，梁姐终于牢牢控制住非分之想，将它踩在脚底下。她支棱起耳朵，全神贯注倾听门外的动静，好在此时，一阵钥匙窸窸窣窣声，在门口响了起来。

带着一股寒意，风大摇大摆地从苏启明身边蹿了进来。随着苏启明"砰"的一声，用力关上门，风大半个躯体被挡在了门外，钻进房间那些剩余部分跌落地上，摔个粉碎。

关门发出巨响，吓了梁姐一跳。她扭过头，想责备苏启明为什么晚回家，却在门框震动的余音中，捕捉到一丝孱弱的惊吓声，如一根细丝悠悠荡漾，冷不丁缠绕心头，梁姐一颗心顿时随那根细丝荡漾起来。

梁姐劈头问苏启明："是什么在叫唤？"

苏启明不慌不忙打开灯，光线如水银，在房间里静静铺开，缓缓从餐厅天花板漫向客厅。梁姐迎着光线，看见苏启明从身背后，变戏法似的变出一只篮子。苏启明满面堆笑，眼角抛过来一束明媚春光，食指和拇指轻轻捏着蓝印花布一角。花布被慢慢掀开那一瞬间，迸发出一道白色光芒，梁姐呼吸骤然停顿。

梁姐直直地盯着那道光芒，神色紧张。她屏住呼吸，生怕混浊的呼吸会亵渎那道神圣光芒。她强忍着不敢挪动僵硬的身体，担心发出一丁点儿动静，会惊扰光芒从眼前消失。直到苏启明把印花布完全打开，端着篮子走到眼前，照亮梁姐整张脸庞，她才从惊愕迷茫中恢复了平静。

　　像是心有灵犀，听见那声惊吓，梁姐便幻想着那定是只小猫咪在呼唤她。映入眼中果真是只小猫咪，只是没想到，这只小猫咪纯白如雪，宛若天使降临人间。梁姐一时惊呆了。

　　小猫咪蜷缩在篮子里，浑身上下一袭绒毛，洁白无瑕，如天使下凡，令人剔除一切邪念，涌出无尽怜惜疼爱。

　　"是给我的吗？"迟疑中透着忐忑，梁姐的一颗心提到嗓子眼儿，生怕苏启明说出一个不字。苏启明点一下头，她松一口气，苏启明点了三下，梁姐悬着的心彻底落了地。她迈开步伐，迅速移到苏启明跟前，取过篮子放在桌上，眼中一汪柔情跟着洒向小猫咪。随后，轻轻地将小猫咪捧了出来，拥入怀里。小猫咪贴近身子那一刻，梁姐灵光闪现，仿佛有一道闪电，猛然将思念孙子的念头，击得粉碎。

　　小猫咪乖巧地躺在她怀中，柔弱无骨，化成一股热流融入她炙热的胸口。这股热流奔腾不息，涌上她脸颊，令梁姐白皙的脸泛出层层红晕。梁姐眼波泛火，一阵眩晕冲上脑门儿，差点儿支撑不住身子倒下。梁姐赶紧示意苏启明给她倒水来，一口气喝干。冰冷的凉水沁入胸腔，总算让自己平静下来。梁姐重重叹了口气，自言自语道："冤家啊冤家！"

　　听到梁姐自言自语，苏启明悬着的心终于放下来。认识梁姐至今，苏启明只从她口中听她说过两次"冤家"。第一次是新婚燕尔那个美好夜晚，苏启明手脚忙乱地褪去新娘子衣裳。新娘子依偎在他宽厚的胸膛，呼气如兰，娇羞地说了一句：冤家。第二次是孙子出世那天，梁姐第一次捧起裹在白色医用围兜中的一团血肉，怕化了似的，嘴里不停地喊着："冤家啊小冤家！"就好像那团血肉是从她身上掉下来的。可奇怪的是,儿子苏越出生时,她都没这么叫唤过。今天,苏启明再次听到梁姐喊"冤家"时,他可以肯定,折磨她几个月的病,已然不治而愈。

当晚,苏启明睡得十分踏实。因为他相信,半夜起床解手,他再也不会让呆坐在沙发上的黑影吓一跳。他还相信,小猫咪并非偶然出现,定是有缘故的。这缘故,或许跟他全身心投入修订苏家族谱、修缮祠堂有关。老祖宗在天之灵,奖赏他为家族事业付出一份诚心,可怜他操心梁姐,特意送来这只小猫咪,以表谢意。所以,他理所当然睡得安心。

但是,苏启明万万没有想到,为了这只小猫咪,梁姐整晚没闭上双眼。梁姐靠在床头,身上盖着被子,怀抱小猫咪,眼睛都没眨过似的,盯着小猫咪看了一夜。十五年前,她抱着刚出生的小孙子,也是这副模样,满心爱怜,怎么瞧都瞧不够、爱不够,生怕一个不小心,怀中的小猫咪,冻着,饿着,会受到伤害。

只有被击碎的思念,最清楚不过,小猫咪出现那刻,它就完完全全占据了梁姐的心田,再也没有思念待的角落了。

三

第二天,苏启明在睡梦中,被一阵剧痛惊醒。剧痛来自左耳。苏启明睁开眼,梁姐站在床头,怀中抱着那只小猫咪,另外一只手,揪着自己耳根,恶狠狠地拧来拧去。苏启明大声叫唤起来,同时一骨碌爬起身,光脚踩在地板上,不知所措地瞪着梁姐,不明白她大清早不分青白揪自己耳朵,想干什么。

梁姐缩回揪耳朵的那只手，轻轻地抚摸小猫咪柔软的后背，厉声说道，"都几点了？还不起床，我还以为你睡死过去了！"

苏启明瞟一眼闹钟，指针指向九点，心里叫苦不迭。昨天，他躲在祠堂修订族谱，接到二哥苏启程一通电话。他人大概在安徽某个小山城，信号不太好，扯着喉咙嘶哑大喊，说是上个月让广告公司定做的祠堂门匾，今天送货上门。大哥再三嘱咐，等广告公司挂上祠匾，马上拍张照用微信发给他，他好给远在美国的大伯报个信。

这段日子，苏启明和二哥苏启程两个人，三天两头泡在祠堂，按照族谱序列上标注的名字，翻开电话本，一家一户打电话核对确认。上周，远在山西的二伯打来电话，说是突然记起安徽某个小县城居住着一户苏家旁支。二伯在电话那头确定，是他整理物品，偶然从一沓信件中翻看一段文字，才想起有这么一户旁支。

信件上大多字迹模糊不清，但仔细琢磨，还是能够了解一个大概。苏家这户旁支为躲避战乱，举家躲进那个偏僻的山区。待到安顿下来，已是十多年后，这才想起给二伯写封信，告知平安。信落尾处标注了一行日期，大约是民国初期军阀割据那个年代。二伯让大儿子拍了照片，从微信上传了过来。苏启明老花眼，凑近屏幕，勉强认出发信地址为山城某村某甲几个字。地址落款也许是民国时期的，现在具体位置位于哪里，就不得而知了。苏启程认死理，只要得到一点儿苏家后人的信息，都要一一确认无误才肯罢手。循着这条线索，苏启程决定亲自跑一趟小山城。苏启明因为梁姐精神恍惚，不放心留她一人在家，婉言谢绝了二哥邀请他一起去小山城的建议。苏启程带着和他一样干巴巴的老婆子，一路游山玩水直奔山城而去。反正以修订族谱为名义的出游费用，远在美国的大伯，会十分慷慨地在修复祠堂的费用中支付。

穿戴好衣服，苏启明急匆匆准备出门，被梁姐一把抓住。梁姐郑重地把小猫咪塞到苏启明怀里，那样子，好像塞给他的是一件国宝。小猫咪暖暖的身子，带着梁姐的体温，偎在苏启明胸口，这让他感到怀中不仅仅是只小猫咪，那分明是梁姐的生命。一瞬间，苏启明受宠若惊。他捧着那团生命，怔在门口，抱着也不是，放下更觉得不妥当。

"你今天哪儿都不准去，雪雪从现在起交给你，替我好好看护它。我出去一趟，给它买些生活用品回来。你要爱护它，保护它，好生伺候。它要是有个三长两短，拿你是问！"梁姐的口吻不容置疑，像一座冰山，压在苏启明心头。"哦，对了，它叫雪雪，你多喊几声，它就知道是喊它了。"

"二哥定做的祠匾今天送货上门，还要挂上去，苏家祠堂那儿没人盯着不行。"苏启明小心翼翼地揣着这只叫雪雪的小猫咪，特意加重苏家两字，斟酌着这个理由相当充分，足以让梁姐打消不准他出门的念头。

"挂匾？"梁姐一脸鄙夷，努努嘴，嘴角显出一分嘲笑："挂祠匾这么重要的仪式，苏启程就让你一人操办？你见过哪家祠堂挂祠匾，不得隆重地举办个仪式，喊上所有宗族家人，邀请各方有头有脸的显赫人物过来捧场？说不准还要雇个乐队，吹吹打打，好歹彰显自家族人对门头脸面的重视。苏家老祖宗要是知道后代如此草率对待挂祠匾，在天之灵，不气个半死，也把你俩不肖子孙骂个狗血喷头！"

　　梁姐一番话句句在理，倒是提醒了苏启明。对啊，人活世上，脸面甚为要紧，祠堂挂匾不就和人的脸面那样，高悬明堂给人看的吗！祠匾是苏家族人的脸面，那上面凝聚老祖宗的辉煌岁月、荣耀往事。所谓光宗耀祖，无非是要让后人记得，祖上有一段非同寻常的历史。这历史，就在那块祠匾上，提醒后辈不得忘祖忘宗。

　　苏启明记得第一次站在苏家祠堂门前时，门头上光秃秃，除了蜘蛛网，别无他物。苏启明和二哥两人从祠堂管理办公室那里讨来钥匙，打开祠堂大门，只见里面灰尘满地，空旷的屋子角落，有一堆缺胳膊断腿的家具。他俩从里面抽出一块木板，拂去灰尘污渍，展露在他们眼前的是一块三尺见方，满是裂痕的木质祠匾，上面"苏公忠祠"四个瘦金体大字隐约可见。字面上的金粉早就被人刮去，但笔画苍劲有力，字字如龙飞舞。苏启明练过字，一看便是大家风范。俩人费了九牛二虎之力把祠匾挂上门头，站在匾下摇头晃脑大发思古之叹息，大肆吹嘘了老祖宗一番。

　　没几天，祠堂管理办公室一工作人员把两人喊过去，先是一通大道理，阐明祠堂为啥要统一修缮，修旧如旧。接着云里雾里聊了半天古镇远景规划，意思是古镇依托祠堂文化，能提高知名度，而祠堂修复需要资金支持，离不开古镇经济发展，两者相辅相成。绕了半天，俩人总算绕明白，就是苏家那块破烂不堪的祠匾，与周围几家修缮一新、挂着一块块富丽堂皇祠匾的祠堂相比，如出土文物般格格不入，有碍古镇观瞻。工作人员指着规划图信誓旦旦，古镇祠堂房屋修缮资金全由政府负责到底，如今初见成效。祠堂内部呢，各家有各家特色，政府也没那么多精力管这些，内部装修就由各家自己完善。另外家具摆设、先人资料整理、祠匾样式和内容等，也得由祠堂家族自己负责。俩人一听好啊，一起点头称赞政府想得周到，把祠堂作为一项文化事业来发扬光大，解决了许多后顾之忧。两兄弟当场向工作人员保证，重新定做一块新匾，支持政府的英明决策。苏启程认为挂块祠匾很简单，搭个梯子，两兄弟搭把手，分分钟搞定。谁都没有想到，挂新匾，尤其是宗族祠堂挂匾，那是有不少讲究的。

被梁姐奚落，苏启明有点儿开窍了。他若有所悟，觉得挂祠匾这事，真不能草率。不说从长计议吧，怎么着也要办个隆重得体的仪式，彰显一下苏家的脸面。想到苏家祠堂挂祠匾那天，无数目光热切地盯着崭新的祠匾缓缓升起，苏启明激动万分，举起手就朝怀中小猫咪拍去。

"你干什么！"梁姐大声呵斥，一把抓住苏启明手腕，目光中射出熊熊火焰。

苏启明一惊，赶紧收手，手心顺势轻轻抚摸小猫咪柔滑的后背，"刚才太激动，忘了手里还有它。梁姐，还是你明事理，有主见。祠匾高悬，那就是苏家历代祖宗的脸面，无论如何，也不能让老祖宗掉了身价，让旁人戳着后人脸皮说笑话。我这就给启程打电话，讲明利害关系。"

"我就事论事，苏家虽不是富贵大家族，好歹在古镇上占了一方祠堂，明摆着苏家祖上不是名门望族，也是书香门第。你们两个糟老头子，别老是钻研族谱，啥事都不管不问，该学学人家，想着法子光宗耀祖，让苏家后代子孙脸上有神采，脑门儿有光，那才是千秋万代的大事。族谱修得再漂亮，不能当饭吃，别人不关心这个。"

苏启明抱着小猫咪，不住地点头称是。他像个小学生，把梁姐说的每句话，当成师嘱，句句铭记于心。梁姐退休前是会计，头脑条理清晰，思路敏捷，做事雷厉风行，是单位里一把好手。至于家中财务大权，自然捏在手里，大事小事由她说了算。苏启明天生是没主见的人，又是乐观主义者，没什么不良嗜好，烟酒不沾，每月零花钱虽然屈指可数，也根本用不了。偶尔嘴馋，便去菜场买半斤猪头肉打打牙祭，剩下的钱胡乱塞在随身小包里，积少成多，这买猫的钱，就是拿那些碎钱换的整儿。

梁姐家中掌权，苏启明乐得轻松，啥事都不操心，只管培养自己的兴趣爱好。他除了每天练练毛笔字，外出走走锻炼身体，也就是每个礼拜去一趟苏家祠堂，待上半天，和二哥苏启程，整理苏家历代遗留下来、少得可怜的族谱和资料。族谱自不用说，自然是残缺不全的，否则就不用麻烦老兄弟俩了。历代老祖宗的事迹倒费了俩人不少精力，跑图书馆、史料馆、档案馆成了家常便饭，一点一滴地收集，海纳百川，慢慢地有了故事脉络，再加上点儿合理想象和大胆虚构，老祖宗在他们笔下一个个丰润饱满，活灵活现起来。但凡从某位苏家子嗣嘴里得来消息，说某处某地可能有苏家先人足迹，抑或有什么线索，俩人自然就会忙上一段日子。尤其是苏启程，人老心不老，自诩身子骨可以将就，一听说哪里出现苏家族人的线索，两眼便放出亮光，借口探寻先祖遗迹，三天两头四处云游，自己快活去了，扔下苏启明一人独自整理资料。

梁姐精神恍惚那段时间，苏启明不敢远离梁姐，他担心梁姐出事。二哥带着二嫂借着名头出门快活，他毫不在意。对于他来说，梁姐就是他的世界，失去了梁姐，他的世界也将轰然倒塌。既然挂匾之事要隆重，那么，今天挂不挂匾倒成次要，而何时举办仪式，仪式需要准备些什么，仪式怎么办才体面，成了当务之急。苏启明一面听梁姐唠叨，一面陷入沉思。俗话说，人靠衣装马靠鞍，自家祠堂占地面积不大，前后也就三开间。苏启明没事在祠堂四周转悠，得出一个结论：那就是苏家祠堂的规模，在祠堂林立的古镇中，算是相当寒酸的一家了。如果在挂匾仪式这事上，不弄出点儿动静来，怕是老祖宗真要在九泉下大骂他们不肖了。

"行了！"梁姐打断了苏启明的沉思，"你老实待在家里，照顾好我的雪雪，等我买好东西回来，咱俩先商量整理出个仪式的初步方案来，怎么说我也是苏家媳妇，这事有我一份，必须认真对待，从长计议。"说完，梁姐身影在门口一闪，把苏启明甩在家里。

小猫咪并不在意自己叫啥名字，但它似乎特别喜欢苏启明宽大的胸怀，它扭动毛茸茸的身子，不停地往他怀里钻。苏启明的胸口被小猫咪蹭得奇痒无比，他拎起小猫咪脖子，把它放到沙发上。小猫咪"喵"的一声，透出对温暖怀抱依依不舍的无奈。苏启明坐在小猫咪身旁，掏出手机，拨通了苏启程的电话。

没多久，楼下响起汽车喇叭声。梁姐在出租车上，给苏启明打了招呼，告诉他等会儿车到楼下，听见司机按响喇叭，就下楼来一起搬东西。苏启明下楼，大包小包气喘吁吁地把东西扛进家门，这才注意到，全是买给小猫咪的。

　　进了门，梁姐瞧见雪雪趴在沙发上，一副懒洋洋的模样，便用怀疑的眼光盯着苏启明看。苏启明耸耸肩，意思是我可没干什么对不起小猫咪的事。好在梁姐并没有深究，注意力很快转到雪雪身上。她抱起雪雪，就像抱着刚出世的小孙子那般，摇动着手臂，目光如水，如一席暖和的毛巾被，轻轻柔柔地盖在小猫咪身上，嘴里梦幻般地吐露出一连串哼唱："乖宝宝，饿了吧，乖宝宝，想死我了，乖……"

　　买回家的物件摆满了客厅：一幢粉红色猫舍，像童话世界里的城堡；猫用棉垫子，花花绿绿的，非常厚实暖和；严严实实一大箱子，拆开是一包包印着一只瞪着巨大猫眼的猫粮；猫喝水吃饭用的大小盘子摞成一堆；给小猫咪准备的小玩具；猫咪清洗用品；居然还有一套小猫穿的衣服，十分小巧可爱。林林总总，苏启明不知如何处置这些小玩意儿，傻傻地站着不敢动。梁姐白了苏启明一眼，指使他把这些东西摆放到位，又关照他依着猫粮上面的说明，伺候雪雪吃第一顿早饭。梁姐满意地看着一切摆放到位，痴痴地看着雪雪津津有味地吃着猫食，不再搭理苏启明。

　　苏启明屋前屋后忙乎半天，累得够呛，却给晾在一旁，没得到梁姐半句安慰。望着梁姐如痴如醉地哄着小猫咪，苏启明哭笑不得。这时，他突然想起，这个点儿，广告公司应该把那块定制的新祠匾送货上门了。他赶紧披上外套，手脚忙乱地套上鞋子，径直拉门而出。凌乱的脚步声从楼梯口渐渐消失，梁姐连眼皮子都没抬一下。在她眼里，雪雪伸着舌头，咂巴咂巴嘴唇，发出轻微的吞食声，可比什么祠匾可爱多了。

## 四

多了一只能跑会叫、惹人怜爱的小猫咪，原本一潭死水的家庭氛围，泛出了浪花般的欢快声。生活轨迹正朝苏启明期待的方向转动，但他总感觉哪里不太对劲儿。

以往，梁姐天不亮就起床，给孙子准备好早餐。孙子快吃完要去上学了，苏启明才慢吞吞地从房间里出来，陪梁姐消灭孙子吃剩下来的残羹剩饭。自从儿子儿媳一家搬去新家，孙子在学校寄宿，梁姐每天照例早早醒来，但她却不动手做早饭了，而是一屁股坐沙发那儿犯痴，一坐就是一整天，什么事都不干。这可苦了苏启明，他不得不改变往日的习惯，天天跑到小区附近一家面馆吃碗早面。完了打包一份带回家给梁姐，以免梁姐身体上又添毛病。

不仅如此，隔上几天，他就得硬着头皮去陌生的菜场，常常以高出别人的价格，买回一堆并不十分鲜亮的菜回来。更令他头疼的是，他不得不在梁姐脑子犯糊涂时，亲自下厨房，一番手忙脚乱，然后裹挟着油烟钻出来，端上两盆颜色看上去有点古怪的菜。味道肯定没指望了，反正是自己人吃，他的标准仅仅维持在能咽下去就行。再说，梁姐没发表任何意见，不也囫囵地吞了下去？说明马马虎虎过得去，苏启明自我安慰。但这种日子过得实在憋屈，苏启明焦头烂额，熬了几个月。小猫咪横空出现，总算让苏启明熬出了头。

梁姐对小猫咪十分中意，苏启明暗自庆幸自己买小猫咪的壮举。曙光已冉冉升起，明媚的阳光将扫净暗藏在苏启明内心的担忧。可是，接下来发生了一些事，让他感觉庆幸为时过早了。生活这辆列车，并没有按照他想象中的轨迹向前行驶。

民以食为天，人世间从早到晚，发生过的事数不胜数。直接的、间接的，大多和吃吃喝喝有千丝万缕的关联。其中很重要的一件事，和早饭有关。

每天，梁姐依旧早早起床。起来后，不急着刷牙洗脸，却赶紧去客厅查看雪雪睡得怎么样，有没有挨冻。看见雪雪眯着眼，像团雪球趴在窝里，梁姐才落下心，去卫生间洗漱，把自己弄清爽了。接着，梁姐进厨房，忙乎一阵，端着小碟子和小碗出来，为雪雪准备好早餐，但没有苏启明的份。苏启明一心盼望吃到梁姐亲手做的早饭，但他必须等到雪雪慢条斯理地舔干净碟子里的牛奶和碗里的猫粮，梁姐心安，再逗雪雪开心，然后她才慢悠悠地挪到厨房，忙乎他俩的早饭。

苏启明肠胃不太好，他多年养成了习惯，早上只认梁姐熬的稀饭和亲手擀的煎饼。那热气腾腾地端上来，闻一闻也是享受。前段日子连续吃了几个月早面，整个上午，他肚子里总是憋了一股子怨气，不停地打饱嗝冒着酸气，把他折腾得够呛。肠胃提出强烈抗议，可有啥法子呢？苏启明一见梁姐那副无精打采的模样，心就软了下来，暗暗地把抗议咽进肚子。

本以为曙光在前，他又可以吃到梁姐熬的稀饭，万万没想到，一切都得等到雪雪享受完牛奶和猫粮，才轮到他。这大半个早晨过后，肠胃在等待中早就对饥饿失去了耐心，渴望食物的强烈愿望也化为模糊的影子，等稀饭和煎饼端上桌，苏启明已经饿过了头，连味觉也迟钝起来。他浅尝两口，暗自诧异，明明是同一双手做出来的，才几个月，味道差异巨大，手艺大不如以前了。他叹了口气，扒拉几口，放下碗筷，走进自己房间，铺开宣纸，练起毛笔字，以消解过去一张煎饼大口就着一碗稀饭下肚的美好回忆。

按苏启明的理想规划，梁姐精神恢复正常，他应该卸下去菜场买菜的重任，远离菜场那块喧嚣之地，把更多精力投放在收集资料和修订族谱上面。可令他苦恼的是，家里多出来一个小生命，并没有改变苏启明的生活轨迹，外出买菜购物，依然落在他的肩膀上。梁姐如今大门不出二门不迈，整天待在家中，与雪雪寸步不离，生怕一个转身，雪雪从眼前消失。苏启明曾经小心翼翼地和梁姐商量，去菜市场买菜还是由梁姐出马比较合适，买回来的菜既新鲜又便宜。梁姐外出买菜，他在家悉心照顾雪雪，保证不出任何差错。梁姐听了，双眼圆瞪，射出两道不包含任何信任的目光，盯得他心里发毛，再没勇气提第二次了。

第二件事不了了之，苏启明万般无奈，继续三天两头奔赴菜场，和菜贩子们打交道。紧接着发生了第三件事，让苏启明满含悲哀。这件事让他意识到，他在家中的地位，再次急转直下，排到最末一位。

退休后，为了打发漫长日子，苏启明练起了毛笔字。他把练字时间安排在早饭后，因为这个时间段，精气神处在最佳状态。吃饱了煎饼，喝足了稀饭，迎着朝气，阳光散在身上，人吸收了太阳能量，气血运行，体内如浪花奔腾，此时提腕下笔，借势书写，必定行云流水，一气呵成。

练字一年有余，渐渐有了一点儿收获，偶尔得了个区书法比赛优胜奖，便得意扬扬，自恃清高起来。苏启明练字有个习惯，周遭环境要安静，身边不能出现任何干扰练字的因素，只有那样，他下笔才能神闲气定，人笔合一。如果他在练字时，出现嘈杂的声音或者不相干的人乱走乱晃，他会心神不宁，字练不好不说，还影响一天的心情。有次梁姐不知为了何事，在苏启明练字的时候，三番五次进入房间，搅乱了他练字的心情。他那张老脸，一下子拉到地上，非常难看。那是他唯一一次不待见梁姐。

　　一家人知道苏启明脾气，尽量不在这个时候打搅他。梁姐生病之后，他行云流水般的精气神，如一盘泼出去的水，洒得满地都是，成不了形，凝不了力，不得不中断书法练习。眼看梁姐的忧郁恢复得差不多了，苏启明手指痒了起来，心心念念他的行云流水。尽管肚子没有吃饱喝足，但铺开宣纸，手握毛笔，一副功架摆足，久违的人笔合一倒有点儿感觉出来了。

　　问题在于，雪雪并不知道苏启明练字时有这个禁忌。趁梁姐在厨房洗碗，雪雪悄无声息地溜进苏启明房间。雪雪尝试了几次，终于跃上床，顺着床沿，一个跃步，跳上铺了宣纸的书桌。小脚丫在雪白的宣纸上踱来踱去，踩出几朵梅花来，还扭过小脑袋，冲苏启明叫唤两声。

　　从来没人在他练字时如此放肆，竟然还敢挑逗，这可惹恼了苏启明，暗自怒吼："小畜生！"他抡起毛笔尾端，像扫垃圾一般，挥向那团雪白的身躯。他本想把雪雪赶到床上去，没成想，情急中搞错了方向，直接将雪雪扫到地板上。对于一只幼小的猫科动物来说，书桌距离地面的距离是相当高的。雪雪的惨叫声引来梁姐，她心疼地抱起猫咪，一边摇晃着安慰，一边伸出手指指

着苏启明的鼻子，指尖还滴着水渍："你个杀千刀，想干吗？雪雪
要是有个三长两短，我也活不了了！"

"没必要吧，只是只小猫，摔坏了可以再买嘛。"苏启明虽想
道歉，但嘴上还是先要理论一番。

"哼！"梁姐冷眼如冰，"雪雪难道不是你买给我的？你怎么
狠心下得了手?！雪雪就是我，我就是雪雪，你怎么对待它，就是
怎么对待我。你可以试试，看我敢不敢死给你看！"

梁姐口气说得如此严重，苏启明慌了神，害怕她又要犯病，
又是道歉又是赔不是。苏启明咨询过医生，医生给出建议，任何
时候都不能惹她情绪激动，不要让她觉得你在抵触她、敷衍她，
或者欺骗她。一定要顺着她，她想干什么，尽量满足，只要不违
法就行。实在没辙，一个字，躲。

屋里就那么大，能躲哪儿去？苏启明只好闭上嘴，任凭梁姐
雨点般的唠叨在耳边滴滴答答下了半天，只能来个左耳进右耳出。
唠叨半天，梁姐嘴干说不动了，恶狠狠地甩给苏启明两道等着瞧
的目光，抱着雪雪转身去了客厅。苏启明耳根清净，长呼一口气，
手心里攥着汗，他突然意识到，在梁姐心目中，他的地位竟然敌
不过那只小猫咪了。

本来呢，苏启明打定主意，雪雪如果再跳上书桌捣乱，他就
收拾笔墨纸砚，赶紧走人。惹不起还躲不起吗！正好有几天没找
老梁下象棋了，索性杀两盘，出口恶气。没成想，小猫咪似乎早
就忘记他的粗暴行为，喜欢上了他的书桌。只要苏启明铺开宣纸，
它就立马跳上书桌。不过，雪雪不再四处乱走，而是团在桌角，
抬起小脑袋，瞪着一双宝蓝色大眼睛，看苏启明运笔挥毫。

只要不影响我练字，你爱待多久就待多久。苏启明端起笔尖，指着雪雪上下比画，满脸无可奈何。写了几个字，见雪雪脑袋缩进身子里，毛茸茸一团，半透明的耳朵偶尔抽搐一下，像是睡着了。苏启明心里乐了，畜生就是畜生，吃吃睡睡，无忧无愁。就维持这个状态吧，你睡你的觉，我练我的字，我俩相安无事，梁姐肯定没意见。

冬日阳光慵懒，它透过房间玻璃窗，慢慢地触摸到铺在桌上的宣纸一角，然后，懒洋洋爬上了同样懒洋洋眯着眼安睡的雪雪身上。苏启明眼神凝落在笔尖上，突然觉得眼前一亮，目光不由得被拽了过去。他想明白了，雪雪为什么喜欢来他的房间，还喜欢待在书桌上，原来，它是喜欢这里的阳光。

此时此刻，雪雪全身通体透明，光亮从它身体内透出来，向四方漫射光芒，刺得苏启明眼前一片白晃晃。雪雪兀自眯着眼，享受着阳光抚摸，弱小的身躯随着均匀的呼吸微微颤动。白色毛发在阳光里轻轻摆动，晶莹剔透，仿佛有一层流动的光芒围绕着身体流转。苏启明看呆了，忍不住伸出手，想去抚摸这只小天使，竟忘了手里还握着一支蘸满了墨汁的毛笔。

"哎呀，快住手！"梁姐大喊，话音还在门口，人已出现在书桌旁，她揪住苏启明手腕，用力捏了一把肉皮，疼得苏启明倒抽一口冷气。"就知道你不安好心，趁我不在，欺负我们娘俩。怎么，你想把它画成一只黑猫吗？告诉你，苏启明，你敢动它一根汗毛，我就把你这些破纸破笔全都扔出去，连你一块儿扔！"

娘俩？苏启明一脸愕然，小猫咪什么时候又升级了，这下好，变成欺负小辈了。显而易见，这场误会让自己身处劣境。苏启明心疼花了不少钱置办起来的文房四宝，赶紧开口，再不解释，都要变成垃圾扔出去了。

"雪雪这么可爱乖巧，人见人爱，我喜欢还来不及，哪敢欺负它？你看它，趴在书桌上，睡得多么安心，我要是三天两头欺负它，它敢在我面前睡得那么踏实吗？你再仔细瞧瞧，它像不像小天使，白玉无瑕，浑身充满了灵性，你是不是因为这个才取名雪雪的？这是老天爷送给你的礼物，我能欺负它吗？欺负它，不等于欺负老天爷？谁敢啊！"苏启明使出浑身解数，想让梁姐放弃扔东西的念头，嘴里越说越离谱。他平时话不多，这时心里急躁，已经不知道自己在胡说什么了。

"哼，算你识相，雪雪是我的心肝宝贝，绝对不可以对它吹胡子瞪眼，更不可以让它受任何委屈，记住了没有？"梁姐顺着苏启明所指，看到雪雪安安静静地趴在一角，阳光像一床温暖的棉被盖在它身上，它确实像可爱的小天使。苏启明表情恳切，指天道地不像在说谎，梁姐暂时相信了他，口气软了下来："告诉你啊，我跟雪雪好像上辈子就认识，你那天带它回来，我跟它一对眼，心头过了电似的，别提有多震惊了。我好像做了一个长长的梦，梦里不停地寻找着什么，怎么也醒不过来，是雪雪把我从梦里拉回现实中。你说，今生我俩能再次相遇相伴，是不是特别有缘分？"

梁姐话都说到这份儿上，苏启明哪敢接话，只能拼命点头，生怕梁姐认为他不认可她和小猫有缘分。他觉得梁姐的忧郁被治愈了，但好像哪里又出现了问题，至于哪个环节出了纰漏，他说不清。眼下，还是谨遵医嘱，尽量别惹梁姐生气。只要她心情愉快，这家就平安无事。还有就是，这只猫我是惹不起了。

## 五

一个多礼拜后，雪雪毛色渐丰，越发柔顺亮丽。它四肢有了点儿力，走起猫步不再颤抖。眼神更加清亮，特别是它趴在阳光下，浑身上下一片雪白，猛地睁开双眼，那双瞳目，就像两颗镶嵌在白色沙滩上的蓝宝石。

吃饱喝足，雪雪沿着客厅墙角散步。随着对陌生环境的日渐熟悉，雪雪从小心翼翼地探寻，到四只雪白的脚爪，时而欢快，时而神色悠闲，在房间各处游荡，仿佛是在巡视自己的地盘。它四只柔弱无骨的爪背上，覆着一层细细密密的白色毛发，巡视时，弓着身子，爪子在地板上踩着鼓点，悄无声息。它沿着踢脚线潜行，时而转过小脑袋，一双蓝色大眼朝坐在沙发上织毛衣的梁姐望望，有意无意地展示自己曼妙的身躯。墙根有张方凳，方凳靠着窗台，它走近前，伸出爪子挠挠凳子脚，然后前爪腾空，后肢使力，一个跳跃，跃了上去，借着势，绒毛根根竖立，肩胛骨隆起，身子再次发力，如一团雪花，飘落窗台上。动作一气呵成，堪称完美。

窗台上，阳光白花花地铺满窗沿，正等着它美美地去享受。苏启明不在房间练字，雪雪就喜欢跃上窗台，这里的阳光比书房更温热、更长久。

对于雪雪无声的行动，梁姐了然于心。她那双躲在老花镜后面的眼睛，闭着都能想象到雪雪每一个动作，每一个表情，甚至连它翘几下尾巴，都一清二楚。一般这时，梁姐会停下针线活儿，拿眼一瞅，看着它安安静静地趴在窗台上，蜷缩着身子，打个可爱的哈欠，接受阳光的爱抚。等雪雪没了动静，她才低头继续织手里的毛衣。

只要天气晴朗，阳光准时斜着身子探进客厅，雪雪吃饱喝足，就爱趴在窗台上这个固定位置，眯上眼晒上一个上午。家里静悄悄的，温和的光线占满整个客厅，一老一小两颗孤独的心灵相互交会，相互依赖，在时光流淌中感受对方的存在，却又互不干扰，享受着阳光下各自一片宁静的天地。

梁姐脑子里可一点儿都不宁静，过去的事，常常东一块西一块冒出来，既不按时间顺序，也不按自个儿意愿，有点像沼泽地里冒着的泡沫，只管一个个争先恐后地冒尖，鼓起，破裂，又鼓起，再次破裂，噼里啪啦非常热闹，哪管主人是否接受。

在那些鼓起的泡沫中，关于雪雪的泡沫占了绝大多数，因为这些泡沫既新鲜又强烈，而且梁姐也十分愿意它们不间断地冒出来。有些泡沫是属于小孙子的，固定且顽固地夹杂在那些新鲜泡沫中，并没有在梁姐内心荡出连绵不绝的涟漪来。她只是平静地看着这几个泡沫鼓起破裂，然后兴致勃勃地转向那些新鲜的泡沫。倒是偶尔冒出一两个十分稀少、和苏启明有关的泡沫，却让梁姐陷入对过去那段时光的回忆中。

选择苏启明作为自己的恋爱对象，是看中苏启明的性格。梁姐在单位搞财务工作，就想着未来成家立业，经济大权自然要紧紧捏在手心。在遇见苏启明之前，她谈过两任男朋友。一位是标准的大男子主义，什么事都以他为主，稍微有点儿反对意见，就摆出一副不乐意的态度，仿佛所有人都跟他作对。梁姐心高气傲，两个人碰面，没说两句脸就红成一团。第三次见面不久，两个人很快就水火不容，那人扔下梁姐转身就走，把梁姐气得好几天闷闷不乐。另一位心眼儿像针尖一样细，吃不得半点儿亏，在他眼里，全世界的女人都在想占男人便宜。交往一阵子，梁姐当机立断，斩乱麻似的一刀下去，再也没有理睬"针尖"的各种哀号。

　　苏启明进入梁姐的视线，那是两年后的事了。苏启明性格中有柔弱的一面。领导安排他做什么，他就做什么，既不会越雷池一步，也不会拖沓延迟。他似乎没有自己的主见，别人说什么就是什么，不发表自己的意见，即使有想法，也埋在心里，不会让你看出一点儿端倪。不过，苏启明柔弱，并不代表他弱小，只是他生来脾气性格就是那样，没法改。但凡只要安排他去做什么事，他能够在最短的时间内，把事情做得最好，让人无比舒坦。把事情交给苏启明去办，心里十万个踏实。苏启明就像是一座厚重的山，一堵坚实的墙，能够压得住秤。从这个角度看，其实并不弱。

　　梁姐认为，男人不能小气。男人一旦小气、小心眼儿，那跟女人有啥区别？还要一言九鼎，男人毕竟是男人，主心骨还得是男人，出了事，男人要拿得出手，敢站出来保护自己，让女人能够依靠一辈子，放一百个心。梁姐打心底没要求男人一定要豪气万丈，眼光比任何人都远大，却不管自己眼前的一块小天地，这样的人保不准日后还会演变成大男子主义。她只想过自己的小日子，家里有个听话的男人，她要男人往东，就不敢朝西。

　　条件其实不算苛刻，但在梁姐眼里，能完全符合要求的男人并不多，挑挑选选，苏启明总算进入梁姐法眼。

苏启明被梁姐严格考察了三年，终于，她心满意足放心大胆地嫁给了这个听话的男人。只不过这么多年日子过下来，家里除了生老病死这些人间常事，并没有发生过任何大事，苏启明也就没有机会证明，他有保护梁姐的能力。

女人嘛，总归是有虚荣心的。梁姐年轻时，除了长相不那么出众，其他女人该有的，她都拥有：苗条的身材，白皙的皮肤，妩媚的笑容，加上一头瀑布般飘柔的长发，窈窕淑女，追者不乏。她爱打扮，也希望男人能给予关怀和惊喜，譬如过生日送点儿小礼物，过个节日陪她看场电影之类。可苏启明好像缺了那根筋，从来没有主动付诸行动，非要梁姐左等右等，等来一腔恼怒，最后不得已亲口说出来，苏启明脑子里的筋才拐过弯来，屁颠屁颠地满足了梁姐的心愿。

泡沫"啪"地破裂，年轻的苏启明依附泡沫一圈边缘，黏黏糊糊地沉了下去。旁边又冒出来一个更大的，白发苍苍一张老脸在泡沫薄膜上滑动，脸色苍白像张白纸，眼神黯淡没有光彩，梁姐伸出手摸摸自己脸颊，惊诧于这张既熟悉又像是陌生人的脸。

心情沮丧那段日子，梁姐一直抗争着，挣扎着，希望自己能从忧郁的深渊中挣脱出来。她心里十分清楚，过度忧郁无济于事，对自身健康不利，对家庭成员也是种伤害。尤其是苏启明，忙东忙西，眼见着瘦了一圈，对自己却爱莫能助。梁姐内心其实还有更深层次的担忧：儿子儿媳比苏启明忙多了，难得有个周末，不得不抽出时间过来尽一点儿孝心。紧巴巴地赶过来陪一个脑袋糊涂的老太婆，要是影响小孙子的学习，那她的罪过就大了。

可是，心里明白是一回事，忧郁的情绪却怎么也驱赶不去。

无论做什么事，或者在半夜沉睡中，忧郁就变成一条虫子，扭动身子，悄无声息地爬进大脑，然后幻化成各种调皮的样子，尽情挑逗梁姐脆弱的神经。她无法控制自己的情绪，情不自禁，又想起陪着小孙子玩耍的日子了，希望这样的情景能够永远存在下去。

那段日子，梁姐很痛苦，她觉得身体病了、疼了可以找医生治，可是心里的孤寂冷清该怎么治呢？忧郁给她织了一张网，越是挣扎，束缚越紧。她一心想要爬出那个陷她于黑暗的深渊，挣扎的结果是越陷越深，反而渐渐迷失在自己的幻想中。于是，她在泡沫上看到了那张毫无生气的老脸——一张陌生人的脸皮，紧紧地贴在自己脸上。

梁姐闭上眼，不想再次看到这张不属于自己的脸。她把思绪转回雪雪身上。第一次见到雪雪，不过几天前，那时，她深陷深渊中无法自拔。雪雪全身雪白的毛发犹如一道闪电，划过黑漆漆的深渊上空，将黑暗撕开一道裂缝，让梁姐彻底摆脱了梦魇的禁锢，焕发出生气来。

从深渊脱身出来，梁姐一身轻松，有股重生的喜悦，对生活意义有了脱胎换骨般的理解。那天，她从苏启明手里接过雪雪，小猫咪哆嗦的身躯带着体温，顺着手腕传导到心脏，她平静如水的心池，如同激流涌入，猛然沸腾起来，水面像一面小鼓，扑通扑通的浪花和小猫哆嗦的身体一起跳跃……

梁姐任由思绪漫无目的地游荡着，她的目光一会儿停留在雪雪安睡的身子上，一会儿跟着午后的阳光，游离在房间的地板上。地板上，再次映出苏启明那张脸，阳光给这张脸镀上一层金黄色，让梁姐倍感温暖。

　　相濡以沫这么多年，梁姐还是头一次，从心底完完全全感受到苏启明对她的一片挚爱。之前苏启明对她的爱，好像全是她索取来的。她想要什么，立即要求苏启明给予她，反正苏启明有求必应，印象中，苏启明从来没有主动向她示爱过，她也从未享受过他的主动。这种索求之爱，她短暂地享受之后，便觉索然无味，完全没有把它当成一回事，更觉得没有值得铭记于心的必要。

　　此时，梁姐由衷地对苏启明生出一份感激之情。她感谢他给她带来的新生命，她的命和雪雪这条小生命，将交织在一起，扬起她重新生活的生命之帆。

　　女人大多如此。平时你默默地陪伴她，给予她无尽关怀，无尽的爱，她未必会领你的情，晓你的义。但如果，你在她最脆弱、最失意、最需要怀抱的关头，给她一个坚实的肩膀依靠，一个宽厚的胸膛依偎，女人就会像抓住了一根救命稻草那样，把你当成她的救世主，你在她眼中就成为最最有魅力的男人，她会一辈子记住你，全身心地感激你，甚至可以为你付出生命。

　　这个阳光明媚的上午，梁姐的思绪就像那道光线，透过树叶，投影在地板上，形成斑驳的影子，纷繁而杂乱。到了中午，她记起苏启明临出门叮嘱过一句，中午不回家吃饭了。想起来这件事，她先是伺弄雪雪吃了午饭，忙完后，也没什么胃口，就把昨晚的剩饭剩菜热热，将就着吃了点儿，然后又一屁股坐上沙发，继续享受着和雪雪面对面的温馨氛围。

　　渐渐地，梁姐手中编织的竹针耷拉下来，她感觉到身体轻飘飘的，眼皮却沉重如铅。不一会儿，她合上双眼，头也跟着耷拉下来，呼吸平和地随着胸口起伏，脸上似笑非笑，一副十分满足的表情。

织了一半的毛衣滑落到脚底，竹质针头撞击地板，发出极其轻微的响声，却惊醒了安睡中的雪雪。它支棱起两只毛茸茸的耳朵，抖动了一下，蓦然睁开了蓝宝石般的猫眼。

一阵风儿从窗台挤了进来，雪雪听见窗外树叶儿在那儿摩挲窃语，叽叽喳喳好不热闹。冷风在窗台边打着转，裹挟着一股从运河对岸的厉山上剐蹭下来的清香，里面夹杂着一丝熟悉，但又陌生的气味。这气味唤醒了雪雪懵懂中的记忆，让它为之沉迷，为之迷惘。它使劲嗅着这股好闻的气味，嗅着嗅着，完全没了睡意，小嘴龇了龇，转过身子，朝着风儿挤进来的那道缝隙潜行过去。

## 六

就在雪雪于午睡中，睁开一双宝蓝色猫眼那个瞬间，苏启明正站在苏家祠堂那间挂着老祖宗慈眉善目的画像、四壁空空荡荡的房子正中间，摇头晃脑哼着小曲，一副自在惬意、自得其乐的样子。

苏家祠堂坐落在厉山古镇西北一个不起眼儿的角落，如果没专人带路，连苏启明自己，也不会注意到，那扇斑驳破败、摇摇欲坠的木门后面，竟然是苏家历代祖先精神和灵魂的安息地。

古镇有两条老街，东西向称为横街，南北向称为直街，两条老街垂直相交，厉山寺坐落在两街交会处。厉山寺建于南朝，距今有一千五百多年历史。原址为一处草堂，草堂主人的真实身份已淹没在历史泥沙里，民间口耳相传，说他乐施好客，结交甚广，文人墨客常常会聚一堂，在草堂烹酒煮茶，指点江山，成为一处风雅之地。当时有些名望的僧人圆真大师游历于此，见此地山清水秀，四周山峦环抱，群山蜿蜒曲折，有蛟龙盘踞破风之相，赞叹不已，遂生结束云游四方的生涯、在此建造寺庙终了一生的念头。圆真大师和草堂主人商榷，得到首肯后，将草堂扩建成厉山寺。圆真大师把厉山寺最幽静的地方留作厉山草堂，未做任何改动。不久，草堂主人逝去，圆真大师便将草堂改做诵经堂。平时诵经修心，有客来访，便与客人在此高谈阔论，颇有草堂遗风。

厉山寺建成以来，香火旺盛，前来拜佛许愿的香客络绎不绝，达官贵人纷至沓来。鼎盛时期，驻寺僧人竟然超过两千人。"南朝四百八十寺，多少楼台烟雨中。"佛教在当时的受欢迎程度可见一斑。千百年风风雨雨的洗礼，天灾人祸的迫害，厉山寺历尽坎坷。光是因为雷击而引起大火，寺庙被焚烧殆尽，就有四次。人祸更不用说了，一千多年来，多少朝代更迭，社会动荡不安，百姓民不聊生，厉山寺遭遇大大小小几十次战争洗礼，毁了重建，建好了再次毁于战争，反反复复，依然屹立于厉山脚下。

更令人感到惊奇的是，在厉山寺四周，散落着一百二十多家大大小小的祠堂，它们集结成群，相互掩映。以祠堂为主要建筑，逐渐构建出两条老街。守祠人以及他们的后代子嗣，一代代守着祠堂，繁衍生息。人丁如雨后春笋，烟火气渐渐浓厚，越来越兴旺发达，最终衍生出厉山古镇，让人不断造访。

古镇祠堂建筑大部分保存完好，但在日本侵华战争期间，被炮弹毁掉了一部分。"文革"中，建筑倒没有被破坏多少，但是祠堂内许多具有历史研究价值的文物和书籍，被打砸抢一空，存世不多。这些十分有价值的文史资料，记载着家族的文化底蕴与传统。苏启明兄弟现在做的工作，就是尽量弥补苏家缺失的历史，还原苏家曾经的辉煌。

每次去图书馆查询老祖宗的史料时，苏启明便顺便翻阅厉山寺和古镇的演变历史。从这些零散记载古镇演变历程的史料中，苏启明隐隐约约地领会出一分隐藏在历史长河中的意味：苏家和其他一百多家名望宗族，选择厉山作为家族祠堂所在地，一定具有十分特殊的渊源。祠堂，作为忆念祖宗功德、强化家族血缘纽带的场所，大多出现在以族群聚集的村落附近，通常而言，是不会和其他宗族混在一起的。而在厉山古镇，一百多家祠堂蜂拥而建，毫不忌讳祠堂设立初衷，是什么原因造就了这种现象，苏启明对此有极大的好奇心。所以，他开始有意无意地留心收集关于古镇祠堂的相关历史留存和民间传说，想从中找出其内在联系，探索其中奥秘。

当地政府高瞻远瞩，早就意识到这一百多家祠堂云集古镇，在全国乃至全世界范围，都十分罕见，其特殊的祠堂文化，对探究中华宗祠文化演变发展过程，具有重要的意义。政府介入古镇管理，出台了一系列针对祠堂的管理措施，对祠堂进行保护性开发和修复。其中有一项就是要求完全修复好的宗族祠堂，集中在周末两天向公众开放。一百多家祠堂，各有各的宗族特色，每个家族历史底蕴深厚，人文荟萃，周末来古镇休闲的游客比较多，自然会吸引一些对家族文化感兴趣的游客驻足。古镇为此特意制作了一张祠堂导游图，游客只需按图索骥，就能够最大限度地领略古镇祠堂文化。

在这一百多家祠堂中，完全由政府出资修复的宗庙公祠，早几年已经对游客全天候开放，而完成修缮并有条件对游客开放的私家祠堂，只占了小部分，大多祠堂处于待修复状态。祠堂所属家族后人，有钱出钱，有力出力，他们或收集完善家族名人史料，或联络各地宗嗣族人，编制族谱，只待条件允许，便开门迎客，展示家族辉煌历史和伟绩。

当时，苏启程拉着苏启明一起去古镇办公室，咨询苏家祠堂相关移交手续，才被告知，古镇祠堂全部由政府统一规划，纳入古镇管理范畴，任何家族在祠堂举办祭祀典礼，必须向管理办申请并得到同意后，方能举办。同时还规定了，家族人员每周只能进祠堂一次，祠堂钥匙由管理办保管，进入祠堂前，到管理办登记领取钥匙，结束后再归还。

苏启明对祠堂有点印象，父亲过世前曾经谈起过，苏家老祖宗在古镇上有座祠堂。苏启明前几年特意找过几回，始终无法确认，那些摇摇欲坠、看上去像拆迁工地的门墙里面，哪一扇是属于苏家的。这回，管理员领着苏家兄弟，走到一扇破败不堪的门板前，说这个就你们苏家的祠堂。那扇门裂开几条缝隙，几乎能伸进一条手臂，门上挂着一把铜锁，锈迹斑斑，苏启明猜测这把锁都不需要钥匙就能打开。门头没有挂祠匾，两边墙头上野草一簇簇长得茂盛，如果没有管理员指认，苏启明绝对想不到自家老祖宗的祠堂，落魄到如此萧条、令人心酸的地步。

对修复苏家祠堂一事，苏启明曾经动过念头，还找二哥苏启程商量过，但念头只是在脑子里打个浪花，没再翻出一丁点儿水沫来。一来经济大权握在梁姐手里，自己有心无力。二来儿子吵吵买房，家里那点儿存款，还不够小两口付首付，别指望这点儿钱能办别的事。苏启明也想过让散落在各地的苏家子孙筹集资金来修缮祠堂，只是苏启明生性懒散，心性淡泊，要让他领头办事，是决计不可能的。苏启程对此态度淡漠，不置可否，这事也就没人再提。

再次点燃修复祠堂这个念头，是在半年前，这次，是二哥苏启程主动找上门，一开口，直接切入主题，告诉他，修缮资金不需要他考虑，已经落实了。他们所要做的，是编撰苏家族谱，这项工程有点儿难度，需要联络散落在全国各地的苏家后裔，一一确认各自家族成员的族系。二哥手头，有一本残缺不全、用老式纸线缝装起来的族谱，苏启明还是头一次见到，居然还有这么一本族谱留存于世。另外，二哥告诉自己，只要是和苏家老祖宗有关的书籍、著作、字画、留下的祖训、用过的服装、老旧家具、使用过的农器具，甚至马桶、鼻烟壶、吸食鸦片的烟筒都无所谓，通通留意收集起来，以后祠堂里的摆设，都用得上。

苏家血脉，根基在厉山脚下，明末清初曾经兴旺发达，出过几位在朝中做了官的先贤，衣锦还乡，因此得以设立祠堂。后代子辈不肖，背靠祖宗德荫，未发扬光大，反而没落衰败，繁衍至今，仅剩下启字辈延续苏家香火，不至于断了根。

苏启明在家排行老三，老二苏启程，老大在两兄弟还没出生就夭折，之后才有他俩。往前一代追溯，苏启明的父亲也是排行老三，上有大伯和二伯，下有一位小姑。在兵荒马乱的年代，小姑年纪轻轻就死于疟疾，其余三兄弟各奔东西。大伯孤身一人去法国求学，之后辗转定居美国。二伯加入共产党，征战南北，戎马一生，在山西讨了位驻军之地的女人，于是，就扎根在了山西，最后定居太原，子嗣倒也兴旺。苏启明见过二伯一家子的合影，二伯挺直身板坐中间，精神矍铄，身边围了一大群子孙，细细数过，竟有三十多人。

远在美国的大伯，身体状况就没那么乐观了。他躺在床上差不多有十年了，全靠年轻时创立的一家食品公司支撑着一家人生计。大伯三代单传，儿子早几年先他而去，如今，只剩一个孙子陪伴左右。孙子的中文名字是大伯起的，在家里就称呼苏爱德，出了门，得入乡随俗。孙子就把中文名倒过来读，取了个洋名叫埃德逊。成年后讨了洋媳妇过日子，有一男一女两个孩子，不过模样都随洋媳妇。金色鬈发，皮肤白皙，高鼻梁，只有一双黑色眼眸，深陷在额头之下，遗留了一点儿东方人的神韵。

修缮祠堂的主意是大伯提出来的。那时，他躺在病床上，不知哪根筋搭上了，突然想看看老祖宗设在古镇上的苏家祠堂，就让孙子回国，借着考察投资的名义，在古镇转悠了一天，带回些影像资料。没成想，大伯一见苏家祠堂那副破败没落的门脸，躺在床上痛哭流涕起来，捶胸顿足喊着对不起祖宗对不起历代先贤。埃德逊对爷爷的想法门儿清，明白爷爷肯定动了回大陆的心思，毕竟在海外漂泊了一辈子，一个人老了，总想着落叶归根，很正常。埃德逊从小在异域长大，对中国古老的祠堂文化非常陌生，不理解一个家族为什么要大费周折，往一间小屋子塞满牌位，祭祀那些虚无缥缈的祖先。他倒情愿替爷爷在家乡找一块好墓地，也强过那些祠堂。有一点埃德逊做得令大伯相当满意——上次去考察，埃德逊托当地政府，帮忙寻找苏家是否还有后人在当地生活，回来后不久，就收到一封邮件，注明了苏启程的电话和地址。

大伯立刻联系上苏启程，说他出资金，先把苏家祠堂修缮起来，然后，再慢慢把族谱整理完善，一切开支，全部由他埋单。他要在有生之年，看到苏家祠堂光光鲜鲜地屹立在古镇的祠堂群中，让列祖列宗们的丰功伟绩，受后世瞻仰传颂。只是，他并没有明确地告知苏启程，他想在苏家祠堂，留下一个刻有他名讳的牌位。

因为有了资金支持，苏启程对自家祠堂修复的态度，来了个一百八十度大转弯，他积极主动地联系上苏启明，急吼吼地拉着他去古镇，好像修复这事，时间紧迫，一刻都浪费不得。

祠堂由政府统一进行修缮，自然是好事。老哥俩去古镇管理办之前，还不知道有这回事，他俩琢磨，祠堂先接手下来，接下来，请个专业点的装修公司，对祠堂内外好好设计一下，既不能太浮夸，也不能太简陋，还要透出一点儿古朴，一点儿庄重，一定要展现出苏家祠堂独特的文化氛围。

既然政府接手管理祠堂，他们省去这份心，也乐享其成，至于每周只能进祠堂一次，也不太在意。本来，祠堂只有在祭祀先祖时才会启用，一年不过一到两次而已。他们进祠堂，只是偶尔整理整理先祖资料，誊写补缺先祖的丰功伟绩，然后请人给老祖宗画像，添置点书架、八仙桌、太师椅之类的古朴家具，慢慢把祠堂布置成祠堂应有的模样，并非需要每天都去。

只是没想到，自从苏启明去了几次苏家祠堂之后，竟然喜欢上了祠堂那种肃静的氛围，一个礼拜不去一趟祠堂，在老祖宗面前待上一天，浑身就难受不已。

对着空旷的房间，苏启明又哼了几句唱腔。二哥不在，他一个人待在房间里，祠堂更显得冷冷清清。苏启明清净惯了，倒是不在意有多冷清，这时，他心里有点发虚。祠堂毕竟是庄严的祭祀场所，在这里，只能出现敬畏、悲壮、尊崇、追思等等无比庄重的情绪，怎么可以在历代老祖宗牌位前，唱着小调，哼着小曲？自己如此大不敬，老祖宗怪罪下来，实在大为不妙。

## 七

接到儿子苏越打来电话，苏启明并没有在祠堂。他早早地结束了手头整理工作，掩上祠堂大门，一溜烟儿跑到古镇办交还钥匙，然后约了老钱来到运河边一处凉亭中。两个人毫不在意瑟瑟寒风，紧裹大衣，盯着石桌上的象棋棋盘，已经大战了十个回合。

铃声响起，苏启明一看是儿子，手指在屏幕上滑动，拿起电话凑近耳朵，儿子的声音冲出话筒大喊："爸，妈出事了，快回来！"

苏启明一愣，刚想问出了什么事，儿子电话挂了。这么一来，给他感觉，梁姐好像真的出了很大的事，大得儿子在电话里都来不及多说一句话。他马上跳出一个念头，梁姐被抬上担架，停在楼下的救护车闪烁着瘆人的灯光，旁边围着一圈邻居，儿子媳妇手忙脚乱哭天喊地……想到这儿，他一把推开棋盘，和老钱道个歉，急匆匆地往家里赶去。

还好，苏启明气喘吁吁地赶到时，自家楼下并没有停着救护车。四周静悄悄，树上几只小鸟叽喳乱叫，仿佛嘲笑苏启明那个可怕的念头是多么可笑和多余。

给他开门的是苏越，家里有什么事，梁姐首先是给儿子打电话，儿子不接就打给媳妇，最后才轮到苏启明。苏越脸上平平静静的，看不出老妈出事后应该挂着的焦虑悲伤的表情。苏启明被弄糊涂了，推开苏越，看见梁姐躺在客厅的沙发上。他走到近前，见梁姐双手合在胸口，呼吸平稳，只是脸色苍白如纸，两条眉毛拧在一起，眼皮闭着，眼珠却在眼皮之下骨碌转动，那样子，像是开动大脑想着什么紧要事。

"怎么了？"苏启明轻声地问道。

梁姐没有出声，苏越站在身后，替母亲回答了问题："雪雪不见了。"

雪雪，那只小猫咪，丢了？苏启明松了口气，多大点儿事，天还没塌下来。他心里揶揄梁姐小题大做，表情却一脸关切："好好在家，怎么会不见呢？"

"阳台窗户开了条缝隙，雪雪估计从那里钻出去的。"

"这么不小心？"

苏启明指指躺在沙发上的梁姐，意思是她像对待自己心肝似的宝贝雪雪，形影不离。雪雪走到哪儿，她的目光就跟到哪儿，离了半步，就心不在焉。

苏越领会父亲眼神的含义，凑近他的耳边："雪雪是趁老妈睡着的时候溜走的，老妈醒来，遍寻不着，一惊一乍地把我喊回家，我也以为家里出了什么大事。"

哦，苏启明点点头，伸手握住梁姐的双手，触手冰凉，没有一丝热气。他本来想说，小猫丢就丢了，大不了我再买一只回来，还是全身雪白，一模一样的。话刚到嘴边，梁姐睁开眼，一股浓郁的焦躁气息扑面而来，把他想说的话堵了回去。

"你俩站着干吗？还不赶紧去外面找雪雪！"梁姐挺尸一样直起腰，一把甩开苏启明的关怀，指着苏越指派任务："你沿着围墙根转转，雪雪说不定躲在哪片草丛后面。"她接着站起身，推着苏启明的肩膀："你腿脚利索，去小区四周找找。雪雪那个小身子骨，未必能走多远，不过，还是要找一下，万一呢，这几天养下来，小家伙精神头儿活络了不少。"

"我去小区活动场地打听，问问有谁见过雪雪没有。"梁姐抓起一件大衣，见一老一少两个男人没挪动一步，一跺脚，指着苏启明的鼻子就骂，"告诉你们，今天要是找不回雪雪，我没法活，你也别想吃饭睡觉！还有你，苏越，你就忍心看你老妈受罪，大冷天的，让你老妈一人外出寻找雪雪？"

苏越和苏启明两人面面相觑，知道这个时候回嘴，肯定会引来一连串的牢骚。两人谁都不敢顶嘴，默默地穿上外套，尾随梁姐的背影下了楼。

到了楼下，三人分头行动。梁姐交代了一句，五点钟，大家回家，汇报找寻结果，最好能找到雪雪，要是找不到，晚上继续找。

现在是下午两点半不到，离约定的五点还早。苏启明抬起手腕看了眼手表，暗自算计了一下，自己得搜寻两个多小时才能回家。这大冷天，可恶的小猫，你说家里那么暖和，你不老老实实待着，偏偏跑到外头来忍饥挨冻，图啥呢？他一边嘀咕，一路走到小区大门保安室处。

保安室旁边是小区一个出入口，走出去后，沿着马路就是一溜小区围墙。苏启明站在围墙下，寻思着，一只才出生不久的小猫，无论如何，也爬不上比自己还高半个身子的围墙。

保安认识苏启明，见他站着半天不动，凑过去关心一下："苏师傅，您没事吧？"

"哦，没事，没事。"苏启明回过神，赶紧打招呼，"我这是出来散散步，哦，对了，你今天见过这么小的一只小猫咪没有？白色的。"他双手比画着雪雪的大小，如果保安都没见过，雪雪十有八九肯定在小区里。他决定违抗梁姐命令，直接折回小区寻找。

"家狗野狗蹿来蹿去倒是不少，野猫从不走正道，不是顺着围墙爬出去，就是贴着角落溜出去，您家的小猫咪，真没注意呢。"保安还想跟苏启明聊几句，他站岗亭半天了，百般无聊，好不容易逮上一个人，正好耍耍嘴皮子。可话刚落下，苏启明已经转过身，头也不回朝一号楼走去。

苏启明沿着小区围墙，东看看西望望，没走几步，就遇见维护小区治安的巡逻队。几个老面孔见他低头东张西望，好奇地把他围了起来，打听他在干什么。

小区平安巡逻队成立之初，居委会曾上门邀请苏启明加入。苏启明那时刚退休，还没享受够自由自在无拘无束的生活，再说了，他看了眼名单，名字里全都是些凤啊红啊娣啊，一看便知是群精力不减的大妈，他一个男人混杂里面，有损后半生的名声。于是以腿脚不便为由，委婉拒绝了巡逻队的好意。

今天见到巡逻队，他心里却琢磨开了。巡逻队几位大妈整天没事在小区里转悠，她们热情洋溢，一双双怀疑一切的眼神扫过每一位陌生人的脸，不放过小区每一个角角落落，有一点儿风吹草动就会揪出来，好彰显他们尽职敬业。苏启明琢磨着，既然遇到巡逻队，不如借他们那好奇的眼睛，帮着找找小猫咪，人多力量大嘛。

"家里走丢了一只小猫，才养几天，就不见了。梁姐心疼，怕小猫出事，出门和我分头寻找……"

苏启明话还没说完，巡逻队里一群大妈就七嘴八舌嚷了起来："小事一桩。我们刚巡逻了一半，身子还没热气，再转几圈，活络活络筋骨，顺便帮梁姐找她的心肝宝贝。"

"对，对，转完一圈，正好去菜场买菜。"

"哎，老苏，你家小猫长啥样啊？"有个大嗓门儿问道。

"是啊，总不见得把所有的猫都给你搜罗来吧。"

苏启明一脸无辜，你们没让我把话讲完，就吵吵起来，我哪插得上嘴，这会儿想起重点来了。因为有求于他们，苏启明挤出一丝干笑，脸上如同贴了片风干的树叶，"小猫浑身雪白，小小的，比成年老鼠大不了多少。"

"老苏，这是啥比喻，把猫比成老鼠，不成了猫鼠一窝了？哈哈！"大妈们嘻嘻哈哈插科打诨，有点儿不当回事。她们边说边笑，也没和苏启明道别，一行人渐行渐远。

"拜托，有消息通知我。"苏启明朝巡逻队背影喊了一声，转过身，漫游一般晃动身子，顺着围墙走去。

小区倚运河而建，是二十世纪八十年代老城区改造而扩建的第一批板式楼房，规模虽然不大，好歹有一百多幢楼房，上千人口。这些楼房年代久远，房龄超过了三十年，外墙斑驳失修，内部管道老化，常常是外面大雨不断，房屋里面细水长流。苏启明现在居住的卧室，墙壁因为潮湿洇水，霉菌每次都会在雨后不久，在墙壁上留下一圈圈"墨宝"，乍眼一看，真有点山水画的味道。小区内部环境也差强人意。紧挨围墙的一楼居民，发扬了勤劳俭朴、自力更生的风格，利用墙根处零星空地，见缝插针，或种起了蔬菜，或用塑料布搭个简易棚，里面放置些各处收集来的回收废品。这些违章搭建各式各样，形成了一道道天然障碍物，苏启明想要沿着围墙搜寻，可不是件容易事。好在苏启明对于找到雪雪并不特别上心，他早就打定主意，小猫丢就丢呗，大不了再去菜市场买一只回来。

于是，这天下午，这些一楼居民，不论认识不认识苏启明，个个瞧见他不时出现在视线范围，来来回回在眼前晃悠迂回。他的两只眼睛漫不经心朝简易棚探头探脑，或者对着那些色彩斑斓的回收垃圾堆扫来扫去，惹来种种狐疑并且非常不友好的目光。他自以为仅仅是在找东西，但在别人眼中，分明有些贼眉鼠眼。有那脾气暴躁的，直接怒喝一声，苏启明便灰溜溜地缩回脑袋，溜之大吉。

消磨到五点，苏启明觉得时间差不多了，步履轻松地晃回了家。推开门，见梁姐半躺半靠着沙发，儿子坐在一边，四只眼睛齐刷刷地盯着他，盯得他心里发毛，那眼神仿佛看穿了他故意在外面消磨时间而不是用心找雪雪。苏启明心里发虚，蹑手蹑脚地走进客厅。

三个人空手而归，各自交换情报，显而易见，没有任何结果。

苏越第一个回来，他下楼围着楼房，草草地瞄了一眼，既没见到猫咪的影子，也没听见一声猫叫，在老爸去门卫处的路上就折回家，打开手机玩起了手游。当然，他刻意隐瞒了草草了事的经过。

梁姐和苏启明前脚后脚回到家。她不仅去了小区广场，逮着谁就问，有没有见到过一只雪白的小猫，得到否定答案后，心里不甘心，还爬上附近几幢楼房，走遍了每一层楼道。一直走到脚跟发软，老眼昏花，再也没有力气迈动脚步时，才放弃了寻找雪雪的强烈愿望，怏怏不乐地敲开了家门。

见梁姐唉声叹气不断，眼神里尽是担忧，患得患失，苏启明有点儿后悔了。他暗自谴责了自己没有花工夫下力气寻找雪雪的态度，责怪自己粗心大意，没有真心考虑梁姐丢失雪雪的悲痛。想着自己如果再辛苦一点儿，努力一点儿，但凡发现雪雪一点儿蛛丝马迹，比起没有任何消息，要使梁姐现在的状况好一些。

苏启明想说几句安慰话，但他不知道说什么好。他这辈子从来不会主动安慰谁，现在想去安慰梁姐，嘴里却吐不出半个字来。他想求助于儿子，可苏越的两只眼睛一直盯着手机屏幕，头也不抬，没法接收他的求助信息。

家里出现短暂的寂静，三个人各想心事。就在此时，响起一阵敲门声，苏启明听见巡逻队那个大嗓门儿大妈在门外大喊："老苏，那边树上趴着一只小猫，赶紧去看看，是不是你家的！"

听见喊声，梁姐"噌"地坐起身子，未等苏启明反应过来，几步走到门口，一把拉开大门，拽起"大嗓门儿"的手就往楼下赶，"走走，在哪里？快带我过去！"

"大嗓门儿"声音洪亮，力气更不小，到了楼下，反客为主，倒变成她拉着梁姐急匆匆地往前走了。苏启明隐约听见"大嗓门儿"说，那只小猫咪大约在小区后门那里，他也下了楼，紧紧地跟着她们，只有苏越，稳如泰山，只顾自己玩着手机，头不抬地嚷了一句："我不去了，在家给你们看门。"

赶到后门，苏启明远远地瞧见一群人围在一棵树下，估摸大概是那里。还没挤进人群，就听见梁姐焦急地喊着："雪雪，小心点儿！别动啊，趴着别动！"

这棵香樟树紧挨着围墙，树干一部分伸出围墙，细密的树叶挂满枝头，像一把大伞遮蔽了阳光。苏启明站在人群中，睁大双眼搜索了半天，才看见有一只小猫咪趴在树干分叉间。因为离得远，光线又不好，小猫咪全身几乎和斑驳的树干颜色混杂在一起，不仔细瞧，还真看不出趴着一个活物。

围着树下看热闹的基本是老头儿老太，夹杂两三个带着小孩出来溜达的保姆。老头儿们喜欢显摆，以示与众不同，指指点点出着如何搭救小猫咪的主意。老太们只关心小猫咪的安危，见小猫咪暂时没有危险，于是就把关心的目光转向梁姐，叽叽喳喳地安慰起来。有几位老太互相熟知，凑在一块儿，小声拉着家常，说些不着边际的八卦新闻。苏启明仰着头，那些八卦新闻顺着照在左耳根上的阳光，爬进他的大脑袋，又从右耳根溜了出去。不过苏启明只截留了一条，如果不是话题中有关于猫的新闻，他也许连这条八卦也不想截留。

"听说了吗？厉山寺也丢了一只小猫。"

"早知道了。上个礼拜，我家儿媳拿着手机给我看新闻，说是什么公众号发的，字那么小，我哪看得清，就记得有张图片，两只小猫围着一只大白猫。我媳妇还说，丢小猫这事，还上了电视，全城人都帮着一起找呢。"

旁边小保姆插了一句："对啊，我在电视上看到的。两只小猫白白的，围着母猫不停地转圈，太可爱了。怎么会丢了一只呢？"

"听说是被人抱走的。哼！说抱算好听的，其实就是偷。"

"大嗓门儿"这时大声喊起来，"保安来了，大家让条道，梯子搁这儿最合适！"一群人的目光都被吸引到爬上梯子的保安身上。苏启明身边的老太，继续聊着厉山寺那只被偷走的小猫。

"你咋认为是偷走的？"小保姆来了兴趣，一口山东口音铿锵有力，扯着苏启明的注意力。

"我儿媳妇说的。"老太说不出所以然，再次搬出儿媳妇，"才生出来的小猫，人见可怜，抱在手里都心疼。阿弥陀佛，谁这么杀千刀，缺大德，敢偷厉山寺的小猫，不怕遭报应吗？"

"就是呀！菩萨眼皮底下都敢偷，作孽！作孽！"身边几位老太附和着。那边，保安已经爬上树枝，一手抱着树干，另一只手尽力够向趴着不敢动的小猫咪。没多久，保安就抱着小猫咪顺着梯子下来，把小猫咪塞到梁姐手上。

"梁姐，这是你家的猫吗？""大嗓门儿"语气中明显透露一丝怀疑。

看到小猫咪趴在树枝上的那一刻，梁姐想都没想，马上认出那只小猫咪就是走丢的雪雪。这几天，梁姐日夜和雪雪厮磨在一起，雪雪每一个动作，每一个神态，每一根白色毛发，她都铭刻于心。看到雪雪抖动身子，咧开嘴舔舌头，或者用爪子挠自己那颗毛茸茸的小脑袋的样子，梁姐根本不怀疑自己的眼光，一下子就认出了雪雪。尤其是雪雪睁开那双宝蓝色的眼睛，梁姐立刻从中看到了雪雪弱小的心灵里，透露出恐惧和无助。这双忧虑的眼神紧紧地揪着梁姐的心，一遍一遍地撕扯着她脆弱的神经。梁姐明白"大嗓门儿"为什么会怀疑，她瞟了一眼"大嗓门儿"，没再搭理她。

雪雪身子瑟瑟发抖，蜷缩在梁姐怀里，就像找到了安全港湾，死都不肯动弹一下。梁姐轻轻地抚摸雪雪，嘴里安慰，心里既怜爱又疼惜。雪雪原本一身毛发雪白耀眼，眼下成了略带土黄的颜色，暗淡无光。但梁姐并不在意，她只是没想明白，雪雪是怎么从三楼跑出去，一路历经怎样的坎坷，又是怎么爬上树，还沾染上一身污渍的。

见梁姐双手不停地抚摸小猫咪，它身上的污渍也没少了多少，"大嗓门儿"起了疑心。明明听苏启明说，他家丢的是一只白色小猫。可眼下这只小猫，分明土不拉唧，跟苏启明描述的，还是有点儿差距，差距还不是一丁点儿。"大嗓门儿"见梁姐没应答，眼光移到苏启明脸上，准备拿出一副巡逻队怀疑一切的态度，不依不饶，非要弄清楚不可。

苏启明津津有味地听着老太闲聊厉山寺丢猫找猫这事，心想，还是厉山寺牛，为了找小猫，竟然发动全城人一起来找，还惊动了电视台。看看自己家丢了小猫，才惊动小区巡逻队，就闹出这么大动静，厉山寺要是找到小猫，还不得闹翻天！苏启明胡思乱想，根本没注意"大嗓门儿"飘移过来的目光，直到"大嗓门儿"硕大的体形跟随目光一起飘移到跟前，挡在他和梁姐之间，这才吃了一惊，他一脸茫然："你要干什么？"

"我要干什么？""大嗓门儿"双手叉腰，气呼呼地说，"我说，这只小猫，不像你家丢的。"嘴里的热气喷了苏启明一脸。

苏启明歪过头，看了一眼梁姐怀中的小猫，明白"大嗓门儿"为什么如此激动了。他不想得罪"大嗓门儿"，毕竟人家好心好意帮他家找到雪雪，了却了梁姐一桩心事。甚至可以毫不夸张地说，"大嗓门儿"从某种意义上还挽救了梁姐的生命，他怎么能和救命恩人计较呢？

"我保证，这是猫肯定是我家丢的，"苏启明脸上挤出一堆笑容，"小猫咪到处乱钻，身上脏得乌七八糟，回家洗洗，就白了。我代表梁姐，代表我全家，感谢小区巡逻队和——这位大姐的帮忙。谢谢了！"说完，苏启明朝"大嗓门儿"微微弓身，算是致谢。

"我姓乔，"大庭广众之下，被人致谢，"大嗓门儿"心里极其满足，也就没再追究这只沾满污渍的小猫，到底是不是苏启明家丢的那只。她双手作驱赶状，"都散了吧，以后谁家有困难，找巡逻队就对了，找我也行！"

## 八

上了楼，苏越听见门口动静，赶紧给二老开门，一开门瞧见老妈怀中那只小猫咪，愣了神儿，问道："这就是雪雪？"

"连你也怀疑雪雪的真伪？"梁姐没好气儿，脸上刚褪下去不久的怒气，又让儿子给勾了出来。她一扭身，怒气冲冲径直走进卫生间，"砰"的一声关上门，稀里哗啦的水流声随即响起。不一会儿，她用一块大毛巾裹着雪雪走了出来，一边给雪雪擦拭水渍，一边嘴里嘀咕："乖，我的宝贝，你就是我的雪雪，没人可以诽谤你诬陷你，把你抢走！"

小猫咪被洗得白亮如雪，乖乖巧巧地躺在那块柔暖的大毛巾之中，眯着眼，十分享受梁姐温柔的抚摸。那一身明晃晃的毛发，愈加耀眼夺目。

一老一少两个男人坐在客厅沙发上默默无声，他俩一个心思，少说话，别惹麻烦。苏越头一次见到雪雪，尽管对饲养动物不感冒，但一见之下，还是有点儿惊讶于雪雪那身罕见的毛发。不过，惊讶也仅仅限于一念之间，单位有更多事在等着他，见老妈走出来，他立刻收起手游，准备告辞回单位。苏启明低头沉思着，没有动静。

回来的路上，苏启明一直沉默寡言。厉山寺丢失小猫的信息，盘旋在他脑子里，像是一层挥之不去的乌云，笼罩在他左右。冥冥之中，有个声音若有若无地钻进他的耳朵，细若游丝，好像提醒他，雪雪就是厉山寺那只丢失的小猫。他倾耳仔细聆听，声音消失了，仿佛什么都没发生过。就在苏启明以为自己做了个白日梦，那个卖猫的女人突然出现在脑海中，看不清女人的脸，但苏启明分明感觉到，女人冲着他不停地笑，嘴里一遍又一遍地叮嘱，大哥，好生善待它，菩萨保佑你平平安安的。

苏启明坐着发呆，若有所思，苏越在和母亲道别，动静挺大，倒把苏启明从沉思中惊醒。他一把拉住苏越说："先别走，帮我查查网上这个。"说完，他把厉山寺丢猫的新闻简要说了一遍，让苏越赶紧上网查查。他急切地想知道，厉山寺那只小猫长什么样儿。

"这容易。"苏越麻利地打开手机，手指一阵翻飞，很快，他打开一条新闻界面，照着上面的文字朗读起来。读完这条新闻，苏越似乎没过瘾，又接二连三点开另外几条链接，截取里面几段，边笑边读，其实内容大同小异。

事情很简单，大概两个月前，厉山寺一名小师父，无意中发现一只母猫躲在藏书楼一个角落里，微胖的肚子疑有身孕，马上报告给方丈。藏书楼是佛门清净之地，藏书千万卷，只能当作精神食粮，却抵不住饥饿，无法果腹。再说，藏书楼无论从哪方面讲，作为动物界临时分娩之处也不合适。但总不能把猫赶走，好歹也是一条生命，说不定肚子里还有几条。佛家慈悲为怀，广纳众生，方丈思索了一番，令小师父把母猫抱到香积厨，交给饭头僧好生饲养。香积厨食物充足，可以给母猫提供营养，饭头僧照料好一只猫应该不成问题。

素有千年古刹之称的厉山寺，每年冬至来临，总会准备斋饭，免费提供给前来进香的香客和信徒。因为所需食材众多，一般要提前一周至两周进行准备，包括买、择、拣、洗、切等前期工作，任务琐碎且繁重。香积厨人手不够，便会临时招募一些社会闲暇妇人过来搭个手。布施斋饭是积德行善之事，上了岁数的妇女，巴不得有个机会积累福报，个个自告奋勇，义务前来帮忙。

一个众人忙上忙下的夜晚，那只怀了孕的母猫，顺利产下三只小猫。正在忙碌的妇人们闻讯，立即围拢过去看热闹。待瞧见趴在干草堆上、三只兀自酣睡的小猫咪，一身雪白粉嫩的毛发，如三团肉乎乎的雪堆似的颤抖不已，顿生怜悯之心，啧啧称奇不已。在某些妇人眼中，那三只小生命，充满了灵性，是佛祖莲花座下，幻化到人间来的天使。她们目光虔诚，透过小猫咪那一身雪白，仿佛看见佛祖坐在莲花台，向她们招手微笑。微笑如同在寒风凛冽的冬季，抚过心田的阵阵春风，一天的劳累顿时化为乌有。

阿弥陀佛！人群中一名老妇人，双手合十，口中念念有词。此举惹来一片附和，七八位妇人也跟着嘴里念叨起来。那天晚上，香积厨成了大雄宝殿，念佛诵经此起彼伏，一夜未停。

消息传出，经口口相传，前来一饱眼福的信徒络绎不绝。那几天，在香积厨做帮手的妇人们，茶余饭后话题都跟三只小猫咪有关。直到有天晌午，众人忙累一个上午，累了，一大群人就挤在屋子小憩。屋子角落里，三只小猫也趴在母猫身边，呼呼大睡。

可没成想，众人醒来，有人突然发现少了一只小猫咪。这还了得?！佛门之地，光天化日之下，竟然发生偷盗事件。被偷的不是一件物品，而是活的动物，一只活生生的小猫咪，是被众人怜悯、爱护的小天使！妇人们顿时炸了锅，纷纷猜测是谁这么缺德，胆敢在佛祖脚下，干下如此不光彩的事。

每日来香积厨做义工的妇人，还有来来往往敬香的香客，如过江之鲫。人员杂多，多一张脸少一个影子，没人会注意。来寺庙，无论是烧香拜佛，还是义务做工，都怀着一颗虔诚之心，谁敢在佛门生出非分之念呢？

没人注意小猫什么时候被抱走的，众人纷纷猜测，说不出个子丑寅卯。香积厨的火头师父们也面面相觑。失窃，尤其被窃走的还是活的生命，这在香积厨乃至厉山寺历史上，都闻所未闻，他们一时也没了主意。此事竟惊动了方丈，后堂陪着方丈一起赶到香积厨了解实情。众人七嘴八舌讲清了经过，方丈一如平常那般神色自若，双目凝神，面露微笑。他安抚众人，临近冬至，布施素斋乃寺庙每年重要之事，大家只管踏心做自己分内之事，小猫的事就随缘吧。说完，便转身飘然而去，未做更多评论。

那些做义工的妇人却心有不甘，她们巧舌如簧，纷纷将此事添油加醋，在亲朋好友间广而告之，以泄心头愤懑之气。不久，丢失小猫之事传到报社，出于对新闻的敏感性，报社记者认为这是一条足以吸引眼球的新闻线索，立即派记者前往厉山寺采访，并在报纸、网络上贴出寻找小猫的消息。

"有小猫的近照吗？"小猫的模样是苏启明最想知道的。

苏越摸着后脑壳，一脸茫然，"奇了怪了，找了半天，网上只有一张从远处拍的，一大两小三只猫咪，除了全身雪白，没其他特征，这让别人怎么帮厉山寺找小猫？"

"真没有？"苏启明不放心，怀疑儿子不耐烦，想早点儿离去，敷衍自己。

"要不你来找。"苏越把手机伸到父亲眼前，几乎贴着苏启明眼皮了，明晃晃的屏幕让老花眼瞬间模糊起来。

苏启明推开手机，指着苏越小声喝道："有能耐，你敢这么对你妈说话？"

梁姐的卧室房门虚掩着，隐约听见她和雪雪在说话。苏启明担心，雪雪刚找回来，一旦梁姐知晓厉山寺丢失的，和雪雪一样也是只白色的小猫，她心里难免又会升腾起焦躁。梁姐现在内心异常敏感，一门心思想着如何保护雪雪，不让心肝宝贝再受半点儿委屈。任何话题和雪雪相关，除非你说雪雪的好话，否则，肯定引起梁姐浮想联翩，朝着不利于雪雪的方向瞎想。

苏启明可不想让梁姐再次坠入痛苦的深渊。

苏越心领神会，转过脸朝房间看一眼，见老妈没有反应，吐吐舌头，闭口不言。两个人默默相对，苏越搜索了会儿网络，实在找不到更多照片，对苏启明耸耸肩膀，然后站起身，走到门口，对着老妈房间喊了一声："妈，我走了，注意身体啊！"说完，拉开大门走了。

苏越在家时，好歹让家里多了几分人气。他一走，家里又寂静无声。时光在暗淡下来的房间里流淌着，像一条看不见的河流。梁姐只顾抱着雪雪，根本把晚饭这茬儿给忘了。苏启明在小区晃悠了半天，肚子早就提出了抗议，他见梁姐没有动静，无奈地走进厨房，翻出两包方便面，胡乱地倒在锅中，加满水，点火煮了起来。

火苗在他昏暗的脸盘上辉映，苏启明怔怔地站着，脑子里琢磨刚才网络上的信息。他慢慢回忆那个女人最后那句话，可在当时，他一点儿没在意女人为什么要说那句话，只想着早点儿把小猫咪带回家，让梁姐开心。他越想，女人说的话就越清晰，每一个字，都清晰无比地从脑海中泛了出来：好生善待它，菩萨保佑你平平安安的。

女人为什么要说这些话？为什么要说菩萨保佑，还有平平安安，要善待小猫？天下攘攘，皆为利往，买卖双方完成交易，商家真金白银到手，顶足了天，赔上笑脸说您好眼力，欢迎下次光临之类的客气话，一般不会说菩萨保佑。我只是来买东西，又不是向你烧香进贡，那种感觉，好像买了你的东西，还受了你的恩惠。菩萨保佑，苏启明只在寺庙听出家师父挂在嘴边，自己的日常生活中，还真没听说过。

卖只猫就说菩萨保佑，根据这一点，说明了一个问题，那个女人肯定和寺庙有关系。苏启明一开始只是怀疑，现在经过仔细回忆，将各方面的信息总结汇总，他极不情愿地得出一个结论，他从女人手里买来的小猫咪，极有可能就是厉山寺被偷走的那只。

但是，他希望这结论只是自己的臆想，厉山寺丢的那只猫，跟他从女人手里买来的猫，根本就不是同一只。

他不想再见到梁姐形销骨立的样子，不仅折磨梁姐，也同样日夜折磨着他，这源自于他对梁姐深厚的情分。苏启明决定过两天，不，明天一早，亲自跑一趟厉山寺。他要实地去打探小猫一家的状况，他认为，一胎所生，小猫的模样应该长得大差不差。见到其他两只小猫，相互比对，结论一目了然。

## 九

苏启明没和任何人说他去哪里，当然，除了梁姐，他也没机会和谁商量。去和不去都是他的自由，不过，苏启程一早倒是给他打来一通电话，说找他有事商量，上谁家都行。苏启明一口回绝了，支支吾吾答复身体不舒服，正准备去医院检查检查，改天吧。

说这话时，苏启明已经站在厉山寺门外那棵古银杏树下了。

自己有多久没踏进厉山寺的庙门了，苏启明想了半天，一时没法确定。岁数一大，记忆力衰退得厉害，模模糊糊记得，至少有二十个年头了。他仰着脖子观赏那棵银杏树，围着它转了一圈。老银杏树历经六百年的风雨，依然挺立在世间，不容易啊！看看自己，肚子大了，头发秃了，皱纹多了，唉，岁月不饶人啊！银杏树腰杆粗壮，需三个人合抱才能合围。树干虽有木结，有些地方开裂，露出里面的纹路，摸上去依然坚硬如铁。这棵老银杏树，稳如泰山，宛如老僧入定，看淡人世间一切烦恼。要是早一个月来，那满树金黄色的树叶，铺天盖地，像一把大伞，点缀着金秋大地。但此时，茂密的树叶早被冬日寒风吹落得一叶不剩，唯剩光秃秃的枝干，根根刺向蓝天。

　　冬日的阳光穿过干枯的树枝，如蜘蛛网一般，印在苏启明身上那件灰色的羽绒服上，编织出一张网来，零零碎碎，没让他感觉到一丝温暖。他歪着脑袋，绕着龙蟠虬结的树干又转了一圈，还是没回忆起上次来厉山寺是什么时候。为此，他暗自惭愧，心里生出一丝惶恐。身为本地人，而且厉山寺就在苏家祠堂旁边，他竟然对厉山寺视而不见。他一门心思投入苏家祠堂修缮，查找资料，收获颇丰。从那些在历史尘埃中流传下来的史料来看，苏启明觉察到，这一百多家祠堂汇聚于厉山脚下，与这座历史悠久的厉山寺有着千丝万缕的关联。而他至今都没抽出时间去拜会厉山寺，实在是天大的罪过。

　　冬至虽过，前来厉山寺烧香拜佛的香客游人，依然络绎不绝。就在苏启明绕着大树转了两圈的工夫，从他身边走进庙里的香客，已不下十人。他们手中捧着大大小小粗细不一的香烛，一看便知是去菩萨跟前敬香祈福的。苏启明怀揣着一颗诚惶诚恐的心，小心翼翼地跟着那些香客，往大殿方向走去。他在大雄宝殿一侧的小亭子处，请了一炷平安香，从燃着火焰的蜡烛上借了火头，然后跟着旁边一位老太，依样画葫芦，闭着眼睛，嘴中念念有词。

临时起意敬一炷香，他根本不晓得该在菩萨面前说些什么，许什么愿，更不清楚烧香祈福有什么讲究。老太嘴中念叨，他也跟着念叨，他就把祝愿梁姐身体好、活得健康快乐这类词，念叨了一遍。老太双手合十，举香过顶，朝着东南西北四个方向叩首朝拜，他也照做。老太把香插进香炉，苏启明也手忙脚乱地把香插进滚热的炉灰中，因为生疏，加上有点儿紧张，手背给香头烫了一下，疼得他龇牙咧嘴。

呼吸到冷冽清新的空气，苏启明从头到脚一阵凉爽。此时，他心中一动，脑子里某个开关好像被打开了，他想起来，他跟着母亲来过厉山寺。那时他上小学，父亲身体不好，老是咳个不停，母亲带着他来求菩萨保佑。一踏进大殿，他就被两边站立着的凶神恶煞一般的金刚，吓得哆哆嗦嗦。那一天，他可怜而弱小的心灵，老是觉得金刚手中的法器，时时刻刻会砸向他脑袋，一连几个晚上尽做噩梦。

苏启明可以肯定，来厉山寺不只小时候那次，但相关记忆竟然全然消散，苏启明暗自嘲笑了一番自己糟糕的记忆力。他折回请香小亭，编了个寻人理由，问清楚往后厨怎么走，便一人循着石砖铺就的小路，一路直奔后厨而去。

香积厨离主殿不远，走过几处门洞，小径通幽曲曲折折，再拐个弯，苏启明就站在香积厨的院子里了。院子不大，地上一尘不染，扫帚清扫过的痕迹历历在目。抬头，不远处主殿屋顶一角，露出青色琉璃瓦，飞檐下挂着一串串铜铃，一阵寒风吹过，响声清脆声声入耳。几只鸽子飞落在墙头，一边咕咕咕地低声叫唤，一边慢悠悠地踱着步。

左手边有一道门，四五位看上去岁数蛮大的妇女，从门中鱼贯而出。她们手里各拎着一只空篮子，有说有笑，走到院子一角。那里有两扇窗户，上方一根排气管呼呼地响着，往外排着热气。一道阳光照射在灰白墙面上，炫目的反光让苏启明眯起了眼。尽管那片阳光令他眼睛很不舒服，一瞥之间，他还是瞧清楚了，窗户下，有两个八仙桌大小的水盆，周围零散地摆放了些小凳子。一个盆里浮着些青翠的菜叶，另外一个盛满了清水。

女人们走近水盆，各自找到小木凳坐下。她们围成一圈，挽起袖管，露出肉乎乎白晃晃的手臂，伸入水盆中，用力捣鼓那些漂浮的菜叶。看见她们把手臂伸入水中，细细地搓洗菜叶表面上的污渍，然后将洗了一遍的菜叶扔到旁边那个清水盆中，看样子，是要再过洗一遍清水，才捞出来放入篮子里去。如此往复清洗，只一会儿，妇女们一个个脸上泛起了红晕，她们说着笑着，相互打趣，一副心满意足的神态。

有位头上绾了个发髻的妇人，一缕头发垂落额头，于是，她从菜叶堆里抽出一只湿漉漉的手，用小拇指把那缕头发拢到耳后。一抬头，瞧见苏启明站在院子中间，东张西望，她用手指着苏启明说："嗨，说你呢，干什么的？这里是厨房重地，赶紧走！"

苏启明不退反进，往前走了两步，离那些妇女更近了些。"这位大姐，听说厉山寺丢了只小猫，我就想问问，那只猫找到没有？"

为了弄清楚雪雪的身份，苏启明豁出去了，鼓起勇气又朝前挪动了一步。为了梁姐，为了求证，他不得不厚着脸皮冒险。

话刚出口，先前叫他赶紧走开的那位妇人，"扑哧"一声笑了起来，胖胖的手臂挥了一圈，说道："瞧见没有，我说还有人来问吧，怎么样，服气了没有？"

低头洗菜的女人们，一个个抬起头，盯着苏启明看，脸上似笑非笑。苏启明心里发毛，不知道说什么为好。正左右为难，一阵笑声从水盆中间轰然喷涌而出。那笑声肆无忌惮，在小小的院子里回荡起伏，却并无恶意。

"行，行，算你猜对了，那人就交给你对付啦，哈哈！"人群中再次爆出哄笑。苏启明耳尖，在嘈杂的声浪中，捕捉到声音的主人，哎，那人看上去一副老实相，应该好对付。

女人们收起哄笑，不再理睬苏启明。她们手脚麻利地清洗菜叶，捞进竹篮，然后站起身，留下准备对付苏启明的那名妇人独自坐在水盆边，便捂着嘴，踩着碎步，笑着走进那道门。

那妇人斜眼瞅着苏启明，掀起围兜，擦干净双手，朝苏启明招招手，苏启明紧走几步，像女人一样，蹲下来，拉过一张小凳子坐了上去，那样子，极像一名小学生，规规矩矩地坐在老师面前，准备接受老师的训导。

"有话就说，说完了赶紧走，我还忙着呢。"

苏启明觉察妇人耳根软，庆幸自己冒险成功，心里受到鼓舞，紧张的心情一下子舒缓起来，便放开胆子，一五一十地将自己的疑问倒了出来。"这位大姐，我想看一眼那几只小猫，不多看，一眼就行。"苏启明一口气说完，把要紧的放在最后，态度无比诚恳，期待大姐发发善心，答应他的请求。

"嗯，"妇人面露难色，"方丈把猫移居到师父们的寮房去了。前一段日子，也不晓得谁走漏消息，外面风传庙里丢小猫，那以后，我们后厨就没消停过。陆陆续续，大家抱来十来只小猫，各种毛色都有，个个信誓旦旦，自个儿手里的小猫就是庙里的。我们姐妹听了好笑，私下议论，那些人太自以为是，想着自家小猫要是能留在寺庙里，修身养性，为这辈子积点儿德，下辈子或许能投个好胎。看他们那样子，恨不得厉山寺多丢几只猫，他们好多带几只过来。后厨师父为难得很，不知道怎么打发这些不请自来的人。有几只白色的小猫，长得的确有点儿像，不过，我们只要看一看那对猫眼，就能分辨出真假。告诉你吧，小毛的那双眼睛，真漂亮，像蓝宝石，勾人魂魄。哦，对了，小毛是我们给最小那只小猫咪取的名字。"

"哦，它叫小毛。可是，网上找不到小毛的照片，要是公布它长啥样，不就没那么多麻烦事了？"

"是方丈不允许公布照片的。方丈说了，小毛丢了就丢了，不得刻意去寻找。他还说了，偷小毛的人，只是一时被邪念蒙蔽了心眼。只要他慈悲为怀，悉心照料小毛，小毛活得好好的，也未必是件坏事。后来，方丈吩咐把母猫和剩下的两只小猫大毛二毛转移到后院寮房养着。嘱咐我们，若是有人抱着小猫到庙里来寄养，一律委婉地拒绝。

妇人眉毛一挑，疑心问道："你不会看看这么简单吧，是不是也想抱只猫来寄养？"

苏启明点点头，脸上愈加诚恳。他生怕妇人起了疑心，不肯再向他透露更多小毛的细节。他说："前几天吧，路过菜场，我从一个女人手里买下一只小猫咪，浑身雪白耀眼，那双猫眼跟你说的小毛一模一样，宝蓝色，像大海那样深邃。一见那双猫眼，我就被迷住了，喜欢得不得了，二话不说买了下来。带回家几天，我家梁姐，哦，她是我媳妇，把小猫咪当成心肝宝贝养着，寸步不离。给你看看我拍的照片。"苏启明拿出手机，调出雪雪的生活照。来之前，他特意拍了几张照片，以备不时之需，看来真派上用场了。

"我昨天才听闻厉山寺丢了小猫。雪雪那只猫，嗯，这是梁姐给取的名，无论从毛发、眼睛、还是买的时间上，都跟厉山寺丢的小猫十分吻合。我寻思着过来求证求证，要真是庙里丢的，我和梁姐没有理由不还回来吧。"梁姐支不支持他把小猫咪还回来，做没做好心理准备，苏启明心里没有底，但他已经打定主意，如果雪雪就是厉山寺的小毛，绝对是要归还的。

妇人脑袋上的发髻凑过来，只瞄了一眼，大脑袋不停地点了起来，"哎呀，我的妈呀！像，像呀，绝对是小毛！"她湿漉漉的双手用力在围兜上揩干，从怀里掏出手机，点开一张照片，递给苏启明看。

照片上，三只小猫咪趴在草堆上，一色毛茸茸的雪白毛发，围在一只大白猫身边。大白猫可能累了，四肢伸开，懒懒散散地歪着脑袋，闭目养神。那三只小猫圆头圆脑，或趴着，或蹲着，或低头挠脑袋，可爱至极。苏启明盯着照片仔细看着，心里"咯噔"地跳了一下。他想起抱小猫咪回家那晚，灯光下，小猫咪的毛发、动作、神态，和照片上的三只小猫一模一样。

"哎，这是我偷偷拍的，连记者都没给看，你可别跟别人说去。我说啊，"妇人一脸恳切和兴奋，"小毛你得尽快还回来，让大毛二毛一家子早点儿团聚。这些日子，你就当替厉山寺养了几天小毛，别舍不得，这可是积善行德的好事。小毛既然平安地落在你手里，说明你和小毛有缘，不如做点儿好事，成全它们一家子的团圆。"

"一定还，我来这里，就是打算归还的。"苏启明心不在焉地回答。他再次看了眼照片，现在可以确定，雪雪就是厉山寺丢失的小毛。此行目的已经达到，苏启明却没感到轻松，心情反而比来之前还沉重。他很矛盾，不知道回去之后，怎么向梁姐解释这件事。梁姐肯归还雪雪吗？肯的话，她的忧郁情绪会不会复发？要是比以前还严重，那麻烦大了。可梁姐要不肯归还，他该怎么办？他答应那位妇人，一定归还小毛，如果做不到，就不能信守承诺，违背了自己的本心。

苏启明谢过妇人，心事重重地出了厉山寺。

十

"女施主，请用茶。"小沙弥从托盘中取出茶杯，轻轻地放到桌子上，身体微倾，便要告退。

引梁姐进寺庙的那位师父，双手合十，告一声去请方丈过来，就掩上房门，把她一人留在房间里，再也没有动静。梁姐又等了会儿，依旧没有动静，只能耐着性子继续等。这时，她才打量起这间屋子。

房间摆设极其简单。门是老式的木门，上半部分为木格子窗，下半部为板木，对开四扇，两边墙上还各有一扇顶梁窗户，阳光畅快地照射进来，整间屋子窗明几净，特别亮堂。朝南正对房门，摆了一张方桌，两张木椅。墙头悬挂一块横匾，上书：厉山草堂，苍劲有力，梁姐没练过字，当然不认得那是什么字体。右侧靠墙，一排书架占据整面白墙，摆满各类佛教书籍。房间这般布局说明它是用来会客的，简约大方，古朴典雅，所有家具，包括房门都呈原木色，阵阵书香弥漫在空中，隐隐夹杂着一丝类似檀香的香味。左侧有一扇侧门，房门虚掩，小沙弥就是从侧门端着茶出来，又从侧门轻步退回。

梁姐喜欢上这间屋子。她只待了一会儿，原本一颗悸动不安的心，渐渐地安静下来。她把篮子放在脚跟前，竖起耳朵倾听门后什么时候会响起脚步声，半天过去，周身依旧寂静空旷。现在，她一点儿都不着急了，人很奇怪，心气一旦平和下来，所期盼的事，在时间滴滴答答的旋涡中，也变得不那么急迫了。

桌上的茶杯通体青中带白，如玉一般温润圆和，吸引了梁姐的目光。杯盖上有几道网状裂隙，摸上去却光滑平顺，根本觉察不到裂痕的存在，平添了几分雅趣。梁姐启开杯盖一条缝，一缕轻烟随之袅袅升腾，带着温婉的湿度，缓缓消失在眼前。轻烟不断从杯口溢出，无色无味，梁姐心中诧异，小沙弥不是说请用茶吗，怎么闻不见一点儿茶的香味？她猛地掀开盖子，只见杯中清澈见底，一如青白瓷体。因为水暖滋润，水面晃动之际，那青白之色便轻盈灵动起来，于宁静中泛出一丝生气来。

原来，只是一杯白开水，未见一叶一丝青茶。梁姐心里嘀咕，厉山寺怎么这么小气，待客之道，只清水一杯，普通人家，家里再怎么不济，也不会如此怠慢客人。

"水无茶叶香，却能解千渴。"内侧那扇房门如被风轻轻推开，方丈嘴角含笑，随着那阵风飘了进来，"不好意思，贫僧慧信，有事耽搁，来晚了些，请施主见谅。"他双手合掌，朝梁姐微微颔首，"本寺遵循历代寺规，一贯以水代茶，无论贵宾还是香客，一视同仁，并非有怠慢之道，这也得请施主谅解。"

惠信方丈身材不高，他身着青灰色僧袍，胸口挂了一串佛珠，长及肚脐。身上僧袍似乎洗了又洗，虽然领口处磨出些许白色线头，但十分整洁。白白净净的四方脸，脸色坦坦荡荡，自显一副淡然庄严之气。天庭饱满泛着一层光泽，显得气宇不凡。目光却温和似水，轻轻扫过梁姐的脸时，仿佛有一股暖流若有若无地环绕着梁姐，使她整个心胸如春暖花开般盛开，心中的一点儿担忧立即消散于无形。

在惠信面前，梁姐觉得自己隐藏在心中的秘密无所遁匿。一时间，梁姐说不出一个字。仿佛任何解释，在方丈面前都显得多余。

不知何时，雪雪从篮子里爬了出来，悄然钻入桌子底下。慧信方丈刚坐定，雪雪从慧信僧袍缝中探出白色脑袋，摇晃着两只毛茸茸的耳朵，似乎很享受待在僧袍下那一方小天地。

慧信低头瞧见小猫咪调皮模样，微微一笑，探手将雪雪捧到怀里，转身对梁姐赞道："嗯，比大毛二毛要重些，毛发也顺滑多了，油光水亮，女施主对小毛没少费心。"

听方丈口气，看来是认出雪雪就是丢失的小猫，梁姐忐忑的心也踏实下来了。苏启明把打听来的消息告诉她时，她还没做好归还雪雪的心理准备。

找回雪雪那天，梁姐抱着雪雪待在房间里，从门缝里听见爷儿俩悄声谈论，隐约和小猫咪有关，就竖着耳朵听了起来。前段时间，有次去香烛店买蜡烛，排队付钱时，耳根也曾刮过几句议论丢猫的话题，那时苏启明还没把雪雪买回家，厉山寺的猫丢与不丢，跟自己无关，便没在意，听过便忘。听爷儿俩在客厅嘀咕，梁姐突然想起这回事来，心里"咯噔"一下，像是被人狠狠地击了一拳。雪雪雪白精灵般，无论是外形还是从买来的时间上推断，非常有可能就是厉山寺丢失的那只。

养了十多天，雪雪成了梁姐生命中不可缺失的一部分。含在嘴里怕化了，捧在手中怕摔了，当年抚养小孙子也不过如此。她不敢想象，假如失去了雪雪，将会对她余生带来什么打击。会不会她的人生将再次坠入深渊，不可自拔。想到这儿，梁姐惴惴不安地瞥了一眼慧信方丈，胸口起伏不定。

"大毛二毛还好吧？"担心被慧信看破心思，梁姐主动问道。

慧信一只手抚摸小毛的脑袋，会心一笑，"在寺庙里当然得不到像女施主那样的精心照顾。"

雪雪是她的心肝宝贝，她是不会去买那些杂牌猫粮的。她只跑专卖店，而且是有名气的店家，买回来的猫粮不仅口碑好，还好消化，早晚还给雪雪配两小碗牛奶，半夜起床上厕所，也不忘记张望一下雪雪睡得好不好。她照顾雪雪的心思，堪比小孙子。

"大师，这是应该的。要是早知道小毛是寺庙所丢，我也不会拖延至今才归还。"梁姐听别人说起过，但凡来自寺庙之物，因长期受佛法熏陶，善根增长，佛缘深厚，凡人不可随随便便拥有。

"缘起缘灭，缘聚缘散，一切都不要执着，施主无须自责。"慧信将小毛轻轻放下，从长袖中伸出手掌，指着桌上的杯子说："这杯中清水，虽可解渴，却无法提供更多滋味。大毛二毛跟着我等寺庙众僧吃素，又无专人精心照顾，能顺当成长，已属不易。在我看来，小猫由寺外香客抚养，或许更有利于其健康成长。香积厨几位师父有寺庙的众多事务缠身，实在无暇顾及它们，又对养猫之道不甚了解，胡乱饲养了些日子，它们个个消瘦不堪，这就适得其反了。瞧这小毛，浑身圆润雪白，又可爱又健康，这才是得其所哉。"

听慧信方丈如此一说，梁姐宽慰不少。看来，方丈毫无责怪之意，反倒对自己悉心照顾小毛，给予肯定。不过，她对方丈默许寺外人士抚养小猫的想法，半信半疑。

"施主，小毛与你有缘，你可给它起名？"

"起了个小名，叫雪雪。"

"嗯，此猫通体雪白，双目如宝石般晶莹，好似精灵踏雪而来，无痕而去，名儿取得不错。"慧信轻点下颚，目光慈祥地看着小毛。小毛似乎听懂了，抬起头，朝着慧信"喵"地叫了一声。

一声叫唤，虽然一瞬间，梁姐仿佛看到了方丈和小毛的心灵发生了奇妙的感应。梁姐觉得自己不该对慧信说的话有所怀疑，但有个疑问，一直萦绕在心头，怎么甩都甩不开。慧信方丈所言听起来令她感到浑身自在，觉得心里暖洋洋的，似乎全身毛孔都充满了阳光般的温暖。

慧信转过脸，看着梁姐，微微一笑，"施主如此拘谨，心中莫非还有未了心事？"

被慧信一眼看穿心思，梁姐脸上红晕泛起。她慌忙端起茶杯，啜了一口，清水温润地流入胸膛，内心烦乱渐渐平复。梁姐放下杯子，平视慧信："既然大师明了我的心事，还望给予释疑。"

慧信不紧不慢地说："施主，佛陀所制戒律中有五戒：一、不杀生，二、不偷盗，三、不邪淫（出家为不淫戒），四、不妄语，五、不饮酒。这五戒，是佛门创立之初的根基，也是出家在家修行之人所遵守的基本戒律。修行之人大都懂得持戒，但是戒律却无法约束尘世间的芸芸众生。佛陀创立佛教，制定戒律，是为了救拔众生脱离苦海，获得究竟解脱。

"但是众生善根不同，与佛法的因缘不同，有的众生不知敬畏，一时业障现前，拿了不属于自己的物品，甚至去赚取利益，并不知道善有善报，恶有恶报，实在令人遗憾。"

慧信顿了顿，继续说道，"施主定是想问，本寺为何不去追责那所谓的偷盗之人。施主也想知道，我为什么没有怀疑是施主偷了小猫？"

梁姐点点头。国有国法，犯了罪，自有法律来惩处，庙里有庙里的规矩，违反了就要接受处置。

"请大师指点明示。"梁姐说。慧信柔和的嗓音如一阵和煦的春风，在阳光里浮现。散发出令她全身感到温暖的气息，仿佛她全身都融化在暖流中。一道阳光自始至终照射在青砖上，映出一个个小格子阴影。她的思绪悠悠晃晃飘浮在房间里，她不想坠落下去，情愿一直飘浮在空中。

"当初，文管办来装摄像头，我是反对的。一来寺中并无世俗的值钱东西，二来装了那个，疑神疑鬼，这等于向世人摆明了怀疑一切的态度。文管办的人解释说，这些摄像头不是监控香客的，而是为了预防火灾。这么一说，我倒可以接受。仔细想想也对，过去厉山寺经历过两次火灾，尤其是中华人民共和国成立前那场大火，将寺庙烧得一干二净，令人痛心疾首。如今，厉山寺如果不是由政府出资修复，哪里有众多僧人安身之地啊。装摄像头监视火灾，想得周到，这个贫僧没有异议。装上摄像头之后，厉山寺一直平平静静，没有出现过大的差错，却拍下了那名妇人抱走小猫的全过程，倒算是有些作用。呵呵。"慧信笑声浑厚，梁姐听出来，他没有一点儿责怪妇人的口气。

"那猫从根本上讲，非寺院所属，妇人谈不上偷盗寺院之物。只是母猫已自己选择在寺院安住，人们也该顺其心意不去打扰，给它们方便。妇人却私自将非自身拥有的小猫带走，又让它们一家子分离，这便是种下了恶因，自有其因果在，我们无须计较。"

慧信一席话，渐渐融化了堆积在梁姐胸口的郁结。

"所幸小猫遇到施主，得到很好的照料，这是它的福报，也是施主与它的前缘。"

慧信看出梁姐对小猫的感情非比寻常，尽管梁姐早已铁心要归还小猫，但被慧信轻描淡写点破了依依不舍的心思，红晕立即飞满脸颊。

方丈大师眼波看似平和如水，目光中却隐隐含着一股强劲的穿透力。在慧信面前，梁姐就像是个透明人，没有一丝隐秘。她不敢再和慧信的眼神对视，也不敢再看一眼雪雪，生怕多看那么几眼，心里又再生出无法割舍的情执出来。梁姐匆忙站起身，和慧信道了别，扭头便走进草堂外面那一片刺眼的阳光中。

走着想着，又觉得有些愤愤不平。在慧信面前，她还能心平气和地聆听教诲。慧信的每一句话，每一个微笑，让她如沐春风，仿佛置身于一片宁静的湖面之上，心境如一面通透的镜子，忘却了尘世间所有的烦恼。可一旦出了那扇门，那些躲在阴暗角落的琐碎烦恼，失去了束缚，立即张牙舞爪地爬了出来，露出真实面目，在梁姐胸口倒腾个没完，让她没有半刻安宁。

梁姐脑子里乱成一团，她像无头苍蝇般，没了灵魂，没了主见。孙子和雪雪原本是她的生活支点，支撑她度过每一天。如今，两个支点先后离她而去，平静的日子再次倾斜，失去了平衡。梁姐感到身体发虚，走路摇摇晃晃，脚下青石铺就的道路踩上去感到软绵绵的，没有一点儿踏实感。她想到了苏启明。早知道归还雪雪会引发身体不适，就让苏启明在厉山寺外面等着她了。有他在身边，心里莫名地感到踏实。她可以名正言顺地依靠他，而不必担心这个支点离她而去。

十一

日子一天天地过着，过了元旦，春节的气氛就浓厚起来。马路两边路灯架子上，市政工人站在云梯上，挂起一串串红灯笼。红色灯笼在寒风里慢吞吞地摆动鲜艳的身姿，让萧瑟寒冷的街头泛起阵阵活力。三三两两的电动车飞驰而过，踏板上偶尔露出一段青鱼尾巴，随着颠簸的路面上下抖动。

苏启明在工会干过分鱼这事。一大卡车过来，哗啦卸下一车青鱼，活蹦乱跳，腥烘烘铺满整块空地。有些大一点儿的青鱼，嘴巴一呼一吸，生命力旺盛。苏启明和其他人一块儿，专挑还活着的，还要大个的，装进蛇皮袋中。主任安排专人专车，给一张清单，按上面列出来的名单和地址，挨家挨户送鱼上门。苏启明心知肚明这些鱼的去向，和他无关之事一向懒得搭理。他只管做好眼下分鱼这件重要工作，让各个部门和分厂车间都满意地拖着鱼回去，就算大功告成。下班后，拎上一条属于自己的鱼，拿报纸包得严严实实，夹在自行车后座上，回家向梁姐展示鱼有多大，比多数职工分的要重，那一刻，心情特别愉悦。

梁姐常揶揄他没一点儿出息，为一点儿蝇头小利，也能高兴一阵。苏启明倒是委屈，争辩说，工会负责分鱼，既要让领导家属开心，还得平衡每位职工的切身利益，不能让分鱼这种小事，影响公司安定团结的大好局面。劳心又劳力，自己拿条大一斤两斤的鱼，无可厚非。再说了，主任特意关照，给自己部门留几条大鱼，兄弟们辛苦，没功劳也有苦劳嘛。自己要是留下小鱼，分明不给主任面子。

历历往事在目，苏启明嘴角露出一丝笑意。自从梁姐把雪雪送回厉山寺之后，苏启明明显感觉到，梁姐对自己的态度起了变化。苏启明一直担心，梁姐被迫把雪雪归还厉山寺，心里会产生巨大落差，从而导致抑郁情绪复发。不过，到今天为止，他并没有看到梁姐忧郁情绪复发的迹象。

那天，梁姐轻手轻脚地推开门，平淡地说了句，我回来了。然后一屁股坐在沙发上，看电视，织毛衣，好像什么事都没发生过，就是不搭理苏启明。吃完晚饭，梁姐默默地起身，走进自己房间，顺手关上门。

　　房间里安静得能够听到自己的呼吸声，苏启明坐立不安，不晓得梁姐把自己关在房间里想什么，干什么。但他又不敢敲门去问，他窝在沙发里，担心了一个晚上，没敢闭眼。半夜两点多，电话铃响，苏启明迷迷糊糊地接电话，是二哥苏启程。电话那头，苏启程听上去口气兴奋异常，传到苏启明耳朵里却成了一句牢骚话，震得他耳根疼。明山，大伯说他身体好些了，可以下床了，他要回来过年，还要参加祠堂挂匾仪式，奶奶的，那个会说几句洋泾浜语的侄儿，也不早点儿打电话，美国这个点儿才中午，我睡得好好的，这下被他害惨了。明天，哦，不，今天，咱兄弟俩合计合计，搞个挂匾仪式流程方案出来。

　　苏启明本来处于半梦半醒中，结果这一通电话，让他担心之外，夹杂一丝莫名的兴奋，他躺在沙发上辗转反复，挪到自己房间，依然无法入睡。

　　第二天，苏启明没像平常那样早起。折腾一晚，他不知何时酣睡入梦，坚持了几十年早睡早起的习惯，就此打破。

　　不等苏启明醒来，梁姐就出了门。苏启明睡到九点多才醒来，懒洋洋地穿上衣服，洗漱干净，梁姐自个儿开了门进来。苏启明注意到，梁姐没有空着手回家。她左手塑料袋里装着油条和豆浆，右手，一个大红塑料袋，鼓鼓囊囊看不出里面装了些啥。苏启明从梁姐手中接过油条啃了起来，跟着走近厨房，这才看清楚，梁姐那个大红袋子里的东西装了不少。有土豆、番茄、萝卜、豆腐、一些叶菜、几只五花大绑的青蟹，竟然还有一整只杀好的老母鸡，两条白白净净的大腿朝天翘着，明晃晃十分扎眼。

　　"起来了？"梁姐在厨房忙碌，头也不回，知道苏启明正朝厨房探着脑袋。

"嗯，嗯，二哥半夜打来电话，大伯过些日子要回来过年。"苏启明嘴里塞满油条，生怕自己说不清楚，奋力地张大嘴巴，总算把一句话说完整了。

"半夜三更，说话那么大声，也不怕把楼上楼下吵醒了。"梁姐拧开水龙头，抓起一把叶菜清洗起来，"我又不是聋子，都听见了。"

苏启明不清楚是梁姐本来就没睡着，还是因为二哥那通电话，把她吵醒了。但听口气，并没有丁点儿责怪的意思。好兆头，苏启明使劲把嘴里的一大口油条咽进肚子，连同折腾了他一晚上的担心，也咽了下去。

"我琢磨，大伯这次回来，最想看的当然是祠堂。落叶归根，大伯在海外闯荡大半辈子，老了，最终是想回来的。出资修复祠堂，肯定不只落叶归根那点儿意思。我想了一夜，觉得大伯那一代人吧，光宗耀祖就是他们安身立命的动力。这次回来，估计还想在苏家祠堂弄出点儿名堂来，一来告慰老祖宗在天之灵，二来表明自己是苏家子嗣，衣锦还乡，没让老祖宗丢脸，他绝对有理由在苏家祠堂留个位置。"梁姐说道。

苏启明点点头。他其实没想那么远，如果把他的名字刻上牌位，摆在祠堂供后人瞻仰，他是坚决反对的。

"大伯奋斗一辈子，漂泊了一辈子，真心不容易。既然大伯有那层心意，我们做小辈的，不妨顺他心，随他意，答应他便是。眼下最急迫的事，就是把祠堂挂匾仪式，当着大伯的面，风风火火办精彩。你和二哥两人，两个臭皮匠整天凑在一起，做事磨磨蹭蹭，能商量出啥好主意来？明山，我跟你说，挂匾仪式可不是小事，你和大哥得重视起来。我的想法呢，你现在去打电话，请二哥二嫂今晚来家里吃个家常饭，咱们边吃边聊，你们也听听我这个妇道人家的意见。人多想法就多，女人心细，一些细节肯定漏不了。家里没酒了，你去超市买两瓶酒回来。听见没有，多买两瓶备着，省得下次又要跑一趟。"

于是，苏启明爽快地接受了买酒任务。此刻，他顶着寒风奋力地蹬自行车，四瓶白酒严严实实地摆在车笼头前面的篮子里，不时发出玻璃瓶清脆的撞击声响。马路上车流不止，苏启明脚下这辆老爷车，有些日子没骑，车胎气不足，骑起来特别费劲。

身边的电动车一辆辆飞快地超过自己，连那些骑着共享单车的年轻人，也一个个神气十足，欢快得高昂着下巴超越了他。苏启明此时有点儿后悔，早知道骑老爷车如此费力，他应该听儿子的话，学会怎么用手机打开满大街的共享单车。

当晚，二哥苏启程准点儿敲门进来。苏启程脸晒得黑黑的，戴着一顶黑不溜秋的毛线帽，手里拎着一只白色塑料桶，下巴那撮山羊胡子随风飘动，眼镜后面一双三角眼笑眯眯地看着梁姐。

还没坐定，苏启程公鸭似的嗓子就响了起来："明山，今天喝我带的酒，米酒，儿媳妇那头亲家公亲手做的，入口醇厚，第二天不会上头。好酒啊，你一定要尝尝，好喝的话，明年让亲家公多做一点儿。"

"行。你想喝什么就什么，听你的，不够家里有。"苏启程强势惯了，你要是跟他争，他可以和你争论半天，最终顺了他心意才肯罢休。苏启明难得见二哥如此大方，顺着台阶接了二哥的话茬。

客厅餐桌上备好了几样冷盆小菜，几只炒菜备料已加工好，只要稍加煎炒就可上桌。四人落座，苏启明抢先给二哥倒满一杯。二嫂不会喝酒，摇摇手客气了一番，梁姐喝什么酒都过敏，苏启明就给自己倒上，举起酒杯，敬了二哥二嫂一杯。四人边喝边聊，商量起大伯回国后行程怎么安排，以及祠堂挂匾仪式的一些细节流程。

酒过三巡，梁姐总算明白，二哥苏启程看似精明，骨子里其实糊涂透顶。他对于如何接洽大伯回国行程，怎么举办挂匾仪式，心里头完全没有一点儿章法可言。想到哪儿就是哪儿，一会儿出个主意，一会儿又觉得这个主意不妥，得换个形式。趁着酒劲，满嘴大话，只想着怎么让大伯高兴而来乘兴而归，问到细节，一问三不知，吐着酒气嘟囔着搪塞梁姐："弟媳，我哪有精力想这些事，你看着办就是喽。大伯只是让我负责牵头修复祠堂，接待这事，我还真没啥经验。只要让大伯满意，啥样都行。"苏启程眯着眼瞧了瞧苏启明，端起酒杯滋滋喝了一口说："明山，弟媳是明白人，她怎么指挥，咱就怎么办。要出钱出力出人，吩咐一句话，照做。"

二嫂乡下出身，攀上苏启程这条大腿，吃香喝辣，只会享福，家里经济大权抓在苏启程手中，哪有她说话的份儿？梁姐直接忽视二嫂的存在，转头用询问的目光盯着苏启明。不过，梁姐没指望苏启明，她只是觉得，得给苏启明留点儿面子，如果直接忽视，于心不忍。

果然，苏启明唯唯诺诺，抬头见梁姐盯着自己，头皮一阵发麻，忙端起酒杯喝了一大口米酒。放下杯子，红着脸对着二哥说："你弟媳向来有主见，精打细算，家里事从不用我操心。二哥没啥意见，我这个小弟更没话说。"

俩兄弟你一杯我一杯相互灌起米酒来。自酿米酒看似酒精度数低，却是以高度白酒做酒基酿造，经一个多月十几道工序发酵而来，口感绵柔，后劲十分厚足。初喝不以为然，当白开水灌，几杯下肚，丹田发热，稍不留神，那股热气便如火山爆发，直冲脑门儿，瞬间让一大汉醉倒不省人事。

没多久，两个人摇晃脑袋，吹嘘祠堂整理族谱和联络宗族血亲的事来。尤其是苏启程，把修复祠堂所有的功劳都往脸上贴，就差把自己描绘成挽救苏家祠堂的盖世英雄了。苏启明也毫不示弱，扳着手指头，一五一十把自己在祠堂这些日子里，如何整理编写族谱，如何和各地苏家血脉遗存联络求证，说得惊心动魄，唾沫横飞。

二嫂嫌他俩吵，早早地自个儿看电视去了。梁姐略吃了几口，就躲进自己房间。等她拿着两张纸出来，俩兄弟已趴在桌上呼呼大睡，怎么摇都摇不醒。末了，梁姐把一张纸塞给二嫂，嘱咐她，二哥醒来后就交给他。

第二天，苏启程晃着沉重的脑袋，从床上爬起，一眼瞧见床头柜上，手机下压着一张纸。他拿起来，一行行秀气的字映入眼帘，内容非常丰富：祠堂当天要备些什么物品，什么时候准备好，谁来主持仪式，主持词写些什么，谁来宣读，谁来揭牌，谁负责现场秩序，谁负责茶水。至于接待方面，由谁负责与大伯接洽回国时间表，谁去机场接大伯，谁负责安排大伯在国内的行程，谁去订酒店，谁负责和各地亲戚联系确认是否来参加挂匾仪式，谁负责这些亲戚的接站住宿和吃饭，林林总总密密麻麻写满了正反两面纸。所有的事交代得一清二楚，事无巨细，动员了两家所有人和连襟参与其中。甚至连参加仪式时，男人女人小孩穿什么衣服，亲戚临走时送些什么土特产，都一一做了标记。看到最后一行，在"挂匾仪式时间"这几个字下画了两道重重的线，还打了个大大的问号。

苏启程当即明白，这是要他和远在大洋彼岸的大伯确认，何时举行挂匾仪式。这个重要日期的确要马上定下来。一方面，定下日期，所有行程都可以按照日期进行倒排，一切都能按部就班进行。另外，定下日期后，需要向古镇管理处报备。到时，管理处根据情况，安排工作人员和保安，到现场维持秩序。

苏启程暗自庆幸，自己有先见之明。幸亏把接待这事扔给弟媳去做，要不然，凭自己这把年纪，自己这点儿能耐，想破脑袋，也想不出还有这么多杂七杂八琐碎的事需要考虑，需要提前准备。

## 十二

大伯坐在轮椅上，身处横街与直街交会处。身后一扇古刹大门洞开，朱红色的油漆略显陈旧，门上有几颗铜钉被游客摸得锃光瓦亮。大伯的背影在铜钉的缝隙中拉出一条长长的影子，岁月就在那一刻，仿佛被那些铜钉牢牢钉住，再也不想离去。

古镇有两条老街，东西方向为横街，另一条南北方向，为直街。老街两旁商家店铺林立，门口竖着五花八门的广告牌，无非想吸引游客进去买些古镇特产，或者停下脚步品尝古镇特色美食。隔了几间店铺，就有一座祠堂夹杂其间。有的祠堂门楣上挂着祠匾，气派的用烫金大字描撰，古朴点儿的只用青漆点缀。大部分祠堂大门紧闭，门口无任何牌子，亦无商家无端占用空地宣传。游客一路走来，耳边灌输着一首杂乱无序的曲子，突然插入个休止符，顿时让人眼前清净了许多。

在横街与直街交会处，坐落着厉山寺。距离山门不远，一汪湖水如一颗明珠，静静横卧在厉山脚下。湖面波光粼粼，古刹墨绿色琉璃瓦倒映在湖面上，随着波浪起伏。

大伯的胸膛也起伏不定，眼角湿润，一行混浊的泪水沿着脸上的皱纹慢慢往下淌。眼前这两条老街，早已物是人非，童年残存的记忆，不时浮现脑海，却无论如何无法和现在的老街拼合成一幅相同的画面。老街那时，道路坑坑洼洼，两边墙头低矮斑驳，墙皮剥落，露出里面黑色的砖块。屋顶瓦片残缺不全，长满了野草，像是穷人穿在身上的一件破旧衣服，即使破了几个洞，也无力修补，任其在风雨中经受岁月的侵蚀。

那时街面以砂石铺就，一到雨天就泥泞不堪。补丁似的水坑东一块西一块，人们走路深一脚浅一脚的，防地雷似的小心着，冷不防一脚陷了下去，立时沾上一脚乌黑的泥水。晴天还算好，要是遇上一阵大风吹过，细细的砂石裹挟着灰尘狂舞乱飞，顺着缝钻入衣襟和裤脚中，回到家中，能倒出一把砂砾。如今，老街铺上青石条，整洁干净，沿街庙宇、祠堂修缮一新，各式横匾挂于门头，如同一张张名片，昭示着祠堂辉煌的历史。

古刹门前那棵老银杏树依旧高大挺拔，虬龙般的树枝扎向天空，似乎比儿时那刻，更加苍劲有力。大伯思绪万千，任凭一幕幕记忆片段在脑海中翻滚，如潮水一般涌向胸口。那行泪水，不知不觉从下颚滑落，无声无息地溅到青石板上。

梁姐的孙子小勇一声不吭，站在大伯身后扶着轮椅。奶奶交给他一个任务，好好陪着太伯公逛逛老街，照顾好他，千万不能出任何纰漏，今天祠堂祭祀，太伯公可是主角。小勇非常乐意陪同太伯公逛古镇，这正好遂他心愿——趁此机会，他可以多向太伯公了解美国现状，为以后出国留学储备点儿知识和经验。

太伯公坐在轮椅上，默默地盯着老街出神。太伯公长久不出声，小勇生怕太伯公出意外，弯下腰凑前查看，见太伯公脸上湿漉漉的，老泪纵横，关心地问道："太伯公，您怎么了？老街让您想到伤心往事了吗？"

大伯触景生情，心神摇曳间，真情流露，也不忌讳让小辈看见笑话，任由眼角饱含泪水："太伯公呀，是高兴的眼泪。风风雨雨，辛苦大半辈子，终于回到生于斯长于斯的故乡，心里高兴还来不及呢！没事没事。"大伯一丝微笑挂于嘴边，满头白发迎风飘动，脸上刻满了岁月的痕迹，脸色却红润。

这次回国，是大伯自己、其孙子和洋媳妇三人。大伯本意是要带重孙回国的，毕竟他有二分之一中国血统，带他们回国祭奠祖先，认祖归宗，于情于理来说无可厚非。只是洋媳妇坚决反对，大伯没有勉强，不过他提了个条件，洋媳妇必须和苏爱德一起回国。大伯这么做，主要是回国祭拜祖先时，让苏爱德和洋媳妇在老祖宗面前磕个头，认个宗，向老祖宗表明苏家海外这支血脉，不仅没有断根，还和和美美地延续了下来。大伯想在苏家祠堂谋求个牌位，可如果自己家族残缺不全，该来的不来，那将如何面对列祖列宗？如何面对族亲们异样的眼光？

重孙没跟随回国，是件遗憾事，大伯心里像堵了块石头，在飞机上一直闷闷不乐。到了浦东机场下了飞机，他坐着轮椅出现在国际机场出口处，一名健壮的后生抢先一步奔到眼前，亲热地喊了声太伯公。未等大伯反应过来，后生接着和身后的苏爱德和洋媳妇打了个招呼，顺手接过轮椅，推着他就往停车场走。后生嘻嘻哈哈地和大伯有说有笑，一副自来熟的样子。大伯又惊又喜，惊的是苏家居然有如此健康又阳光的后代子孙，喜的是自己对后生的唐突一点儿不反感，好像是老相识了，刚见面比老朋友久别重逢还亲切。大伯从他清澈的目光中，仿佛看到了过去的自己，那目光里饱含着对未来美好生活的憧憬和期盼。

"小勇，你慢点儿推，小心台阶。"大伯听到苏启明在身后叮嘱，明白这名后生就是他孙子苏博勇。

小勇从父亲苏越那里得知，远在美国的太伯公要回来祭拜祖先，就变得有些坐立不安，还吵闹着要去浦东机场接太伯公。苏越根本没同意，觉得小勇不过是去凑热闹，说不定闹出点儿什么岔子来。小勇搞不定老爸，转身跑到奶奶家找梁姐告状。小勇是梁姐的心肝宝贝，哪有不答应的道理！一个电话打给苏越，说："现在正值寒假，小勇反正没事，让他去大城市见见世面，有啥不好？让小勇去！"

苏启程和苏启明作为小辈，必须亲自到场迎接长辈，这是礼数。大伯是苏家在世子嗣，辈分最高的长辈，就算全家老老少少都拥到机场迎接，那也不算过分。梁姐没管儿子同不同意，挂了电话，对小勇眉开眼笑："乖，明天你跟着去就是，苏越这小子敢不答应，先得过我这一关。今天奶奶做了你最喜欢吃的糖醋排骨、红烧鲫鱼。你得多吃点儿，看你瘦得跟猴子似的，也不知道苏越两口子懂不懂养小孩。"

小勇暗自得意，每当要求得不到满足，他就搬出奶奶来，屡试不爽。他从小只认一个理，奶奶在这个家庭里面，绝对强势，说一不二，每个人都小心翼翼地生活在奶奶身边，生怕说错或者做错什么，惹得奶奶数落自己。不过他却一点儿不怕奶奶，反而因为她时时护着自己，捞取到无数好处。小勇吵着要去机场接太伯公，当然有他的目的。这个目的能不能实现，还不好说。不过，给太伯公留下一个好印象，应该不难。

小勇当天打扮成阳光男孩的健康形象，出现在太伯公面前。在苏启程和苏启明眼中，年轻人本来就应该积极健康向上的。只是，他们没留心，小勇刻意把自己收拾得干干净净，不仅理了头发，还细心地剪了指甲，衣服从头到脚里外一新，都是最近流行的休闲款式，能让他显得阳光而且帅气。

大伯想起明贤，也就是苏启程，曾在电话里说过，苏家在本地人丁单薄，远不及太原一脉兴旺发达，至今只有明山有一孙子。按家谱顺序，排在博字辈，取名苏博勇。小勇是梁姐给取的小名，苏家上上下下喊习惯了，正名倒是要想一想才记得。

原来是曾孙。这么一位嘴甜帅气阳光的曾孙，推着自己穿过人群，吸引了众多的目光，大伯心里甜滋滋的，不由得容光焕发，堵在心里的那块石头，不知何时从胸口消失不见了。他坐在轮椅上，闭上眼睛享受曾孙热情洋溢的照顾，心潮翻涌。在那一瞬间，好像穿越到年轻时代，见到自己搂着娇妻，看着儿子生龙活虎地在地板上跑来跑去。回过神来，又听见小勇一声声太伯公亲热地喊着，把自己的心都喊酥了、喊热了。

上车后，大伯默许小勇紧挨着坐自己身边，原本坐在旁边的应该是苏爱德和洋媳妇，因为小勇，他们只能坐到面包车最后一排。小勇刚坐定，一张嘴立即说个没完。他对美国发生的任何事都感兴趣，上至总统轶事，下至街头乞丐，只要他想到的，张嘴就问太伯公。大伯没想到，小勇居然会用结结巴巴的英语提问，单词没学过的，就用手势代替，如果手势也无法表达含义，才用到中文。小勇的英语发音，不仅生硬，还很奇怪，就像舌头还没有完全打开，却非要把舌头硬生生拧直了。大伯这些年孤独一人，长时间躺在病床上，没人陪他聊天说话。这一踏上故乡的土地，乡音如故，内心异常激动，小勇这时候凑上来，大伯遗忘多年的乡音，渐渐地从沉睡中苏醒过来，迫不及待地从心里喷涌而出。大伯来了兴致，一边耐心地更正小勇的发音，一边用纯正的美国口音回答各种问题。有时，大伯一激动，疙疙瘩瘩的家乡话脱口而出，让小勇觉得大伯的一口家乡话听着陌生得很，五音不全不说，还夹杂着浓重的外国口音。这就好似大伯急吼吼地端出一盆家乡菜，结果，小勇在里面品尝出了不少美国人习惯的口味，这让他大笑不已。

一老一小在车厢后座，已成忘年交，他们互相纠正对方口音，忙得不亦乐乎。笑声不时从车厢后传来，容不得苏启程插上嘴。他原想着趁路上这个机会，向大伯汇报祠堂修复进展，以及花了多少费用，现在看来，这个机会完全被小勇给霸占了。不过，从大伯爽朗的笑声中，他听出了一点儿名堂。大伯的笑是发自内心的，而且笑得特别开朗，特别舒心，好像那笑声，从一只被禁锢的瓶子里释放出来，正浑身舒坦地扭动着被禁锢的身躯，游走在家乡的土地上。

笑声不断传来，苏启程似乎也被感染了。有时，他听见侄孙儿问大伯一个奇怪的问题，就会心一笑。反正插不上嘴，苏启程索性闭目养神，心里笃定，等到了酒店，趁大伯高兴的当口，再说祠堂经费这事也不迟。

大伯当然不知道苏启程心里那点小九九。他身体本就不好，下了飞机后，和小勇有说有笑这么一折腾，下榻到酒店，立即感觉身体乏力。进到房间，连晚饭都没起来吃，一觉睡到半夜，却又清醒过来。大伯想到此刻自己正睡在故乡的土地上，精神异常兴奋，在床上翻来覆去，再也没有睡意。大伯明白自己正在倒时差，为了能尽快适应国内时间，他强迫自己闭上眼，什么都不去想，但他越是什么都不愿意想，往事越是如潮水般涌来，不停地拍击他的内心，溅起阵阵幸福的浪花来。迷迷糊糊中，又睡去了，直到第二天中午，才醒来。

对于一位老人来说，半个多世纪在海外漂泊，有朝一日突然安睡在故乡的土地上，心情难免激动。加上老人身体机能下降，适应能力差，大伯倒了三天时差，总算在黑夜里睡了一个安稳觉。

在这三天里，太原二伯家的族亲陆陆续续入住酒店，其他散在各地的苏家子弟，大部分都如约赶到。他们的到来，让苏启程和苏启明两兄弟疲于应付，不是他们请那些多年未见的族人喝酒吃饭，就是族人在酒店摆下宴席，款待已经赶来的族亲。既然是一个大家族，又是多年不见，唠嗑的话自然多。通报苏家家族发展史，回忆家族历史往事，历数苏家这些年出了哪几个光宗耀祖的人物，在酒精的刺激下，很多情节被无限夸大和炫耀。反正没人仔细去考究这些情节的真实性，酒过三巡，第二天谁都不记得说过什么，就算记得，那也是酒后之言，没人当得了真。

苏启程在酒精的浸泡之中，晕头转向地度过了三天美好时光。等到他听说大伯倒好时差、在酒店茶餐厅享受美食的消息，立马急匆匆地赶到酒店，按响大伯房间门铃。按了半天没人开门，苏启程抬头看看房间号，没按错啊。他下到总台，这才问清楚，大伯一吃完早餐，就被一位小伙子接走了。苏启程摇晃着昏沉沉的脑子，琢磨着那个小伙子，应该就是小勇。可他没想明白，大伯和小勇一大早出去，这是唱哪出戏。

一老一少其实没唱什么戏。大伯倒好时差，一早睁开眼，自我感觉精神矍铄，于是给苏启明打了一通电话，想让小勇陪他逛古镇，梁姐听见了，立即同意，让小勇好好陪着太伯公逛逛。过了一会儿，小勇背着双肩包出现在他房间外。他推太伯公下楼，享用了早餐，然后，俩人出了酒店大门，开始了出游计划。大伯思乡心切，既然双脚已经踏在故乡的泥土上，岂能不游历一番久违了的家乡美景，亲眼见证家乡巨大的变化？

大伯谁都没喊，他就认定小勇。他觉得重孙子小勇一脸阳光，有自己的想法，跟自己年轻时一个样，敢说敢做。他让小勇陪自己游历家乡，自己不需要任何顾虑，想什么就说什么，想做什么就吩咐小勇去做，又开心又自由。

自从小勇在从机场出来的车里问东问西，他就明白了小勇的心思，决定有机会就告诉小勇，他会资助他去美国留学。

## 十三

　　清晨的阳光虽然升了起来，但被寒气过滤掉大部分热量，照在身上，丝毫感觉不到暖和。一些食客习惯于喝早老酒，此时一个个缩在老面馆玻璃窗后面，就着一碗面汤，几碟浇头，抿上一口热腾腾的黄酒，美美地享受着冬日泡在暖和房间里的时光。

　　只有那些老茶客们，不喜欢房间里逼仄的氛围和暗淡的光线，他们情愿忍受寒冬腊月里凛冽的滋味，把藤椅藤桌搬到屋子外，找一块树底下阳光充足的地方，稳妥地摆放好。他们手里笼着喝茶的家什，有紫砂壶、保温杯、玻璃杯，里面泡着浓浓的茶叶。一只热水瓶放在脚跟，茶水冷了自个儿加水。他们围坐一圈，无非天南海北地聊天图个热闹，三五个知己，一副象棋，或者一副扑克牌，便能消磨一个上午。

　　大伯裹着羽绒服，臃肿的身子随着轮椅行进在石板道上，晃晃悠悠，脸上尽是新鲜劲儿。经过茶客们身边，大伯挥挥手示意小勇停下来，他饶有兴趣地观看茶客们在藤桌上厮杀博弈。看到热闹处，大伯会心一笑，似乎那几步落子便是按他的想法走了下去。

　　时间依附在阳光身上，随着光线在青石板上移动，小勇颀长的影子不知不觉中缩短了许多。没人在意影子怎么变化，就连小勇自个儿的目光，也被桌子上的局面吸引过去，这时手机铃声突然响起，小勇一看是梁姐。

"小勇，你现在在哪里？大伯没出什么事吧？"

电话那头梁姐有点儿着急，这都老半天了，一老一小还没在祠堂外出现。虽然离约定的还有一段时间，梁姐性子急，生怕大伯出点儿意外，电话先打了过来。

小勇一听是奶奶的声音，马上反应过来，想起今天有比看棋重要得多的事，现在可不是看别人鏖战的时候。他俯下头，贴近太伯公的耳边说，"太伯公，祠堂那边都等着您呢，我们赶紧过去吧？"

大伯连忙点点头，他知道今天要举行祠堂挂匾和祭奠仪式，手一挥说："走走，别误了大事。"临走时，大伯不忘和老茶客们打招呼，约好了下次再来观战。看大伯那表情，大有亲自出马大战几个回合的意思。

苏家祠堂距离茶客喝茶的地方并不远儿，往前走一段，拐进一条弄堂，到头再拐个弯就到。古镇主干道铺上了石板，显得整洁宽敞和平整，小勇推着轮椅，一路和太伯公有说有笑，倒也轻松惬意，并没觉得脚下道路有何难走。但拐进弄堂，地上石板铺得就不那么齐整了。越到深处，新铺的石板越少，而一块块方寸大小的青石，被人遗弃似的，在泥土中挣扎着，露出凹凸不平的表面。坑坑洼洼的小路幽静安宁，如同被岁月冲刷了无数遍，远远瞧去，锃光瓦亮，仿佛刷了一层油水。

小勇年少方刚，浑身有使不完的劲儿。他用力推着轮椅，脑子里在想奶奶交代的话，我的小祖宗哎，陪你太伯公逛完厉山寺，就赶紧出来，千万别迟到。挂匾仪式定好的良辰，非同小可，错过了别说老祖宗不高兴，就是来参加仪式的族人，也会有意见。

刚才被奶奶电话一催，小勇心里有点儿急躁，恨不得立马推着轮椅出现在奶奶眼前，脚下不由得加了一把劲。轮椅吱吱嘎嘎拐进弄堂，在坑坑洼洼的道路上，欢实地跳跃起来，大伯摇晃得更加厉害了。

还没推几步，轮椅戛然止住。一个轮子死死地卡在石头缝中，小勇用力推的力量，加上大伯的身体重量，使得轮椅倾斜了。小勇感觉到双手被一股巨大的力量拉扯，虎口一震，轮椅脱离双手控制，眼看太伯公跟着轮椅，要飞了出去。小勇张大嘴巴，来不及惊呼，千钧一发之间，只见他身后伸出一条手臂，牢牢地抓住轮椅把手，另一条手臂挽住大伯，将大伯轻轻地扶到轮椅上。随后，小勇看见一双慈祥的眼睛，朝他微微一笑。

"小兄弟，老人岁数大，禁不起任何波浪了。"那人声音温和，不含一丝责备，却让小勇暗生愧疚。他明白，太伯公如果摔了出去，那他就犯下了滔天大错，弄不好，太伯公可就……小勇不敢往下想了，他满含歉意，想感谢人家出手相救，这才发觉，那人头皮锃亮，身穿橙色长袍，临风而立，看样子，一定是厉山寺的师父。师父身后跟着一名小师父，手臂挎一只藤编篮子，盖着布，看不出里面装了些什么。

小勇刚要出口相谢，大伯先出了声："多谢师父相救，不过，师父，你瞧瞧我满头银丝，还有一小撮乌黑头发，说明我还没老透呢，哈哈！"说完，大伯双手合十，朝救他的师父微微倾了倾身，如果不是腿脚不利索，他肯定是想站起来给人家鞠个躬的。"我这把老骨头，老天爷还真舍不得收回去啊。敢问师父法号是……"

"我佛慈悲为怀，救人乃本分，举手之劳而已，谁见着了都会出手搭救，不必挂齿。"那人似乎并不想表明身份，但大伯一定要知道师父名讳，救了自己，连人家是谁都不知道，那不是他做人的准则。

大伯一把抓住那人衣袖，不肯放手，说："这位师父，您不告诉我您的名号，我今天就不放手了。"

那人的微笑始终挂在嘴边："老人家，您今天可是有重要的事要办？正好我们同路，我们边走边聊，别误了时辰。"

"咦，您怎么知道我有重要的事要办？"大伯心中诧异，正想开口相问，师父已迈开脚步，向弄堂深处走去。身后那名小师父，紧走几步，跟在师父身后。两人衣袂飘飘，眼看就要消失在拐角处，大伯赶紧吩咐小勇，快快跟上。没问到恩人名号，大伯心里总是不甘的。

苏家祠堂门外，已经围了一群人。这里面绝大多数都是从各地赶来的苏家族人子弟，但也有零星几位游客，从直街那儿听到弄堂里发出些动静，好奇心驱使着，便循着热闹围了过来。

所有人当中，当属梁姐最为精心。苏家祠堂挂匾和祭奠仪式，梁姐自然而然地承担起总导演这个角色。她拾起以前做会计那份细心，在一夜间制定出一份挂牌仪式流程方案，她把这份流程称之为剧本，并自封为导演。梁姐这人做事风风火火，将流程中每一项事务都具体落实到人，并立马着手安排每个人去实施。

譬如苏启程，他好面子、爱虚荣，梁姐就安排他做主祭。主祭负责宣读祭文，这个角色原本应由苏家辈分最高者担任，但考虑到大伯年事已高，加上腿脚不便，于是，主祭自然落在苏启程身上。苏启程这人给他一项高帽子，他就乐得屁颠屁颠的，主祭让苏启程做，给足他面子，他自然不会反对，但整出一篇祭文却是免不了的。梁姐当然对祭文陌生得很，她觉得，祭文要是写得精彩，当然能为挂牌仪式锦上添花；如果写得平淡无奇，倒会让各地来的族人看轻了。梁姐可不想让自己老公在族人面前出丑。

　　另外还有一位重要角色，襄祭，梁姐想都没想，直接扣在苏启明脑袋上。襄祭这个角色，表面上是配合着主祭，但实际，却有穿针引线的功能。好比一场戏的现场导演，祠匾什么时辰挂上梁，什么时候揭匾，族人按什么顺序进入祠堂，怎么站位，主祭什么时候宣读祭文，什么时候祭奠老祖宗，什么时候磕头，磕几个头，胙食什么时候端上桌，仪式结束后怎么分配胙食，等等，全都由苏启明这个襄祭现场协调，做出安排。没有襄祭，祭祀典礼就无法进行下去，换句话说，没有苏启明，苏家祠堂今天的仪式就无法顺顺当当举办成功。如此关键的角色，梁姐怎么可能拱手让给苏启程？再说，她在背后指挥苏启明，也得心应手。换成苏启程，不知道要多费多少口舌和精力。

　　至于外地来的族人，人生地不熟，弄不好还会生出一些事端来，梁姐自然不好安排他们做什么事。她理所当然地挑起了所有迎来送往、入住酒店等闲杂琐碎事宜，并且安排得井井有条。外地族人来了有人接站，安排的酒店既干净又实惠，族人们被伺候得舒心，个个夸梁姐是个能干的苏家媳妇。可怜苏启程，沉浸在担任主祭的喜悦中，关起门来琢磨他的祭文，对族人相邀他去喝酒相聚，也是半推半就，心不在焉。

　　梁姐把一切安排妥当，就等在祠堂门口，迎接大伯到来。可左等右等，大伯和小勇的身影，依然没有出现在视线中。虽然时间还充裕，但是她也希望能够早早地各就各位。她眼睛里冒着火，心底里早把小勇骂了个半死不活，恨不得揪起小勇的衣领，厉声喝道，怎么还不来?!

族人们热热闹闹地围在祠堂门口，嘻嘻哈哈地继续聊着昨晚酒席上未尽兴的话题。他们对祠堂挂匾和祭奠仪式没大伯看得那么重，无所谓时辰是否准时。半个多世纪以来，苏家族人头一次聚在一起，侃侃各自曲折坎坷的家庭历史，聊聊自家子女出了国，当了官，发了财……相较而言，比这个祭奠仪式来得有趣得多。他们见梁姐一脸焦急，反而温言相劝，梁姐，不急不急，您看连老爷子都不急，太监急了也没用啊。人群发出一阵窃笑，族人对这个比喻，实在不敢恭维，只能一笑了之。

对于族人善意的调侃，梁姐并不放在心上，此刻，她眼里只有大伯和小勇。小勇是她孙子，心肝宝贝似的，绝对不能出事。大伯是祠堂祭祀仪式的主角和发起人，更不能出一点儿差错。苏家祠堂能够修缮一新，苏家老祖宗那些躺在历史尘封中的丰功伟绩能够重见天日，都离不开大伯雄厚的资金支持。苏家今后要想兴旺发达，还得仰靠大伯的支持。而小勇一天到晚黏着大伯，梁姐岂有不明白的道理? 小勇是她从小带大的，那点儿小心思瞒不了她。这年头，出国留学没有雄厚的经济条件支撑，想要顺利拿到学位，恐怕得付出不知多少的艰辛。况且，大伯在美国总有些人脉吧，小勇毕业了，在国外找个事做，也不是没有可能。这多方考量，才是梁姐尽心尽力办好苏家祠堂祭祀仪式的深层次原因。

望眼总算没有穿透梁姐那颗焦急的心脏，小勇推着大伯终于出现在视野里。眼前一幕令梁姐惊讶万分，大伯和小勇身边，多出来两个身影。一长一幼，一高一矮，前面那人一身橙色长袍，十分显眼。梁姐暗自诧异，等四人走近，她瞪大了双眼，不敢相信自己的眼睛。原来，身穿橙色长袍的长者，竟然是厉山寺的方丈慧信！他身后跟着的人，梁姐也是见过的，就是那天端茶的小师父。

慧信面带微笑，有说有笑陪伴大伯迎面走来，看那情形，似乎和大伯熟络得很。大伯一头白发在风中飞舞，慧信一身橙色僧袍，随着风儿飘然而至。慧信的脸温和庄重，脚底生风，带着一种淡然、不食人间烟火的气息。梁姐没料到大伯居然和慧信方丈熟识，一时没转过弯，竟看呆了。

慧信端庄祥和的气质，自然引起在场族人的注目，他们纷纷猜测这位气度不凡的大和尚是什么来头，没听说苏家有后代在寺庙里做和尚啊！众说纷纭之际，梁姐猛然清醒，一把揪住身边苏启明的手，迎了上去。

"方丈大师，您，您怎么来了？"梁姐一时激动，话音都颤抖起来。祭祀仪式迎来这么重要的宾客，梁姐受宠若惊。

慧信微微一笑："我就不能来吗？"

"能来，能来！苏家祠堂开门迎客，您这么一来，蓬荜增辉啊！"梁姐本想上前握慧信方丈的手，一时忘记寺庙不兴握手。见方丈笼着双手没动，这才想起自己失态了。于是，赶紧双手合十，弯腰深深向慧信致敬。

"我说啥来着，一看您这气度，您这法相，就不寻常。"大伯伸出一双长满老人斑的手，抓住慧信的袖管，不肯松手，"我果然没看走眼，您果然是方丈大师，承蒙您搭救我这条老命，真是十分幸运。明个一早，我就去寺里烧香，感恩方丈，感恩佛菩萨！"

慧信双手合十回了礼，并未多说一个字。

苏启明站在一旁，一听眼前之人是厉山寺的方丈，心头万分惊讶。厉山寺方丈平常人想见是不容易见到的，慧信淡泊名利，社交往来多数交给徒弟处理，自己潜心钻研佛经。常人只有在他讲经说法的时候，才能见到。苏启明惊讶之余，端详慧信，只见他天庭饱满，气宇轩昂，眉目间仿佛团着一片祥云。他嘴角微微上翘，让人觉得亲切温和。一双眼睛清澈透亮，似有一股股春风从眼神中涌现出来。但那双眼睛中却蕴含着能够看透你内心的力量，让苏启明不敢直视。他赶紧学梁姐的样子，双手合十鞠躬敬谢。

"这是怎么回事？"听大伯说话，什么老命，什么搭救，大过年的，这话钻入耳朵，显得唐突刺耳，让人心里升腾起莫名的紧张。梁姐听糊涂了。

"别紧张，老先生言重了，没什么事。"慧信闭口不谈刚才救大伯的事，"我今天来，有点儿小事有求于女施主。听说苏家祠堂今天挂祠匾，估摸女施主应该在，便悄悄携了智觉过来，待事情办完，还得赶紧回寺，上午有场法事等着我。"

梁姐更加惶恐。慧信方丈能够现身苏家祠堂祭祀仪式，已经是本地破天荒的大事了。据梁姐了解，本地有头有脸的名望大家族，每年要组织一场声势浩大的祭祀仪式。来参加仪式的不仅有本族出类拔萃的成功人士，还会邀请一些社会名流，文人墨客，甚至政府官员。大家族人丁兴旺，自然不乏在商界、仕途中功成名就之人，他们分布在全国乃至全世界。本地一些社会名流、文人墨客能够受到邀请，当然觉得有光彩，巴不得赶来捧个场凑个热闹，也好趁机提升自个儿的名望。至于政府官员，那一定是看中了大家族口袋里的银子，跟钱跟投资有关了，受邀参加这类祭祀典礼，既能体现政府重视民间文化活动，又能增加不少人脉关系，说不定还能开发出投资项目，推动经济发展，何乐而不为？只不过，梁姐还从未听说过厉山寺的方丈参加过哪一个家族的祭祀仪式，尽管那些大家族每次都尽心相邀，甚至请政府出面周旋，慧信从未首肯。

因此，梁姐才会瞪大眼珠子，不相信慧信竟然会出现在自己眼前。而且，慧信说有求于自己，这让梁姐更加疑惑不解。此时，梁姐忍不住走近一步，想开口询问。

苏启明这时却开了口。慧信身为厉山寺方丈，又是得道高僧，平常人想见一面都难，居然有事有求于梁姐，这简直让人感到意外。他说："方丈大师，您有事只管找人吩咐一声，我们自然尽心地把事情办好，怎敢劳大师亲自来一趟，这实在太不敢当……"

"这位施主是？"慧信问梁姐。

梁姐恭敬地回答："是我先生。"

慧信合十："阿弥陀佛，苏先生，幸会。是我有求于人，应该是我过来，请女施主帮我这个忙才是。本寺僧人虽然不少，念经礼佛不在话下，此事却非他们所长，我思来想去，只有女施主最为可靠。这事跟那几只小猫有关。是这样，为避开闲杂人员相扰，我让人把猫移到寮房喂养。不料最近，那只大白猫不知道怎么的，精神萎靡不振，吃得越发的少，喊了人过来瞧，哪想为时已晚。唉，竟然没熬过，撒手而去，扔下三只楚楚可怜的小猫。小猫日夜凄凄惨惨地叫唤，闹得众人都不得安宁。"

听到这儿，梁姐好像心尖跳动了一下，她似乎预感到慧信方丈接下去要说什么了。

慧信继续说："小猫和人一样，失去了母爱，内心总归凄惶与悲伤。我与几位师父商量，寺院僧人并不精于养猫，在寺里它们得不到很好的照顾，不如让它们有个好去处。于是，我们将它们三个分别送给有缘人喂养。说到小毛，我提议请女施主继续养，您是最合适的人选。几位师父倒是没有任何异议，一致同意。

这时，小师父从慧信后面闪身出来，手里拎着那只藤编篮子，盖着蓝印花布，布下耸起一块，在篮子里不安地扭动。小师父走到梁姐面前，雪雪那雪白无瑕、毛茸茸的小脑袋，已钻了出来。它闻见熟悉的气味，晃着脑袋叫唤起来，一个劲儿想跳进梁姐怀中。

才一个多月没见，雪雪瘦了，连那叫声，都显得有气无力。梁姐心疼，伸出手抚摸雪雪脑袋，内心早就答应了慧信的请求。

"师父，您放一百个心。雪雪，我当它是自己的心头肉，保证让它膘肥体壮，把它养成一只小老虎。"

慧信呵呵一笑："有劳女施主了。"说完，双手合十，便要致谢。却不料，一只衣袖被大伯揪着，那只手猛然停留在空中，未与另只手掌合在一处。

慧信并未显出任何不快，低下头，对着大伯笑道："老先生，您这么揪着我的袖管不放，累不累？累的话，要不换只手吧。"

"行，就听大师的，换只手，"大伯被慧信逗乐了，哈哈大笑，松了手，却没再揪慧信的袖管，"我这不是怕您这位救命恩人冷不丁地离去，不给我感谢的机会嘛。今天正好，我苏家祠堂挂新匾，所有族人都在，想请大师和我这老头子一块儿前去挂上苏家祠匾，让我在小辈前当面致谢救命恩德。"

"不妥。"慧信后退一步，这么一来，大伯手再长，也够不着他了。"我向来不参加任何一家宗族祭祀活动，以免无端滋生众多烦恼，后患无穷。还望老先生见谅。不过，既然有求于人，我也不便空手而来，来而不往非礼也，总得有所表示，已示诚意。"说着，看向小师父。

小师父身上斜背一根竹管，两头以粗麻线系着，在胸口打了个结。慧信打开绳结，拧开盖子，从中摸出一卷宣纸，交给了苏启明。

"我每日习字泼画，这幅字画是去年大雪时节有感而得，今日出门之际，想到不能空手而来，便取出字画送与女施主，以表谢意。就此告辞。"说完，慧信双手合十致谢，转身携了小师父飘然而去。

梁姐正琢磨是先说客气话，还是说感谢话为好，踌躇之际，慧信的身影已消失在弄堂里。梁姐抱着雪雪，怅然若失，望着远去的背影一言不发。怀中这只弱小的生命，在寒风中微微颤抖，雪白毛发之下，躯体像冬日里的小火炉，一丝丝散发出温和的暖意来。

苏启明打开字画，四个大字徐徐展开：踏雪无痕。字体圆润、饱满，每一笔、每一画，力透纸背，浑然天成。

一阵风刮起大伯的满头银发，在空中飞舞着。苏启明手中那四个字，如泰山般巍然不动。苏启明感受到时间在那一瞬间，凝固了。

# 金刚肚脐

一

那天，阿娟接过油酥饼时，阳光特别明亮，好像一整天的快乐，被自个紧紧地抓在手心，心中充满了幸福，亮堂堂的。

过惯了苦日子，阿娟懂得珍惜和保存快乐，好东西舍不得马上吃。她先是收拢手掌，感受一会儿油酥饼的瓷实，然后小心地藏进口袋，那样快乐就能时时被带在身边。等到了晚上，不用母亲催促，她赶紧上床，躲在被窝里悄悄地掏出油酥饼，细细地品尝。有时嚼着嚼着，就熟睡过去。睡到半夜醒来，发现半个油酥饼仍旧躺在枕头边，并未被老鼠偷去，才连忙一口吞下。

阿毛哥总是打趣说，你怎么不吃啊，快吃呀，明天我还带油酥饼来。

从阳光越过树梢，洒满街道，阿娟就站在门口，眼巴巴地朝远处张望，期待一个熟悉的身影，出现在横街的石板路上。那些青石板大多有些年头，铺得整整齐齐，人来人往磨得光滑水溜，能照出人影来。阿娟个子矮，看不远，只能从那些来去匆匆的脚板，辨认哪双属于她所企盼的。

那双脚板与别人不同。他出现的时候，轻轻盈盈，脚不沾地，像是在石板上跳舞。舞步踩着阿娟心跳的节奏，一蹦一跳，眨眼来到眼前，惹得阿娟的心扑通扑通、小鹿似的蹦个不停。舞动的鞋子是黑布面的，有一只侧面打了补丁，不留意看不出来。两只鞋面上沾了层灰，星星点点，可白色袜子却一尘不染。阿娟抬起小鹿般的眼睛，迎面与一道明晃晃的目光相遇。那道光亮穿过她的心思，暖洋洋地照进心底，将满腔焦虑灰尘似的扫到了角落里。

给，今天这个又大又脆。阿娟赶紧伸手接了过来，抓在掌心，生怕别人抢走。

阿毛哥，我爸不在，他去城里送货去了。阿娟收了阿毛的油酥饼，相当于得了好处。阿毛哥每天特意跑来看父亲捏泥人，还讨好她，专门带油酥饼给她吃。父亲不在，她心里有点愧疚，生怕阿毛哥牛气，明儿就不带油酥饼来。

哦。

目光中有一丝失望飘了出来，落到青石板上，像是蒙了层灰尘，显得模糊不清。阿娟伸出脚尖蹭了蹭，把那层灰尘蹭进缝隙里，青石板恢复了光可照人。这时，阿娟看见阿毛哥的影子里伸出一条手臂，在自己头上抹了一把。

我明天再来。随后，黑布鞋的鞋跟坚定地画了个圈，原地调个头。待阿娟抬起头，阿毛哥已经走远，留下一个模糊的影子，慢慢消失在清晨明亮的阳光里。阿娟心头凛然，身体轻飘飘地伸手想去抓那道影子，刚张开手掌，手中油酥饼突然掉在脚下。她盯着碎成两半的油酥饼，仿佛一整天的快乐也碎成了两半，哇的一声，她哭了起来。

阿娟家靠横街西面，左右隔壁是祠堂高大陡直的马墙，屋子就建在两道马墙形成的狭隘通道中。屋子虽然夹在当中，却不能借祠堂墙壁当自家墙壁使用，只能另砌。砌成的墙壁不能紧贴祠堂，得留出点儿缝隙，于是屋内更显得逼仄。这是主家定的规矩，亦是整个镇子上所有祠堂的规矩。祠堂是祭祀老祖宗的地方，能建得起祠堂的人家，非富即贵，名目繁多的规矩自然少不了。祠堂规模有大有小，有些祠堂的规格和布局，甚至比活着的人住的屋子还堂皇富丽，可见在主家心目中，老祖宗的地位有多高，享的福分有多大。他们这些守祠人家，怎么可能从主家老祖宗那里占便宜。

不过，阿娟家的主家算是仁慈的，至少允许他们在祠堂旁立间屋子，作为遮风挡雨的住所。有些主家对待守祠人十分苛刻，不仅给的月钱少，还只许在祠堂后门搭个草棚，至于防风防雨，就不在考虑范围内了。阿娟家的屋子好歹是土砖砌的，屋顶原来铺了层茅草，有一年刮大风，被掀走一大半，主家知道了，派人送来木板和瓦片，这才有了像模像样的家。当然，这些事阿娟并不知道，那时候她还没来到人世间。

阿娟只知道，她家那扇漏风的木门正对横街，官家铺的青石板又宽又长，清爽又整洁。下雨天，她不用担心踩一脚泥泞回家，进了屋还得脱下鞋子，洗干净晒干才能穿上，那可是她唯一一双蓝花布鞋。要是晴好天，满大街的脚板踩出的灰尘扬起又落下，不会飘到家里来，她就用不着天天扫地擦桌子。她喜欢坐在门槛上，欣赏穿着各式各样鞋子的脚板在眼前走过来走过去。大多数脚板穿着黑色面的布鞋，有崭新的、半新不旧的、脚指头顶出一个洞的，这其中打补丁的最多，穿草鞋和光脚的不在少数。偶尔会出现几双黑皮鞋，大头的或者尖头的，擦得比青石板还亮堂，阿娟便多看几眼。要是看见一双高跟皮鞋，哪怕鞋面黯淡无光，阿娟的眼珠便会发出一阵阵诧异的光芒，同时从张大的嘴巴里吐出一个个疑问，这个世界上怎么会有那么好看的脚，穿在那么好看的一双鞋子里？阿娟把疑问说给阿毛听，阿毛拍拍胸脯说，阿娟，等你长大了，我也给你买一双高跟鞋，让你像花一样漂亮。

女人爱美是天性，阿娟听了阿毛哥的话，比吃了一百个油酥饼还高兴，高跟鞋像花的种子在心里生了根发了芽。虽然才八岁，阿娟恨不得早点儿长大成人，穿上一双好看的高跟鞋，把自己打扮得像花一样漂亮。阿毛哥不仅带好吃的来，还带来一整天快乐，她打心里愿意阿毛哥天天来。只是阿娟并不知道，阿毛并不是专门来看阿娟，他是有目的的。阿毛带油酥饼来，不仅为了逗阿娟开心，更多的是封堵阿娟的嘴，免得他看爷叔捏泥人时，阿娟老是缠着他和她一起玩，分他的心，坏他的目的。

横街上手艺人居多，有编竹篮的，纳鞋底的，打白铁皮锅的，还有捏糖人的，修伞修剪刀的，甚至有算命的，替人写信的，热闹非凡。直街以日常用品居多，有饭馆、茶馆、酒铺、米铺、肉铺、卖油盐酱醋的杂货铺，街道尽头专门辟出一小块地，方便小摊小贩贩卖些蔬菜、水产等，走遍横街直街，足不出镇，便能满足日常需要，俨然形成集市。阿娟父亲的手艺与别人不同，他会捏泥人。不仅泥人，天上飞的地上跑的水里游的，只要叫得出名儿来，都能捏。泥人不能吃，不能用，只能看，可有的人就是奇怪，路过阿娟父亲的泥人摊子，情愿饿着肚子，也要买几个泥人带回家，要是没遂了心愿，那念想的滋味比饿肚子还难受。

阿娟父亲最拿手的是捏一对大胖娃娃，一男一女，胖乎乎的脸蛋笑嘻嘻的，盘腿坐着，手里各捧一支莲花。男娃穿绿底的衣衫衬着红底裤子，女娃正好相反，衣服上绣着金丝绳边，颜色特别鲜艳。这对泥娃娃叫胖阿福，有福有喜气，往家里随便哪一搁，满屋子喜庆。另外一样是关二爷，长袍飘飘，一手持青龙偃月长刀，一手捋长须，威风凛凛，透出一股子霸气，十分传神。这两样属于泥人中的大样，不仅难捏还特费工夫，因为带着吉祥寓意，销路特好，有时得提前预约。手艺是爷爷的爷爷辈传下来的，到阿娟这代，没法传了。阿娟爷爷临走前特意叮嘱阿娟父亲，手艺传男不传女，除非招上门女婿。

林家几代单传，好在都是男丁，手艺倒没有失传的后顾之忧。生下阿娟后，父亲和母亲只要在夜里弄出动静，阿娟便会惊醒过来。小时候不懂，爬起来就哭就闹，现在大了，懂点儿事了，阿娟假装继续睡着。阿娟喜欢睡在父母脚跟，那里她独自拥有一床被窝，睡觉时把头一蒙，被窝里就是她的世界。阿娟躲在她的世界里，心里嘀咕，父母亲弄出动静是想要个弟弟，不仅传宗，还要传手艺，她一个女娃，瞎掺和啥。可折腾几年，母亲的肚子非但没有鼓起来，反而越见干瘪，就像土地贫瘠，种子吸收不到养分，再怎么浇灌，也不会发芽。父亲为此常常在捏泥人时，停下手莫名其妙地叹口气，发会儿呆，然后继续捏泥人。没办法，主家给的月钱只够一人吃饱肚子，家里另外两张嘴，得靠手艺维持生计，至于谁来传承，走一步算一步，反正阿娟还小。阿娟父亲没想到，他这门手艺，却让阿毛给瞧上了。

## 二

阿毛家是做油酥饼的，小本买卖，店面选在横街与直街交界处，位置绝佳，斜对面不远即是惠山古寺，因此生意兴隆。他家的油酥饼在镇上小有名气，名声不仅传到无锡城，甚至远销外省。阿毛家做的虽说是油酥饼，制作手法基于老传统，模样却不似传统油酥饼那般扁平。他家油酥饼圆不溜丢的，外头裹了层芝麻，放油里炸成金黄，又酥又脆，嘴巴大点儿可以一口吞一个，满口留香，吃口便胜于寻常的油酥饼。关键取了个好名头，叫"金刚肚脐"。

金刚肚脐又称"惠山油酥"，是一种以面粉、白糖、核桃仁等为主要原料制作而成的酥饼，它由来已久，出自何人之手也说法不一。有一种传说是由明朝时期惠山脚下惠山寺的僧人制作，惠性法师看到这种油酥的形状很像金刚的肚脐，为其命名。

但凡一走入寺庙，首先就能见到站立着的四大金刚手持法器对香客吹胡子瞪眼珠子。香客如仔细瞧一眼金刚的肚脐眼，形貌确实和凡夫俗子肉身上的肚脐大不同。总有人好奇地问阿毛父亲，为啥你卖的油酥饼，门头上挂着金刚肚脐的匾？这时，阿毛父亲便凑近问的人耳根子，神秘兮兮地说，他家的油酥饼师承庙里的一位故去的老师父。您瞧那四个字，写得龙飞凤舞，气度不凡，大师手笔啊。谁要是吃了这金刚肚脐，就会得到菩萨的恩泽，会给全家带来好运。这话一传十十传百，加上油酥饼味道确实不错，于是，来惠山寺烧香许愿的香客，许完心愿，出了寺门，无不在阿毛家卖油酥饼的摊子前逗留片刻，买上半斤八两的金刚肚脐带回家。谁都愿意好运常伴。阿娟每次路过阿毛家，门口总是排着老长的队伍，人气十分兴旺。

其实阿毛的父亲话里破绽颇多，仔细琢磨便能明辨，譬如哪座寺庙没讲清楚，师承庙里哪位师父含含糊糊，为啥油酥饼只传给他而不传别人，更是闭口不谈。可香客并不在乎这些，只要跟菩萨搭上点边的，宁可信其有，没人在意真假。即使有人心存疑问，找阿毛父亲求证，阿毛父亲便以忙着呢，别打搅做生意为由搪塞过去。时间久了，再也无人问理，倒是他家这金刚肚脐的名声，渐渐地传开了。

生意好时，阿毛父亲三天两头要到城里进些面粉、菜籽油等原料。城里那些做生意的，不管买卖大小，大多会在店里摆上关二爷的像，点支香，放上贡品，保佑生意兴隆。阿毛父亲看在眼里，心思活络，不知哪根筋搭上了，也想供奉关二爷。一个月前，他打听到阿娟父亲会做关二爷像，便定做一尊。阿娟父亲架不住阿毛父亲软磨硬泡，看在街坊邻居面上，打了折扣。阿毛家店门对着惠山寺，香客人来人往的，并不愁生意。有菩萨保佑，关二爷关照，他是不会嫌赚更多钱的。

到了交货日子，阿毛父亲差阿毛去取关二爷像，那是阿毛第一次来阿娟家。阿毛人长得消瘦，一副清清爽爽模样，见人不怯生。他留下钱，同时留下一袋油酥饼，说是父亲特意关照，给爷叔一家尝尝。那是阿娟平生第一次吃油酥饼，精面粉做的油酥饼，平常父亲哪舍得买来当点心吃。她抓起油酥饼咬了一口，炸得酥脆的芝麻伴随面粉的细腻，通过牙齿间互相摩擦挤压，瞬间让舌尖感受到一股无法言说的快乐。阿娟缓缓地将一团快乐的面饼吞进肚子，总算明白，为什么那么多人排着长队，也要吃阿毛家的油酥饼。这油酥饼确实好吃，酥酥的，里面还有馅，咸里带点儿甜。

人要是心情快乐了，运气自然不会太差，这大概就是金刚肚脐的本意。

阿娟父亲低着头专心捏泥人，他说，阿毛你等会儿，等我捏完手里这条小鱼儿，就去取关二爷，很快的。阿毛站在一边看了会儿捏泥人，见阿娟吃了一个又一个，嘴角笑弯了，朝她扬扬手说，你吃慢点，赶明儿我再带点给你。说完，接过阿娟父亲包得严严实实的关二爷像，转身离开。阿娟坐在小凳子上吃第四个时，母亲一把抓过纸袋，恨恨地骂道，你个贪吃鬼投胎，早晚被你吃穷了。好在阿娟早就预料到，悄悄地在口袋里藏了一个。晚上睡到被窝里，她偷偷地摸出油酥饼，舔一口，咬一口，嘴里心里裹在甜蜜蜜里，连做的梦都是香喷喷的。从此，阿娟养成在被窝里偷吃东西的坏毛病，长大之后依然改不了。

过了一天，快到打烊时间，阿毛出现在阿娟家门口。他没进屋，而是站在泥人摊前，盯着阿娟父亲捏泥人，木头人似的。傍晚的骄阳依旧似火，阿毛看得满头是汗，可他似乎没察觉。阿娟在屋里焖饭，见是阿毛哥，开心地走到他身边，抓住手臂摇了摇。

阿毛瞬间明白阿娟啥意思，脸一红，扭头不敢看阿娟。阿娟父亲眼角瞥了瞥阿毛，没说什么，只管自己捏泥人。捏完一个，见阿毛还没有走的意图，就问，喜欢泥人？阿毛脸更红了，转身就跑。

再隔一天，阿毛又来了，这回早了点儿，来之后仍是站在摊子前看阿娟父亲捏泥人。不过，他带来一个油酥饼，见阿娟走近，从口袋里掏出来，塞进阿娟手心。阿娟有了吃的，便不再纠缠阿毛哥。她希望阿毛哥多待一会儿，她拖来一个长凳，自己坐一头，指着另一头说，阿毛哥，你坐着看，我爸捏泥人，要老半天呢，从不理人。

阿娟父亲确实不理人，尤其是捏泥人的时候，好像这个世界只剩他一人，旁人做什么跟他毫不相干。等他捏完，抬头见到阿毛，一脸诧异，你又来了？阿毛点点头，脸不红了，目光中满是兴奋，刚要说话，阿娟父亲一摆手制止了他，问，你父亲知道你来吗？阿毛摇摇头。阿娟父亲把捏好的泥人小心地放在一个方木盘子里，端到阴凉处，又问，你该上中学了吧？阿毛点点头，说过完暑假就去城里上初中，可我不想上，我想跟您学手艺。阿娟父亲低头想了想，下逐客令，你回去吧，别再来了，读书重要。

爸，我要读书。阿娟听见父亲说读书重要，马上来了精神。她一直嚷嚷要读书，可父亲说女孩子读书没用，早晚要嫁人的，嫁个好人家，比读书管用。现在父亲亲口对阿毛哥说读书重要，阿娟觉得机会来了。

读书对男娃重要，女娃子，不一样。父亲把阿娟拉到身边，摸摸她脑门儿上的黄毛，沾了她一头泥粉。阿娟的小手胡乱地拍打头发，一脸不高兴，再抬头，阿毛哥已然不见人影。她挣开父亲怀抱，走到门槛默默地坐下。手心里那个油酥饼，被汗水沁得有点儿软了，阿娟伸开手掌，盯着油酥饼，兀自在心里琢磨，阿毛哥明天一定会来的。

第二天一早阳光发白，照在青石板上，刺得阿娟眼睛都睁不开。她从鸡鸣开始，就蹲在门口，直到晌午，树上的知了都没力气叫唤了，阿毛哥也没出现。阿娟觉得今天的日子过得特别慢，好像时间故意和她作对，慢吞吞不肯往前走。父亲习惯午睡，此刻，他光着膀子躺在竹制躺椅上，一把蒲扇盖住脸呼呼大睡。阿娟双手抱脚，脑袋搁在膝盖上，一脸无聊。她看看父亲，又看看门外，犹豫着是不是跑到阿毛家去，看看阿毛哥在做什么，为什么还不来。迷迷糊糊中，阿娟觉察到一个人影儿跨过门槛，走进了门。影子一会儿像条细线，一会儿扭成麻花，那影子经过身边时，似乎弯下了腰，在她脑袋上摸了一把。阿娟突然惊醒，见阿毛哥一动不动地站在父亲身后。父亲只管低头捏泥人，两个人不吭声，谁都不理谁。阿娟那会觉得自己是一团透明的空气，没有人在意她存在不存在。门外阳光雪白明亮，知了有气无力地吱一下，阿娟打个哈欠，伸手去揉眼睛，发现手心捏着一个油酥饼，散发出阵阵香味。

三

穷人的孩子早当家，阿娟不例外，刚满八岁，里外已是干活儿的一把好手。

她会点炉灶，尽管每次生火的时候，被烟火熏得泪水直流，但起火那一瞬间，看着火焰一闪一闪，特有成就感。母亲洗菜炒菜，她负责淘小米。以前熬粥是父亲的活儿，阿娟学会走路那会儿，喜欢蹲在炉灶旁看父亲熬粥，她是看着父亲熬粥长大的，不用教就会。父亲熬的粥不是清汤寡水，就是干巴巴一团，母亲说过多少回也不顶用，父亲的脑子里好像除了捏泥人时正常，别的时候都缺根筋。阿娟头一回熬粥虽然手忙脚乱，却比父亲熬得好吃，香糯可口，全家人吃了赞不绝口，从此做饭的活儿就归阿娟了。

自打阿娟开始熬粥，父亲一门心思扑在捏泥人上，每次得等女儿摆好碗筷喊他吃饭，才离开摊子。阿娟六岁时尝试洗自己的小衣服，那时候觉得好玩，一边洗衣服，顺便玩玩水。尤其夏天，双手泡在冰凉的井水里，特别凉爽。可好景不长，母亲见她洗得开心，今天扔一件衣服，明天再扔一件，渐渐地，家里所有衣服都归阿娟洗了。至于去买油盐酱醋，自然是小孩子的事，哪样少了，母亲在后屋唤一声，阿娟欣喜异常，抢过空瓶子就奔直街而去。

阿毛哥没来看父亲捏泥人的那天，阿娟恨不得家里的油盐酱醋全都空了，她好趁去杂货铺子的机会，路过阿毛家，借理由瞧瞧阿毛哥在干什么。但大多数阿毛不来阿娟家，亦不在油酥饼铺帮忙。阿娟左瞧右看，总是见不着阿毛哥的身影，每逢这时，她的心情特别失落，挠破脑袋想不明白，阿毛哥会去哪里呢。对于阿娟来说，镇子就是她的世界，横街直街就是她的天地。从小到大，她从未走出过镇子。她的世界就那么大，在她眼里，阿毛哥也一定在这个世界里转悠。

镇上人家大多数为守祠人后代。守祠只需雇佣一人，主家按市场行情付月钱，不会多花一分钱。守祠人活儿不累，除了替主

家看护祠堂，另外定时打扫祠堂卫生，清理杂草，擦拭尘土，保
持祠堂内外干净整洁即可。只有到了春秋两季主家举办祭祀仪式，
散落在各地的族人齐聚祠堂时，活计才繁乱起来。主家族人前来
祭拜祖先，人多事杂，守祠人给主家打打下手，被支使搬这个搬
那个，全是出力的活儿，尽管累，顶多忙前忙后半个月，即恢复
平常。随后的日子再次属于守祠人，日子如流水，爱怎么过就怎
么过，主家只认没人打搅老祖宗的清净，祠堂内外干净整洁，别
的不管。于是，这段日子便是守祠人逍遥自在的日子。有的娶了
媳妇，在祠堂周围搭个棚子，好歹是遮风挡雨的家。有点儿本事
的，脑子活泛，搞起副业，做点小本买卖，赚钱贴补家用。不过
几十年时间，祠堂周围逐渐热闹起来，烟火气渐浓，这个原本以
祠堂建筑为主的地区，竟然发展成人丁兴旺的镇子。只是镇上大
多数人家，穷得叮当响，像阿毛家靠起早贪黑卖油酥饼赚到钱的，
凤毛麟角。就拿阿娟父亲来说，就算他手艺精湛，捏的泥人销路
不算差，常有人寻上门来定做关二爷和胖阿福，也不过是刚好糊
口，想供阿娟上学，决计没有可能。

　　阿娟打心里羡慕阿毛哥，因为阿毛哥有学上。不仅阿娟羡慕，
几乎镇上所有人家的小孩，都羡慕阿毛。阿毛是镇上第一个有学
上的孩子，也是唯一一个。阿毛父亲经常自豪地朝街坊邻居拍胸
脯，他就是砸锅卖铁，也要让阿毛有学上，有书读。问题是，阿
毛父亲根本不需要砸锅卖铁。他家的油酥饼远近闻名，去惠山寺
烧香拜佛的香客游人，慕名而来，根本不愁卖不掉。特别是每逢
祭祀时节，各家祠堂主人早早地预定了他家的油酥饼，作为贡品
供老祖宗享用。祭祀仪式结束，祠堂宗主还备了份油酥饼作为点

心，让族人带回家，顺便把好运也带回去。那段日子，阿毛家的蜡烛从早亮到晚，家里请了几个精壮帮工，日夜赶工炸油酥饼。店铺后面装油酥饼的盒子和纸袋堆成小山，阿毛父亲天天笑容满面，走在给各家祠堂送货的路上，腰板挺得笔直。

听父亲感叹说，镇上有一百单八家祠堂，阿毛家得做多少油酥饼，赚都赚死了。阿娟顶多识十个数，每个手指代表一个数。她掰着手指，光是这一百单八家祠堂就数不过来，根本无法想象阿毛家做了多少个油酥饼。在阿娟心目中，上过学、喝过墨水的阿毛哥特别高大，镇上任何男娃都没法比。

阿毛有个妹妹，比阿娟小两岁。阿毛对阿娟说，等小妹年满八岁，父亲准备送她上城里的女子学堂，这样，镇上就有两个孩子上学了。阿娟听了，跑去纠缠父亲，爸，阿毛哥的小妹都有学上，我也要上学。

阿娟父亲沉下脸色。他家是他家，不一样的。你看镇上哪家女娃上学了，男娃子都没有，轮得到你吗？再说家里哪有钱供你上学，有口饭吃就不错了，想上学，下辈子投个好人家吧。

其实，阿娟有上学的机会，只是阿娟父亲私下偏心，把这个机会给藏了起来。阿娟父亲的主家姓倪，尊称倪公，城里面粉厂就是他的，据说在大上海还开了家缫丝厂，连县老爷见了都要礼让三分。倪公每年祭祀老祖宗时才出现，慈眉善目，见到阿娟喜欢捏捏她的脸蛋，笑呵呵地问她几岁了。阿娟觉得倪公的手特别温厚，比自己家做的窝头都软和，可她见着生人就会害羞，扭扭捏捏不肯回倪公问话。

今年大年初三，倪公带领族人回祠堂祭拜祖先。仪式结束后，倪公抽个空把阿娟父亲叫到角落，问阿娟多大了，有没有上学读书。阿娟父亲摇头，回话说穷人的孩子，读书没啥用，又是女娃，早晚要嫁人。倪公说，现在讲究男女平等，女孩子不比男孩子差，读了书，明事理，男女都可以为社会做贡献。倪公接着问，是不是没钱供阿娟上学？阿娟父亲点点头。倪公笑着说，费用不用发愁，县城女子学校我有股份，校长听我的，你把阿娟送过去，费用全免。阿娟父亲犹豫了，担心他家女娃上学，会遭镇上街坊非议和嘲笑，最后回绝了倪公的好意。阿娟父亲没有答应倪公的好意，却隐藏了私心，他是想再等等看，万一婆姨生了个男娃，长大了他再央求倪公，现在如果答应送阿娟上学，恐怕今后就没有男娃什么机会。自己和主家非亲非故，主家再怎么爽气，可负担两个孩子读书费用，他是想都不敢想的。倪公以为阿娟父亲封建思想作祟，没有勉强，只是淡淡地说了句，林生，你考虑考虑，想通了跟管家说。

阿娟不知道个中缘由，想想父亲说的话没错儿，迄今为止，镇上确实没有一个女娃上学。至于阿毛小妹，也得两年后才上学。阿娟一个女娃，目光浅薄，只在乎眼前，两年后，就算是明天的事，谁说得清呢。阿娟懒得想，被多次拒绝，就断了上学念头，不再纠缠父亲。

四

阿毛雷打不动，隔一天来阿娟家。有时上午来，多数下午来，成了阿娟家常客。来了熟门熟路，招呼也免了，拖过凳子坐阿娟父亲身边，一看个把小时。阿娟父亲依旧低头捏泥人，从来不管阿毛，就跟不管阿娟那样，当阿毛是一团空气，爱来不来，来了只当没看见。

一日中午，阿毛还没来，阿娟等着无聊，蹲地上看一群蚂蚁排队，在石缝里钻进钻出，这时，一个影子乌云一般遮住了她和蚂蚁。阿娟抬起头，认出影子是阿毛父亲。每次打酱油路过阿毛家，阿毛父亲总在炸油酥饼，他的脸跟油酥饼一样圆，特别好认。阿娟不会数数，眼神却尖，一眼认了出来。

你阿大呢？阿毛父亲拿起一个泥人把玩，没注意躺在摊子后面正在睡午觉的林生。

阿娟本来想问阿毛哥怎么没一起来，见阿毛父亲空着手，没带油酥饼来，顿时觉得爷叔比阿毛哥小气，便低下头，闷声看蚂蚁，不理会阿毛父亲。阿毛父亲心里有气，却不好出在小囡身上，狠狠地捏了捏手中的小泥人。好在阿娟父亲醒来，以为来了生意，连忙站起身，见是阿毛父亲，七七八八明白为何事而来。

果然，阿毛父亲劈头就说，林生，你是不是想收阿毛做徒弟，这我可不答应。他是要读书的，将来要出去见世面，留在镇上哪能出息。最近这小子经常往外面跑，撵都撵不住，书也不看，一打听，原来跑你这里。他还说，要跟你学捏泥人，不想读书，气死我了。林生，你收谁做徒弟我管不着，可阿毛是决计不会跟你学的，你趁早断了这个念头。

小孩子一时兴起，好玩而已，不会长久的。阿娟父亲轻描淡写，却肯定地说，阿毛喜欢看捏泥人，我没法拦，只要不影响我做买卖，爱看多久就多久。水根你放心，林家这门手艺，不传外人。不过，阿毛定性是好，一看半天，屁股坐得牢，是块读书料。

这就好，你说话要算话，不传外人，不收这小子为徒。阿毛父亲最喜欢听别人夸自家儿子，阿娟父亲懂这个人情世故，夸两句又不会少两块肉。再说，阿毛三天两头黏着自己，后背不声不响地站着个人，总让人不自在，他也想撵阿毛走，找不到理由而已。这回好了，水根主动提出，他做个顺水人情，皆大欢喜。阿毛父亲目的达到，心病烟消云散，于是挺起胸脯，就像给各家祠堂送货时那样，带着得意转身离开。阿娟那时发现，阿毛父亲脚下穿了双新布鞋，可一双袜子却脏兮兮的，像是从来没洗过。鞋子踩着青石板越走越远，阿娟觉得快乐也离她越来越远了。

阿毛哥这天没来。第二天一早，阿娟托着下巴，坐在门口发呆，心里十分沮丧，脑子里转着念头，阿毛哥不会来了，再也没有油酥饼吃了。她没精打采，中饭只喝了一小碗小米粥，对母亲说天热没胃口，坐到门槛上，双手拢着膝盖想心事。没想到，过了晌午，阿毛哥突然出现在家门口，进门时阿毛顺手塞给阿娟一个油酥饼，然后拖过凳子坐下，仿佛没发生过任何事。不过，阿娟看见阿毛哥屁股后面裤子上有一团白色粉末，那团粉末特别像一只大手掌。

这个夏天过得特别慢，时间仿佛额头上的汗滴，还没蒸发掉，又冒了出来。时间停留在额头，似乎永远不会消失。阿娟觉得，每次等待阿毛哥的时候，时间过得特别慢。她听着自己的心跳数着时间的步伐，可阿毛哥总是姗姗来迟。而一旦阿毛哥来了，时间就不属于阿娟。它显得调皮，捉摸不定，让心里那头小鹿蹦得老高、跳得飞快。那时她是一头快乐的小鹿，脸上挂着微笑，连炙热的阳光也羡慕她。可是，快乐是短暂的，阿毛哥总是要离开。阿毛哥离开后，阿娟只有紧紧攥住藏在口袋里的油酥饼，才能在惆怅和空虚中，抓住快乐遗留下来的尾巴。

阿娟父亲所说没错，小孩子看捏泥人，好玩而已，图个稀奇。刚开始，阿毛对捏泥人产生浓厚的兴趣，来了几次，阿娟父亲这也不许摸，那也不让碰，看可以，随便看，看多久都无所谓，就是不能碰摊子上任何东西，这让阿毛十分无奈。阿毛是抱着诚恳的态度来的，结果爷叔根本没打算教他，甚至连他为什么想学捏泥人都没问过，更别说捏泥人的技巧、手法。可要是光看就能学会捏泥人，这门手艺就不值钱了。阿毛曾经几次想开口，把自己来学捏泥人的目的告诉爷叔，可阿娟父亲未等他开口，摆摆手不让他说。阿毛算是想明白了，他这是热脸贴上了冷屁股，爷叔晾他一边，是让他知趣点儿，打哪儿来回哪儿去。

阿毛是读过书的人，心高气傲，原本以为只要有诚心，定能打动爷叔。至少看在他给阿娟带油酥饼的面子上，多少教他学点儿什么，再不济，好歹捏几个泥人练练手。结果半个多月过去，什么皮毛没学到，连泥人是干还是湿的都没碰过，热情受到打击，心气便有点儿馁了。阿毛从小天不怕地不怕，脾气犟，做事不服输，认为世上无难事只怕有心人。阿娟父亲越不教他，他越不甘心，加上父亲横加阻拦，心里更是扭直了劲，牛脾气上来，不但没放弃，反倒坚持着，由原来隔天一次，改成天天来。只不过看捏泥人的时间渐少，跟阿娟说话的时间却多了起来。两团空气同病相怜，话匣子打开，阿娟沉闷的日子陡然绽开许多生气来。

阿娟特别喜欢听发生在学校里的事，每次阿毛哥来，总是缠着他讲学校里的故事，哪怕这些故事重复讲几遍，也听不厌。阿毛脾气好，有求必应，阿娟想听什么，就讲给她听。其实，阿毛这是换个法子，曲线救国。硬的不行就来软的，他琢磨着和阿娟聊聊天说说话，拐着弯把自己为什么学捏泥人的想法告诉爷叔。不过，他心里并没有底，不知这法子行不行得通，如果连这都打动不了爷叔，他真不知道该怎么办了。

学校每天会发生好些事，男同学调皮捣蛋，女同学鸡毛蒜皮，阿毛觉得这些事讲阿娟听，是浪费自己的时间。他专门挑国文老师秦先生的一些事讲给阿娟听，因为，他学捏泥人，就是想给秦先生捏个像。但阿娟父亲可能不理解为什么非得给秦先生捏像，要说给爱慕的女子捏个像，理由还说得过去，可国文老师是大男人，如果仅仅因为他是老师，这理由可不充分。阿毛觉得有必要把发生在秦先生身上一些不平凡的事说出来，也许，能让阿娟父亲回心转意。

他说秦先生上课从不备课，常即兴发挥，说到精彩处，教室里笑声一片。秦先生年纪不大，长相英俊，又博学多才，深得女学生崇拜。他经常听见女学生私下里交流，说秦先生昨天的发型显瘦，今天穿了件白衬衫，哇，帅呆了，等等。那些女学生眼睛里个个冒着憧憬，恨不得冲上前去咬先生一口。每逢这个时候，男学生便在一旁起哄，或者发出猥亵的笑声，让正在讲堂上的秦先生一脸愕然，不知底下学生何故发出聒噪。阿娟听了之后，并不是太明白为什么女学生如此崇拜先生，直到有次看见墙上贴了张电影海报。海报上男主角英俊潇洒，风度翩翩，那双眼睛像是有魔力似的，勾住了阿娟的脚步。阿娟忍不住多看了几眼，心口那只小鹿跳动起来，两朵红云爬上脸颊。她低下头慌慌张张地往家跑，那个时候，似乎有点儿明白女学生崇拜秦先生的原因了。

阿毛说，他也崇拜秦先生，可他跟女同学的出发点不一样。秦先生讲课不仅风趣，而且知识渊博，几乎没有他不知道的事，任何问题都难不倒他。重要的是，秦先生的思想跟别的老师不一样，他希望我们所有人能够相互帮助，每个人心里要有博爱，谁有困难就要尽心尽力帮助他，不求回报，让所有人感受大家庭的温暖。

什么是博爱？这两个超出了阿娟的理解范围。

嗯，就是做什么事情都想着别人，和大家一起分享快乐，别自私自利只想着自个利益。阿毛说这句话时，眼角瞟了眼阿娟父亲。阿娟父亲连眉毛都没动一下。

是不是像你每次来带油酥饼给我吃，我非常开心那样？

差不离吧。阿毛眼睛里充满了快乐，觉得阿娟特别可爱。

秦先生的故事在阿毛肚子里，装得满满的，每次阿娟听到的，新鲜从不重复。几天后，阿毛对阿娟讲，秦先生白天在学校上课，晚上也没闲着。有一次，他下了课和同学去城里玩，同学悄悄地带他去一家工厂，没想到走进厂房，秦先生竟然在里面，给工人们讲学。那间厂房非常大，摆了许多机器，头顶还有吊机。中间围了许多人，大多席地而坐，人多坐不下，有人干脆坐在机器上或者窗台上。秦先生站在一只大木箱上面，神情激荡，有时候手臂用力挥舞，立即迎来一阵热烈的掌声。先生给工人讲课内容跟学校不太一样，也不是学校里那种斯斯文文样子，像是完全变了一个人。底下那些工人听得很认真，眼睛里冒着光芒，闪亮闪亮的，像火一般。

阿毛说，当时他特别好奇，就从人堆里扒出条缝隙，钻到前面找了块地坐下。他像在课堂上那样，认真听秦先生讲些什么。秦先生可能看见了自己，朝他笑了笑，继续讲课。

秦先生给工人讲的课常常引用一些典故，有些典故国文课本上学过，有些秦先生课堂上讲过，阿毛一听就懂，但后面的内容，秦先生从来没在课堂上讲过。秦先生指着黑板上"朱门酒肉臭，路有冻死骨"这几个字，大声说，当今政府就是那个朱门，那些达官贵人、贪官污吏，谁关心过广大穷人的死活？他们有酒喝有肉吃，可老百姓在街头忍冻挨饿，就算冻死饿死，他们也不会有半点同情心。工友们，你们想想，你们的老板，你们的工头，是不是也像朱门里那些达官贵人一样对待大伙儿的。你们起早贪黑，累死累活干一天，可得到的仅仅是一口粮，一碗水，连自己的婆娘孩子都养不活。可他们呢，什么活儿都不用干，什么汗都不用出，却吃香的喝辣的。你们说，这个世道公正吗？

工人们齐声吼，不公正！

…………

那天，阿毛说他听得热血沸腾，回来后几个晚上睡不着觉，秦先生铿锵有力挥舞手臂的形象深深地刻进脑海，时不时在梦里出现。他被工人高涨的热情所感染，厂房就像一座巨大的熔炉，每个人心甘情愿地投身进去，肉体、血液和灵魂在里面融化，重新凝结、成型。当他们爬出熔炉，每个人犹如脱胎换骨，彻底重生了。听秦先生讲课，浑身上下血液像燃烧的岩浆，恨不得从毛孔中喷发出来。此后他放了学，就去厂房听秦先生讲那些道理，越听心里越明白。

秦先生告诉大家，这个世界有许多吃不饱穿不暖的穷人，他们饱受资本家剥削和压迫，没有尊严，没有人格，甚至连猪狗都不如，如果再不奋起反抗，永远都没有未来。阿毛把这些说给阿娟听，本来想告诉她，为什么每次来带油酥饼给她吃，因为在他眼里，阿娟家就是秦先生说的那种穷人。可转念一想，阿娟年纪小，没上过学，没见过世面，连字都不认识，怎么会理解自己的苦心。他也怕这话说出来伤爷叔的心，所以话到嘴边吞了回去。但他留意到，爷叔捏泥人的手停了一会儿，等他再看时，爷叔又恢复从前的样子，无动于衷。

阿娟盼着阿毛哥天天给她讲秦先生的故事，每次听得入了神，忘记时间存在，日子过得飞快。想象中，秦先生一定比电影画报上那个明星还英俊，而且有文化，受人尊重。阿娟虽然没学可上，可心底里非常向往学校，打心眼儿里尊敬教书先生。

下一次来，阿毛讲起秦先生，目光除了敬佩，还多了一点儿别的东西。阿毛哥兴奋地说，秦先生的话让我茅塞顿开，读书不是唯一救国之道，国将不国，读书还有何用？他说如今世道内忧外患，小日本又栽赃嫁祸中国军队，发动了九·一八事变，侵占东北三省，外敌当前，国土丧失，百姓流离失所，国民政府竟然消极抗敌，还说什么攘外必先安内，弃民族大义于不顾。眼看国破家亡，我们再不奋起反抗，都将是民族罪人。

阿毛哥说的这些话，阿娟一句没听懂。她见阿毛哥目光闪烁不停，一张脸因激动而涨得通红，觉得秦先生是个了不起的人物，短短几天就让阿毛哥换了个人，特别是那双眼睛，亮光荡漾，有一团火在熊熊燃烧。

我要像秦先生说的那样，报效国家，投笔从戎。我要去参军，抵抗日本入侵，救国家和百姓于水火之中！

阿毛像秦先生那样，捏紧了拳头，手臂用力向下挥，没想到一拳打在地上，疼得龇牙咧嘴。阿娟捂住嘴，不让自己笑出声，可最终没忍住，"扑哧"笑了出来。阿毛脸涨得更红，一阵红一阵白，好像猴子屁股。他恼阿娟笑话他，站起身，拍拍屁股上的灰尘，扭头就走。

阿娟呆了，半晌才反应过来，心里懊悔不已。都怪我不好，阿毛哥给我讲故事，我还笑话他，这下怎么办，阿毛哥肯定生气了，他明天不会来了。阿娟想起身去追阿毛，被父亲叫住，敢出门，就打断你的腿，一个女娃子去追男娃，像什么话？

第二天，阿娟等了一天，阿毛没来。阿娟垂头丧气，做什么事都无精打采，晚上做了一夜跟阿毛哥有关的梦。她醒来几次，黑暗中睁大眼睛想，以后肯定见不到阿毛哥了。

头天晚上没睡好，日上三竿，阿娟才姗姗起床。她揉着眼睛，以为阿毛哥此时肯定站在屋外，朝她招手。阿毛哥手里捏着一个油酥饼，犹如天上炙热的太阳，发出耀眼光芒。走到门外，除了炙热的阳光，光滑的青石板上连行人都没几个，哪有阿毛哥的身影。唉，阿娟垂下了头，今天又是一个漫长而又没有快乐的一天。

五

阿毛哥三天没来，阿娟心头那只小鹿就像打了蔫儿的萝卜，失去了往日的光彩。她此刻感觉裹着一层冰，阳光无法穿透那层铠甲般的冰层，但在冰层下面，依然有个执着的声音在挣扎，向着阳光穿不透的方向叫喊，别放弃，阿毛哥会出现的。

在这三天里，阿娟是具没有灵魂的躯壳，做任何事心不在焉。烧饭不是糊了锅底就是烂兮兮煮成一锅粥，母亲喊她洗菜，菜没洗干净就端了过去，被骂了几次，依然如故。第四天临近傍晚，阿娟彻底放弃了挣扎，像个木头人似的，从门槛上站了起来。这时，阿毛父亲踩着急促的步伐，一阵风冲到门前，差点撞上泥人摊子。

林生，你收阿毛做徒弟吧，算我求你，行不行？

阿娟父亲抬起头，一脸诧异。水根，你说收就收，说不收就不收，当我什么人？我说过，这门手艺不传外人，求我也没用，你回吧。

不是，老哥，您听我解释。阿毛最近脑子不知抽什么风，说啥也不听，就是不肯读书，整天野在外面，经常半夜三更回家。这不今天一早，没跟家里人照面，又不见踪影。他娘痛心病犯了几回，这浑小子，不管不顾，连句关心话也没有，良心被狗吃了。听说国军要跟日本人打仗，外面兵荒马乱的，到处抓壮丁，谁知道会发生啥事。我叫阿毛待家里别出去，外面危险，他哪肯听，一得空跑得没影。吵过闹过好几回了，我和他娘实在没辙，这不想起老哥您。我寻思着如果您能收阿毛为徒，叫他心思搁捏泥人上，或许不会往外面乱跑。读不读书随便他吧，野在外面见不到人，更让我们担心。说完，阿毛父亲从怀里掏出一个蓝花布包，和一包油酥饼一块放在泥人摊上。老哥，这点心意您先收着，不够给个信，学费好商量。

好几天没吃到油酥饼，阿娟嘴巴早馋了，猛然见一大包油酥饼，双脚立刻由不得她做主，满嘴口水地挪到父亲身边，眼睛直勾勾地盯着那包油酥饼，含含糊糊地说，爷叔，我知道阿毛哥为什么不想读书。

为什么？阿毛父亲眼珠子瞪得比油酥饼都大。

爷叔，我要吃油酥饼。阿娟父亲狠狠地瞪了她一眼，可阿娟眼里除了油酥饼，什么都看不见。

啊，没问题。阿毛父亲赶紧从纸袋里抓了两个油酥饼塞到阿娟手里。吃吧，这些都是你的，不够还有。

阿娟捏了一个油酥饼出来，把另外一个小心地放进口袋，这才放了心，慢悠悠地说，阿毛哥跟秦先生在一起，他说他要参军，投……反正是去打日本人。

这怎么行，阿毛才十四岁，一阵风就能吹倒，人还没枪高，谁会收他当兵，这不胡闹嘛。听见儿子要去参军，阿毛父亲真急了。好不容易送儿子读书，指望他出人头地，光宗耀祖，哪想到，背地里离家出走，去参军打仗，这不等于送死吗？不行，我得找秦先生，找他说理去。秦先生也真是，不好好教书，鼓动学生参军，哪像个先生，简直误人子弟！咦，阿娟，你知道秦先生在哪里吗？

阿娟嘴里塞满油酥饼，无法说话，朝阿毛父亲用力摇头。她喜欢听阿毛哥讲秦先生的故事，却不记得阿毛哥说的大厂房在哪里。即使讲过，她注意力全在阿毛哥身上，这些杂七杂八的细节，哪会记心上？

阿毛父亲更急了，蹲下来双手抓住阿娟的肩膀问道，你再想想，阿毛肯定说过。

　　阿娟使劲咽油酥饼，无奈越是急，越是咽不下去。羸弱的肩膀被一双大手抓牢，身体随一股强劲的力道前后摆动，脑袋跟着乱晃。本来在努力回忆，阿毛父亲一阵乱摇，脑子顿时成了糨糊，混沌一片，什么也想不起来。

　　别吓着小囡，松开！阿娟父亲把女儿从阿毛父亲手中夺过来，一脸恼怒。水根，小孩子的话你也信？小囡除了馋，就知道吃，懂什么！我知道阿毛在哪里，松手啊，瞪我干吗？

　　听到外面吵闹，阿娟母亲从里屋踩着碎步跑出来，抓住阿娟手臂，将她拖进屋里。不一会儿，里面传来女人的骂声和阿娟的哭声，大人的事，小孩子瞎掺和啥，吃，吃，噎死你算了。阿毛父亲脸上顿时显出不自在。

　　这天，阿娟躲在里屋没出来过，直到太阳落山。她不知道父亲随后跟爷叔说了些什么，总之，两个人不欢而散。父亲没有答应收阿毛为徒，阿毛父亲抓起蓝印花包，只留下油酥饼，一声不吭走了。吃过晚饭，阿娟早早地上了床假装睡着，她竖起耳朵，听父亲愤懑地发牢骚。我告诉水根去哪里找阿毛，他也不谢一声，好像我欠他似的。哼，有其父必有其子。阿毛这小赤佬整天野在外面，哪像读过书的人。读书人要有读书人的模样，知书达理最起码的吧，整天让家里人担惊受怕，没点礼教，书是白读了。他这样子做我徒弟，我也不敢收啊，万一哪天在外面惹了祸，我不得沾一身腥。学费我退了，油酥饼嘛……阿娟感觉父亲瞧了自己一眼，只听父亲叹口气，不知道哪个饿死鬼投胎，还是个女鬼，作孽。饼不值两个钱，水根没拿回去，是想谢我。他嘴硬心肠软，却要面子，阿毛变成那副德行，当爹的确实难过。

母亲说，他爸，我看你这门手艺赚不了几个钱，没啥前途。买泥人的主顾，小孩子多，不就贪图新鲜，谁没事天天买几个回家玩。你看阿毛家的油酥饼，名字取得多好，金刚肚脐，既当饭吃，送人也有面子。关键照应的人多啊，人一多，这钱就好赚，哪像咱家泥人摊，摆开大半宿不见个鬼影光顾。

瞎说啥呢，老祖宗传下来的手艺，说好听点，叫艺术，艺术懂吗，那是高雅手艺……阿娟父亲说不下去了，现在这种生活窘态，让他不由心生疑虑，为什么要维持这门手艺不放手。刚开始学手艺时，爷爷还健在。他记忆犹新，爷爷摸着山羊胡子说，捏泥人是艺术，是门高雅的学问，你好好学，学好了就能在别人面前挺直腰杆，光宗耀祖。可现在，一家人连吃饱肚子都成问题，爷爷所谓的高雅手艺，并没有带来高雅的收入。他一直怀疑爷爷骗了他，包括他父亲，俩人合伙骗他学会这门手艺，好让他接手这个烂摊子。现在他算整明白了，捏泥人装高雅，屁都不是。

高雅？高雅你咋不当饭吃？高雅你换袋小米回来试试，也就阿毛当回事，连你自个都瞧不上自个手艺。不如趁早找个徒弟，把高雅甩给阿毛得了。

小赤佬毛手毛脚，没个定性，不是学手艺的料。再说，阿娟还小，等长点个，过几年给她找个上门女婿。阿毛，算了吧，这小子的心不在镇子上。父亲狠狠地咬了口油酥饼，仿佛要将阿娟跟阿毛的关系彻底咬断。

平常晚饭除了窝窝头、小米粥和咸菜，就没别的了。今天桌子上多了一大包油酥饼，母亲并没有省点儿吃的意思，显得大气，任由阿娟随便吃。阿娟吃了两个油酥饼，就饱了。现在她躺在床上，听得父亲咀嚼油酥饼的声音，肚子里的馋虫爬出来，控制不住自己，拿起藏在枕头下的油酥饼往嘴里塞。这时父亲说起自己的名字，阿娟留意听着。上门女婿她不懂啥意思，不过隐约地觉得对她似乎不利，既然对自己不利，长大了要上门女婿干吗。阿娟一骨碌爬起来，嘴里满是油酥饼，含含糊糊地插了一句，我不要上门女婿，我要阿毛哥。

听听，要死快咧！这么小就想男人，长大了还了得。母亲歇斯底里地大叫，一把将阿娟拉下床，伸手朝阿娟的身子狠狠地拧了下。阿娟想躲，没躲开，手臂一阵刺疼。她侧身倒向父亲那边，没想到，父亲顺手在她脑门上敲了个毛栗子。阿娟顿时头皮发麻，头顶像是扒开一道口子，赤霍霍剧疼，身子冻得瑟瑟发抖，加上连续几天没见到阿毛哥那股委屈，一起迸发出来。阿娟咧开嘴大哭，眼泪、鼻涕、口水，连同一口还没嚼烂的油酥粉末，喷了父亲一身。

父亲跳起身拍打沾在身上的粉末，又在阿娟脑门上敲了一下，吼起嗓子骂道，哭什么哭！幸亏没答应，阿毛那个德行，模子挺登样的，哪晓得心思野在外头，我看他不是学手艺，是来勾引你的。小囡脑子肯定被阿毛带坏了，尽想些乱七八糟的东西，今后不准见他，见一次敲一次毛栗子。他就是个野种，知人知面不知心，早晚会害死人的。想学林家手艺，门都没有！

头皮麻木，寒冷蚂蚁一样布满全身，阿娟唯有大声哭，冷和疼痛的感觉才有所缓解。她哭得惊天动地，哭声像一只惊飞的小鸟，满屋子里乱窜。哭声从窗户裂开的缝隙冲出去，盘旋于黑暗天空中，顺着横街四下游走。哭声并没有在横街掀起任何浪花，人们似乎对别人家打骂孩子习以为常了。谁家没有个烦恼，谁家没有个不顺心的日子，家家都有本难念的经。忙乎一天，辛辛苦苦赚不到钱，填不饱肚子，拿家里人撒气，打和骂，被打和被骂，那是常有的事，见怪不怪。为了省点灯油，镇子上大多数人家吃完饭，立即吹灭煤油灯，早早上床睡觉。惊飞的小鸟不见了踪影，街上安静下来，明天等待他们的，又是一个没有任何希望的日子。

## 六

日子踩着惠山寺正殿旁那口大钟敲响的古老钟声，晃晃悠悠来到十月。秋高气爽，天气逐渐转凉，枫树叶子变红了，迎风摇曳妩媚的身姿。银杏叶由绿转黄，可以想象，再过一段时间，当树上披满金灿灿的衣裳，小镇深处就会传来孩子们奔走嬉闹的笑声。金秋十月，本应是收获的季节，人人脸上应该洋溢着喜悦的心情，可行走在横街上的人们，此时神色凝重，脚步匆匆，没有人停下脚步欣赏这秋天的美景。战争乌云笼罩在头顶，层层叠叠，压得每个人无比压抑，透不过气来。

就连不懂战争是何物的阿娟，也实实在在感受到压抑带来的变化。原先从她眼皮底下走过的脚板，好歹有不少尖头皮鞋和高跟鞋，鞋子擦得锃亮，一尘不染。最近一段时间，过上几天才能见到一双尖头皮鞋，鞋面灰不溜秋，就像走了遥远的路，主人却无心打理，失去了往日的光彩。高跟鞋基本绝迹了，阿娟凭着记忆回忆高跟鞋优雅从容的姿态，以及高高的后跟踩在石板上发出的悦耳声音。可毕竟时间久了，记忆会变得模糊，最终只剩下一团模糊的轮廓，存在脑海中。看不到漂亮的高跟鞋，阿娟心里有些失望。与此同时，令她更加失望的是，阿毛哥始终没有现身。

那天晚上遭受父母训斥后，阿娟不仅没见到阿毛哥的影子在横街上出现，甚至听不到关于阿毛哥的任何消息。有一回阿娟趁父亲进城，偷偷摸摸溜出去，一路碎步，喘着气跑到油酥饼摊子前。她心里幻想着能见到阿毛哥一面，可身子却不敢走近，去问爷叔阿毛哥去哪里了。她怕别人笑话，更怕被父亲得知又要挨揍。她躲得远远的，躲在惠山寺门前那棵银杏树后面，探出小脑袋张望，期待见到阿毛哥，哪怕几秒钟都行。那次她失望而归，阿毛哥像空气一样消失了。

一个大活人怎么可能消失呢？事实上，阿毛只不过天还没亮就出了门，月亮下了山才回家，他忙到抽不出时间来看阿娟而已。自从阿毛在大厂房听了秦先生讲课后，猛然发现，秦先生给他打开了另一扇门，一扇通往全新世界的大门，大门后面那个世界与当今的截然不同。那里充满了朝气，人人讲究平等，相互关爱，每个人都有为自己争取正当权利抗争的勇气，人人为了一个伟大的目标共同奋斗，甚至自愿付出一切。他从秦先生眼中看到一股炽烈的火焰，烈火融化了岩浆，吞噬了黑暗，唤醒他满腔的血性。阿毛的内心经过熔炼，他暗下决心，跟随秦先生的脚步，做一个有理想有抱负的人。阿毛成了秦先生的助手，白天在课堂上听秦先生讲课，晚上来到秦先生住处，帮他做些事。秦先生手把手指导他，怎么在油印纸上刻字，怎么把演讲稿印成宣传单。他经常忙到半夜，蹬着月光回到家。第二天，他把油印稿子带到厂房，秦先生给工人讲课，他人小灵活，在人群里钻来钻去散发宣传单。

有时他替秦先生跑腿，和一些工厂负责人联络讲课的时间、地点，宣传发动更多工友来听秦先生讲课。秦先生夸奖他，说他机灵，鬼点子多，做事干劲十足，像一台加满油的机器。还说这段时间幸亏有他帮助，省了不少心，他才有更多精力专心准备演讲稿。阿毛听了心里热乎乎的，浑身力气更加使不完。

当然，阿毛这些变化，阿娟是无法感受的。阿娟的世界，除了自己家，就是横街那块小天地。她甚至连镇子外的世界，都没有踏进一步，去看过一眼。一个小囡家，黄毛丫头，没人当她是回事。再说，阿毛做的事，政府不能容忍，只在暗中进行，知道的人本不多，就算有所听闻，也讳莫如深，抱着别惹祸上身的态度咽进肚子。不过，阿娟从父母的聊天中，零星了解一点外面正在发生的事。

大多数事阿娟听不懂，譬如父母亲议论的打仗。父亲说日本人攻打上海，打了几个月，死了许多兵爷。好些街坊不以为然，说日本才多大点地，上海多大啊，街上人挤人，吐口唾沫就能淹死几个日本人，能打下大上海，鬼才信。我觉得这回悬。前几天进城，街上多了不少兵爷，密密麻麻，喊着口号，走路带风，朝东边去。领队官爷骑在高头大马上，看上去威风凛凛，可脸皮紧绷，一副仓促样。咱小县城的老百姓哪见过这种阵势，都站路边看稀奇。我当时琢磨，东面是苏州城，过了苏州不就是上海吗，这许多兵往东赶，肯定支援上海去了。你想啊，过去那么多兵，谁见他们回来了，明摆着，那些兵都战死了嘛。

为什么要打仗，日本人长什么样，上海在哪里，这些字眼阿娟听着陌生，自然云里雾里不甚明白。她只听懂高头大马，立时来了劲。前几天，她坐在家门口低头玩地上的泥土，听见石板路上传来嗒嗒嗒的敲击声，抬头一看，一匹雪白的高头大马，白云似的从身边飘过。大马停在惠山寺门前，从马上跳下来一名军官，径直走进寺门。那匹马有专人牵着，在老银杏树下吃草。街坊邻居围过去看热闹，阿娟也跟着去了。她只对大马感兴趣，可大马和惠山寺大门被一列兵爷围了起来，不准任何人靠近。街坊紧紧地挨着，围成半个人墙。阿娟人小个矮，没啥力气，挤不进人群，站在外面干着急。她只能听见里面的人不住地赞叹，啧啧，这匹白马真神气，真漂亮。阿娟贴着人墙，听到有人议论，那骑白马的官爷从南京过来，路过惠山寺便来烧香拜佛，祈求佛祖保佑。至于保佑啥，阿娟却没听清楚，便被父亲拖回了家。

过了几日，主家倪先生托管家捎来口信，过两天要来祭祖宗，吩咐阿娟父亲把祠堂里里外外打扫干净。两天后，倪先生果然来了。阿娟父亲早早地候在祠堂门口，见倪先生脸色凝重，只带了管家一人匆匆走进祠堂，心中大为吃惊。

按规矩，祠堂一年举办两次祭祀典礼，春祭是重头戏，直系旁系家族成员，不论远近，应尽数到场祭拜祖先。秋祭规模虽然无法和春祭相比，亦不随意，就近直系子嗣，若无特别之事，均得回祠堂行祭拜之礼。有些春祭有事脱不开身的族人，深秋时节就会赶回来拜一拜老祖宗，告慰先人。因此，每逢十月秋祭，镇上热闹程度不比春祭差。那些来自五湖四海、穿着各种鞋子的人，熙熙攘攘地走在青石板上，让阿娟看花了眼。

阿娟父亲见怪不怪，只要人多，泥人就好卖，生意好时，得连夜赶做。可这回倪先生只带管家一人回来祭拜祖先，作为守祠人，他还是头一遭遇见。

祭拜仪式只花半个时辰就结束，出门时，阿娟父亲见倪先生手里卷了一幅老祖宗画像带走，管家跟在身后，提了一个大布袋子，里面乒乓作响，应该装着老祖宗的牌位。倪先生招招手，让阿娟父亲走近点，对他说，林生，现在形势吃紧，日本人打下上海的日子不会太久。上海那边好多人家往租界里跑，没门路的跑到乡下避难。上海如果保不住，战火铁定要烧到南京政府去的，这一路烧过去，沪宁沿线免不了生灵涂炭。你和家人趁早做准备，老家有地方去，就回老家，保住性命要紧，等世道平定再回来替我守祠，只是不知道这祠堂还在不在了。这两块大洋先收着，权当路费，祠堂不用守了，赶紧逃命去吧。

接过倪先生两块银圆，阿娟父亲抬头回了句话。倪先生，老家早就没人了，这里就是我的家，我们一家老小没地方去，哪也不去。穷人家命贱，日本人要我们的命也没啥用，随老天爷吧。您放心，祠堂我帮您守着，但凡有口气，倪家祠堂我一直守下去，守到您回来为止。

倪先生叹了口气，摇摇头，盯着蹲在地上玩泥土的阿娟看了一眼，说了句保重，带着管家转身离去，两个人的背影很快消失在横街拐角处。

倪先生跟父亲说话时，阿娟竖起耳朵，一句不落地听着，可大部分没听懂。她只听懂了一家人不离开横街，跟镇上所有人家一样，待在家里哪儿都不去。阿娟很困惑，日本人打上海，跟小镇会有啥关系。小镇宁静安详，日子照常过着，似乎没人担心任何事。父亲说，上海是座很大很大的城市，大到不可想象。那里有许多高楼大厦，住着许多人，离这里很远，走路过去三天三夜都走不到，坐船快些，那也要两天时间，坐火车最快，半天就到。火车长什么样，为什么坐火车就比坐船快呢？这些疑问在阿娟心里盘旋，晚上不时从梦中蹦出来。她还梦见一群看不清脸面的人，挤成一团黑乎乎的影子，张牙舞爪地朝她扑过来。阿娟吓得醒来多次，醒来后，却怎么也想不起来那团影子是什么。

## 七

再次听到阿毛的消息，是阿娟父亲带回来的。

阿娟父亲一早进城，给一户老板送关二爷像。这家老板做布匹买卖，城里有固定店铺，两个多月前专门找来，给足定金，定制一尊关二爷像，说好一个月后来取，可左等右等，始终不见来人。阿娟父亲心急，收了人家的钱，又不来取货，心里总不踏实。他怕贵人多忘事，便用布包了泥人像，严严实实地裹紧，凭着收据上写下的地址，亲自送上门。

半晌不到，阿娟父亲抱着关二爷回来了。他一进屋马上插上门，上气不接下气，好像遇见了强盗，坐下来连喝两大口水，才舒缓过来。阿娟父亲一脸惶恐，对母亲说，我还没走近城门，迎面遇见水根，拉住我让我往回走，不让我进城。水根边走边说，城里乱了套，所有店铺都关着门，人都跑光了，去了白去。我问出了啥事？水根说，日本人占了上海，沿铁路线一路朝南京来，昨天打进苏州城，马路上到处是日本兵，见人就杀，见姑娘就抢。苏州城一片血海，听说望虞河漂满死人，不是缺了胳膊就是少了腿，还有许多无头尸，河水都染红了，那个惨啊！水根还说，无锡城里能跑的都跑了，不能跑的也往乡下避。他叫我赶紧回家，这几天千万别出门，咱们镇子虽说位置偏僻，但离无锡城不算远，谁知道日本人会不会过来。

听说河里死了人，阿娟害怕起来。镇上经常死人，有寿终正寝的，有得痨病的，也有河里淹死的，去年阿娟就看见龙头浜淹死过一人。横街后面有条小河浜，直通大运河。据说乾隆喜欢出游，每次乘龙船从京畿顺着大运河下到江南，经过惠山寺时，必进寺里逗留片刻，因此存下不少碑文石刻。乾隆乘坐大龙船到下榻的黄埠墩，就换乘一条小船，晃晃悠悠从小河浜登岸，由大内侍卫护送进寺。小河浜原名寺塘泾，又名惠山浜，因乾隆皇帝在此登岸，因而改成龙头浜。

河里淹死的并不是镇上人，大家猜测可能是从运河顺着河浜漂过来的。那天，阿娟去看热闹，见河里浮着一具泡得发白的尸体，不像个人，倒像头猪，脸变了形，长长的头发随波逐流，像漂在水面的一头怪物。她只看了一眼，便被惊吓到了，连做几天噩梦。从此，阿娟明白一个事理，河里淹死人是件非常可怕的事，死人的模样更是可怕。它们像恶鬼，仿佛会在夜里张开血盆大口，把自己吞进深渊。

听说河里死了那么多人，阿娟想起去年那个场景，心里立刻担心起来，到了半夜，那些人会不会从河里爬起来，披着头散着发，围在屋子外，恶狠狠地要把她从床上拖进水里，变成他们的样子。想到这儿，阿娟感觉身上没了热气，瑟瑟发抖，身子尽量往母亲身边靠。

阿娟父亲继续说，我跟着水根往家赶，随口问起阿毛，水根说他那儿子虽然不成器，这几天倒挺乖巧，待在家里安稳得很，不过他总是怕阿毛到处乱跑，每次出门把他锁在家里。阿毛不吵也不闹，躲在屋里不是看书就是睡觉，好像对锁不锁门无所谓。后来阿毛自己说了才知道，原来是秦先生叫他待在家里的，嘱咐自己在他回来之前，绝对不可以自作主张出门。

阿娟父亲低声说，阿娟她娘，镇上都在传，秦先生是共产党，他这次去上海，万一碰上日本人，怕是回不来了。水根跟我坦白，他希望秦先生最好不回来，倒不是咒秦先生死，而是阿毛可以踏踏实实待在家里。他也没啥愿望，一家人平平安安度过这个乱世，有个人给他养老送终就行。我琢磨着，水根这话没错，咱老百姓，不就图个安稳日子吗！

阿娟，这几天不准出门，也不准去找阿毛玩，听见没有。阿娟父亲口气不重，字字戳在阿娟心里。阿娟想起河里淹死的那些人，连忙点头，依偎在母亲身边，总比被恶魔拖进深渊要感到安全。

晚上阿娟非要搂着母亲臂膀睡，死活不肯松开，母亲没法子，只能任由她。睡到半夜，阿娟被一阵隆隆响声惊醒，睁开眼，见父亲披了件破棉袄正要出门。门一打开，响声更大了，像是有许多人在远处擂鼓。阿娟躲在被窝里，竖起耳朵听，鼓声从城里传来的。她头一次听到这么响的鼓声，感到十分稀奇，便问母亲，城里那些人是在干什么？母亲说，我也不知道，等你父亲回来你问他。

过了会儿，父亲慌慌张张地掩上门，一屁股坐在床边，半晌没出声。母亲问出了什么事，父亲喃喃自语，打过来了，日本人打过来了，他们炮轰无锡城，东面半边天都红了。

炮声响了一晚没停，阿娟在惊恐中度过后半夜，睡睡醒醒，感觉黑夜特别漫长。等到天少许亮了点，炮声才渐渐稀落。阿娟顶着一头乱糟糟的头发伸出脑袋，见父母都在，安了心，便大大地吸了口凉爽的空气。她瞅瞅父母，看样子他们一夜未睡。父亲坐在床沿边不停地抽水烟，母亲披着棉袄坐在被窝里，两个人默不作声，各自想心事。房间里显得异常安静，阿娟听见床底下传来老鼠吱吱的叫声，心里奇怪，难道它们也被炮声惊吓到了吗？

见阿娟醒来，母亲从脚跟抓起棉裤穿上，小声说，我去熬小米粥。话刚落音，一声巨响惊雷似的，在头顶炸开，轰的一声，震得屋顶尘土飞扬。刹那间，大地颤抖起来，眼前所有东西不停地摇晃，屋顶仿佛就要支撑不住了，吱吱嘎嘎乱响。阿娟吓得大声尖叫，一头钻进被窝。

又一声炸雷响起，猛烈的气浪掀开房门，窗户纸片一样在空中飞舞。阿娟猛地感觉身上一凉，被窝不见了，身体被推到墙角。她看见父母亲被气浪掀倒在地，屋里的东西全都散了架，像豆腐一样支离破碎。

炮声一声接着一声炸响。阿娟身上被重物压着，无法动弹。她双手捂住耳朵，想阻挡炮声进入耳朵，可恐怖的声音从颤抖的大地深处钻进胸腔，心窝就像被撕裂了一般，忍不住要挣脱飞出胸口。阿娟害怕得大喊大叫，喊叫淹没在炮声中，她觉得自己就要被大地吞没了。

不知过了多久，四周终于安静下来。阿娟恍惚听到母亲呼唤她，慢慢地睁开眼睛，眼前一片黑暗，仿佛被困在深渊底下，不知道身处哪里。她弱弱地应了声，随后听见木头瓦片纷纷掉落，一道亮光照进来。母亲把阿娟从废墟里扒拉出来，也不管浑身沾满灰尘，抱住了她，嘴里喊，囡囡没事，囡囡没事。阿娟回头见一块破碎的床板斜靠墙角，想来应该是它护着自己。抬头又看见屋顶露出一个黑黝黝的大洞，仍有瓦片从上面掉下来，一缕缕黑烟不停地飘过洞口。阿娟抱紧母亲，看见父亲蹲在地上，手里拿着一尊没了头的关二爷像，摇摇头叹口气。他脚下还散落着许多缺胳膊少腿的泥人，看了一会儿，毅然将关二爷扔在地上，拍拍手上的泥土，站起了身说，人没事就好。

三个人挣扎着走出废墟，眼前的一幕让他们无比茫然。屋子前多了个大坑，坑底一塘污水，上面漂了层碎沫。原本齐整的青石板，横七竖八地被掀翻在地，身板沾满泥垢，失去了往日光彩。旁边倪家祠堂高大的马墙被炸塌了，露出里面的亭阁回廊，像道无法愈合的伤口。亭廊上的琉璃瓦片，雕梁画柱，如今塌了一地，只剩下几根柱子孤零零地竖立着。远处有人家失了火，女人坐在地上哭天喊地，男人站着发呆，孤魂游鬼似的，找不到安家之处。空气中弥漫着焦烟味，还有股说不出来的气味，特别呛喉咙。有几个人匆忙从身边跑过，其中一人说话很轻，但只言片语飘进阿娟耳朵。

听说水根遭了大难，一颗炮弹正中他家，整间屋子炸塌了，什么都不剩，看来一家子凶多吉少，作孽啊……

阿娟猛然揪紧了心，就像有根看不见的细绳，捆住了她，越捆越紧，令她无法呼吸。她挣脱母亲，不管地上坑坑洼洼，朝阿毛家方向飞奔。跑了几步，被一根烧焦的木棍绊倒，她忍着疼爬了起来。一只鞋子飞了出去，她抓起鞋子继续跑。跑到横街拐角处，阿娟知道那就是阿毛家油酥饼铺子的位置。一群人围着，背朝阿娟指指点点，她奋力从那些人的大腿缝钻进去，刚露出脑袋，惊呆了。

阿毛家不见了，一个大坑占据了原来的位置。大坑四周铺满黑色泥土，里边冒着青烟。两边祠堂马墙被震塌，到处残垣断壁，瓦砾砖块撒了一地。大坑张开血盆大口，那样子像是要把四周所有的东西都给吞没，阿娟的心沉了下去。

阿娟在人群里找寻阿毛哥，她多么希望听见阿毛喊住她，塞给她一个油酥饼，可除了惋惜和叹气，她没有听到任何声音。人群渐渐散去，最后只剩下阿娟一个人，孤孤单单地站着。阿娟在大坑前徘徊，漫无目的地用脚尖踢着碎石，脚指头被尖锐的边缘顶得隐隐生疼。她不相信阿毛哥消失不见了，阿毛哥那么聪明机灵的人，他一定是半夜里悄悄溜出门，去找秦先生了。肯定是这样的，阿娟为自己的想法感到高兴，恨不得立刻把这个想法告诉周围的人。

这时，阿娟踢到一块石子，石子轻巧地滚到一边，没有硬邦邦的那种感觉。她觉得奇怪，捡起石子，拂去表面黑乎乎的一层灰，竟是一个油酥饼。

油酥饼虽然没有光泽，个头依旧饱满。阿娟捧着油酥饼深深地吸了口气，啊，这一定是阿毛哥留给我的，他知道我喜欢吃油酥饼，特意留下一个最好最大的给我。

阿娟张开嘴，轻轻地咬上一口，油酥饼又硬又涩，夹杂着一股冲鼻的血腥气，哪有半点酥脆喷香的滋味。

# 出　牌

一

　　坊间传言，因打牌收了钱被查实，骆明调离县供电公司总经理职位，就任没有实权的工会主席一职。

　　打牌收钱不是赌博就是受贿，属于严重违规违纪，哪还有资格任工会主席？面对谣言，骆明不置可否。他哼着小曲，整理个人物品，准备过两天就搬到楼上工会主席那间办公室。

　　前些日子，谣言飘到耳根子的时候，骆明哑然失笑。公司规章制度明令禁止上班期间打牌，严禁金钱来往，而且制度是他亲自制定的，他怎么可能违反自己制定的制度呢？连点常识都没有，看来造谣者实在没什么招数了。但骆明没有轻视谣言的威力，第一时间跑去总公司纪委，如实说明收的什么钱，为什么要收，谁给的，现场谁能证明。纪委当然没敢怠慢，马上派人核实情况。

　　谣言之所以流传，总归有点影子在里头，所谓无风不起浪。而每次谣言掀起的浪，无非是人为，目的很明确，造谣中伤。骆明确实打牌了，也确实在打牌的时候接过一笔钱，这不假，但钱跟打牌没任何关系。这大概是影子的来源。有人据此把收钱和打牌绑到一块儿，无非让人往歪里联想，以达到其阴暗目的。这种低劣手段，骆明见怪不怪了。

　　其实这事儿很简单，不过是借钱还钱这点小事。借钱者老刘，是公司基层班组职工，骆明是后来才知道他叫刘保全。钱借给老刘小半年了，老刘那天来还钱，他收下了，觉得天经地义，并无任何不妥。接过装钱的信封，骆明没有多想，只是闪过一个念头，老刘不应该当着大家的面还他钱，仅此而已。

　　骆明是一把手，工作繁忙，三天两头在外，不是在开会的路上，就是在变电所现场办公，中午待在公司的时间并不多。他没午睡习惯，偶尔得点空闲，就和职工打打牌放松一下。什么斗地主、八十分、争上游、炒地皮什么的，都会一点，不精。打牌某种程度上确实可以减轻工作压力，这个他深有体会。骆明虽然是领导，却从不端领导架子，脾气刚直，人又和气，深受职工爱戴。哪天骆明清瘦的身板出现在食堂，大伙儿知道他饭后准有闲暇时间，纷纷抢着邀请和蔼可亲的骆总加入牌局。

　　有回骆明被生技部（生产技术部）万毅万主任逮去打八十分，老刘坐他上方。他和万主任是校友，他大两届，因此私下交熟，自然结成一对。校友加私交，铁搭档，万主任对赢牌充满了信心。可骆明牌技本就不精，加上隔上十天半月才打一次，牌技和手气肯定生分。坐上座的老刘话不多，出牌诡异，完全不按套路。骆明要什么牌没什么，手里的牌却被老刘死死拿捏着，根本不给机会。他和万主任合作，头一回输得如此惨不忍睹，没一点儿脾气。牌局结束之后，老刘给他留下了深刻印象。

一个星期后，骆明再次出现在生技部牌桌上。老刘不在，他问起老刘怎么没来，没人知道。本来中午休息那点时间，大家凑在一起打牌消遣，见谁有空就抓了过来，一般没有固定牌友，来与不来不强求。老刘不来，自然有人代替他。

万主任笑道，人是活的，牌桌是死的，只有铁打的牌桌，流水的牌友。老刘是抢修班技术员，遇到几个新型智能变压器检修疑问，上个星期来生技部咨询，查找资料，正巧被我逮住，加上你凑满四人。就像谁也预测不了您这尊大佛，哪天会来生技部点几把火，您说是吧。骆明白了万主任一眼。

玩笑归玩笑，万主任话锋扯到牌局。打牌随个性，像老刘那样的老同志，性格稳重，出牌刁准狠，绝对老江湖，属于高手。高手时时刻刻算计对手手中有什么牌，揣摩对手脾气性格，再决定自己的牌怎么打。在高手眼里，每次出牌都经过深思熟虑，不是随便乱打的。手握好牌，胜券在握，必须一气呵成，打得对手没有还手之力。就算摸到一手烂牌，宁可牺牲自己，也绝不让对手好受。所以和高手过招，输赢倒在其次，过程才有趣。

万主任对牌局的了解相对肤浅，从表面上看，打牌确实需要技巧和胆识，但骆明更倾向于牌桌是社会缩影这个观点。老话常说，有人的地方就有江湖。牌局虽小，看似只有四人，但每个人阅历不同，处的环境不同，个性更是千差万别。一旦摆开架势，各显神通，牌桌上的风云立马变化莫测。多数人打牌是为了消遣，不想费神费心，只想热热闹闹消磨一个午后，缓解工作压力。但有人爱显摆自己手气好，喜欢摆谱，出牌时吆五喝六，其实是虚张声势。有的暗藏不露，关键时刻才抛出撒手锏，一招绝杀，这是牌局中的狠角色。有的善于左右逢源，领导在牌桌和不在，输赢结果可以说南辕北辙。还有的打牌只是借口，散布各种小道消息、满足虚荣心才是真正目的。这也是骆明接受邀请参与打牌的原因。牌桌上，他可以听到一些在领导位置上掌握不到的信息。这些信息多数来源于基层，发自职工内心，只要经过遴选，对开展工作大有裨益。

不过，骆明并没有反驳万主任，只是笑了笑。在公众场合发表意见，他向来小心谨慎，能不说尽量不说。

万主任以为骆明对上次输牌不服气，说，既然骆总牵挂老刘，得，我请他来会会您。他左手抓牌，右手拎起电话打给老刘。电话那头长久没人接，就打给老刘的班长，这才得知老刘母亲生病住院，还挺严重，老刘中午和晚上基本耗在医院里，估计这会儿正忙着照顾老母亲，没空接电话。

挂下电话，万主任嘀咕了几句，老刘是个大孝子，对母亲百依百顺。他一人养着三人，老婆内退，儿子上大学，日子过得紧巴巴的。说者无意，听者有心，骆明回到办公室，用座机拨通老刘班长的电话，询问老刘情况。班长问出了啥事，骆明说没其他事，就是以组织的名义关心一下职工生活，让班长照实说。

确如万主任所说，老刘一家过得挺寒酸。他母亲是乡下人，没有医保，生病住院全靠自掏腰包。这回母亲胆囊开刀，掏空家底不说，还欠医院不少医药费。老刘东借西凑，母亲病情总算稳定，但须住医院观察。班长说，老刘向他借了三千，说等下个月发了奖金就还，还向班里其他人借过钱，具体数目不详。骆明沉思一下，告诉班长，等老刘回来，让他到我办公室来一趟。

过了下班点，老刘匆匆而至。骆明请老刘进来坐下，从抽屉里拿出一个信封，里面装了一万元现金，这笔钱是他下午抽空从附近银行取出来的。他把信封交到老刘手里，说你母亲住院，后续治疗还要花钱，这钱你先拿着，算我借你的，等你哪天手头宽裕，再还我不迟。另外，我给工会赵主席打过招呼，特事特办，给你申请了职工困难补助，明天你去他那里签字领补助，钱不多，一点儿心意。老刘接过信封，千恩万谢，留下一张借条走了。

日子一晃半年过去，上周骆明在食堂用餐，万主任约他饭后去生技部打两圈牌。吃完饭他走进生技部会议室，看见老刘稳稳当当坐上方老位置，气色平和。骆明心想，老刘母亲的病定是云开雾散了。

老刘抬头见骆明走近，赶忙起身，面露感激，拿出一个信封，动情地说，感谢骆总伸出援助之手，帮助我全家渡过难关，现在我母亲身体完全恢复出院了。谢谢骆总的关心，这是您借给我的一万元，要不是您雪中送炭，我母亲说不定现在还躺在床上。

骆明心里有些不快。这老刘，什么意思，借钱还钱，虽然天经地义，找时间来办公室还就得了，没必要在大庭广众之下。现在搞得全公司人人都知道，以为你母亲恢复健康，全是我一人功劳。

老刘把信封递给骆明，深深地鞠了个躬，转身走了。万主任笑嘻嘻地说，骆总，行啊，做了好事不留名，那可不行。说说吧，这些年您做了多少隐姓埋名的好事，今天一并交代清楚。

去去，没个正经！还想不想打牌了？不想打我这就走。

看着老刘离去的背影，骆明突然有点明白了。老刘心存感激，想回报他，可没有什么好途径，于是琢磨出当众还钱这出戏。他是存心想让大家知道，骆明身为公司领导，百忙之中不忘关心普通员工，借钱帮他渡过难关。他通过当众还钱这种形式，间接为我扬名。可骆明认为老刘打了一张臭牌，他不领老刘这份情。

有些事，骆明根本不想张扬，譬如助人为乐。在他看来，帮助职工，为职工着想，在能力范围内解决职工困难，作为公司一把手，是分内事，没必要大书特书，人人皆知。老刘以这种方式来表达感激，骆明笑过之后，再没把这事放心上。没想到，几天后传出他在牌桌上收钱的谣言来，让他哭笑不得。骆明意识到，无论他做事如何低调，那些妒忌他、记恨他的人，总会在暗中兴风作浪，时不时使出暗箭来中伤他。他们见不得他做事正派，见不得他光明磊落，见不得他被职工歌功颂德。他们会抓住任何可乘之机，制造点麻烦，让他不得安宁。

不过，担任工会主席，却是骆明主动要求的，只等任命文件流转完毕马上公布。这事发生在老刘还钱之前，前后对比，谣言不攻自破。

二

今年是骆明本命年，上个月，骆明过完四十八周岁生日，开始规划知天命后的人生。他大学毕业后分配到县供电公司，至今已二十多个年头。那些年他奋战在一线岗位，风里来雨里去，无论严寒还是酷暑，重活儿累活儿抢着干。年轻时，对身体疲劳满不在乎，认为挺一挺、睡一觉就能恢复精力。没想到日子久了，落下一身病。四十岁不到，口袋里常备着胃药和高血压药。

当上总经理后，他眼睛里糅不进沙子，对工程建设中的一些歪门邪道深恶痛绝，于是重新修订规章制度，从流程各个环节上杜绝以权谋私、假公济私。如此一来，断了不少人的财路，得罪人不说，各种谣言像泥潭里的污泥一样泛了出来。身正不怕影子斜，骆明经手的每一项工程，干干净净，经受得住各种检查考核，从来没让自身沾上一点儿污渍。所谓谣言，在事实面前全是纸老虎，一戳就破。在他带领下，公司年年拿先进，是总公司乃至省内一块金字招牌。只要提到骆明这两个字，人人竖起大拇指。但辉煌和荣誉的光芒，掩盖了骆明常年加班、废寝忘食奔赴在全市一百多个变电站技改项目处的艰辛，也掩盖了他挑灯夜战、为了一个技术参数验证到深更半夜的劳累。然而，在这个新技术高速发展、层出不穷的时代，骆明感觉自己的身体就像装了一台破旧发动机的老爷车，无论怎么嘶吼，也追赶不上时代巨变这辆高速列车。新技术快速更迭，他在追赶列车的过程中，随时都有可能被抛弃，而他只能眼睁睁地看着列车呼啸而过。他感觉到了累，不光脑子累，身体更累。年近半百，身体内部各个器官前所未有地向他发出警报，似乎一夜之间，意志就在与身体的对抗中落了下风。

骆明思考了很久，一个人，无论多么强大，多么成功，在自然规律面前，都得认怂。但认怂不等于低头，毕竟才不到五十岁，离退休还有漫长的十多年时间。这段日子，他可以在幕后做很多事，譬如为职工谋取更多福利，给新的领导班子当好参谋，等等。

人一旦想明白，心里的一块石头就落了地，心胸随之开阔。随着心态转变，他这辆老爷车发动机嘶吼的声音都变得轻松起来。

过了几天，骆明来到总公司老总办公室。他目的很明确，态度也非常坚决，请老总答应请求，辞去县公司总经理职务。老总从惊讶到再三挽留，说了无数好话，见骆明辞意决绝，只好勉强同意，但提出一个条件，请他担任县公司工会主席。原主席老赵再过几个月就退休，已不承担实质性工作，工会主席一职事实上空悬了。其实骆明正有意向取而代之，既然老总跟他想法一致，他没推辞，顺水推舟答应下来。老总放了心，坦言说，由他担任县公司工会主席，党政工仍在一个班子。班子有他坐镇，工作平稳交接，不会出什么意外。再者，职工信任他，他任主席，主心骨在，职工队伍好带，出不了什么大问题。骆明笑笑，和老总握手道别。那一刻，骆明分明觉察到一股分量很重的信任从手心传到胸口。

消息传到万主任那里，他搁下电话，一阵风似的刮到骆明跟前。我的骆总经理，你这是整哪出戏，放着一把手不做，偏偏接老赵的班。年底大批项目要验收，资金要结算，明年还有工程要上马，没你做主，我谁都不放心。哎，老骆，这事是谣言吧？

谣言这回是真的。骆明露出狡黠的目光，有心捉弄万主任，说，老刘还钱时你在场，你想害我，只能认命。

现在还有心思开玩笑？皇帝不急，我一小太监倒替你上火了。万主任做什么事都心急火燎，这脾气让工作效率提高数倍，可在人际关系处理上，就有点吃亏。要不是骆明极力推荐，主任位置轮不到他坐。

要不咱俩换换？工会主席让你去，我当生技部主任。

我一个吃技术饭的主任当得好好的，谁稀罕工会主席那碗和稀泥的粥？老骆啊，你也就比我大两年，风华正茂，既懂技术，又领导有方。县公司这几年业绩指标，年年拔头筹，成绩有目共睹。说你前途无量，没人敢否认，都说不久的将来你会再上一个台阶。现在你辞去总经理，前面的成绩等于一笔勾销，打下的江山全让新来的总经理捡了便宜。你这张牌出得莫名其妙嘛。万主任鼻尖冒出了汗，真心为骆明着急。

骆明抽出纸巾递给万主任。你擦擦。万主任一把抓过来，揪住鼻子摁了摁，然后揉成一团，狠狠地扔进废纸篓。

骆明暗笑了一会儿，正脸说道，万毅同志，你这个思想不对。什么江山不江山的，公司是国家财产，不是私人的，更不是我个人的。成绩是全体职工共同努力创造出来的，怎么可以说是我一个人的功劳呢。你做主任这么多年，觉悟还是那么低，原地不动，真怨不得别人。辞去总经理职务，我这是急流勇退，给年轻同志让道，创造机会。年轻人勇于创新，思想开阔，更适应新形势下的电网建设，肯定能带领全体干部职工更上一层楼。我看你得改改脾气，静下心来多学习点新技术，去外面走走，和同行多交流交流，开阔眼界。

万主任愣住了，心想，明明是我关心你，怎么话锋转到教训我来了。

技术上的事不用你操心，管好你自己吧。你说你急流勇退，这道理我懂，可你退得也太早了吧，过五年你提出不做总经理，我信，现在……我不信。万主任怀疑骆明没有对他说实话。

支支吾吾，肯定没好话。骆明瞥了万主任一眼，揶揄道，老总都没让我回心转意，你就别费心思了。我觉得总经理、工会主席没什么区别，都是为了公司发展，为职工服务的，分工不同而已。跟你透露一个细节吧，工会主席我当定了，同时兼着纪委书记，行使监督职责。万毅同志，你给我把好关，设备技术出现差错，本书记绝不放过你。

万主任大眼珠盯着骆明，就像他是外星人。好一个纪委书记，还没上任，就开始怀疑一切，我还信不过？要不这样，骆书记，您上任第一天，先来生技部烧一把火，我脸皮厚，上刀山下火海，随便怎么折腾，爱咋咋地。

好，一言为定。骆明伸出手要和万主任握手，被他一掌推开。骆明哈哈大笑，看着万主任气得发青的脸色，肚子都笑疼了。

三

几天后，总公司派人宣布调整县公司领导班子，新来的总经理四十岁不到，除了学历高，工作阅历没什么特别之处。骆明在会上表态，全力支持新班子开展工作，一定不辜负领导和职工的期望。

工会主席职务级别和原来相同，但无论工作量还是工作强度，显然和总经理不在一个级别。第一个不同，闲暇时间明显多了。骆明担任一把手期间，一年至少三分之二的时间在外面度过，不是出差开这会开那会，就是泡在变电所现场。现在，他天天有时间到院子里散个步，赏赏花，舒展一下腰椎间盘突出的老腰。他很快适应了这种身份转变，经常在会议上表态，工会工作主要职责是做好后勤工作，全心全意为职工服务，职工八小时内没小事，八小时之外的事再小，再婆婆妈妈，它也是个事。骆明常常为各种事儿担着心，对于纪检工作，他没放松过警惕，却不怎么担心。

当年，骆明出任县公司总经理一职，大刀阔斧对各个部门公职人员开展改革，以公开招聘方式，提拔了一批技术和品德过硬的优秀职工走上领导岗位。他们在工作中展现才华，日益成熟，成为公司的中坚力量。与此同时，通过完善各项规章制度，堵住流程环节的漏洞，基本杜绝了腐败作风存在的土壤。经过一系列改革，剥夺了一些人的特权和既得利益，关于他的谣言，就是从那时起，一直没消停过。

以前是谁犯错处分谁，骆明上任后改为领导负责制，谁分管谁负责。出了事，从领导层开始，从上往下挨个承担相应责任，该处分的处分，该警告的警告，一视同仁。为此，骆明先后承担了几起吃拿卡要事件的领导责任，尽管那几起事件跟他这个总经理毫无瓜葛，他也不是分管领导，但他坚持领受责任，并在会议上做自我检讨，要求全体领导干部引以为戒，坚决杜绝不正之风。上任一年多，公司从改革阵痛中熬了过来，再也没有发生过违规违纪事件，职工面貌焕然一新，年年拿先进，成为省电力系统一块响当当的招牌。所以，他不担心纪检出问题是有道理的。当然，骆明并没有放松对纪检工作的重视程度。他出身于基层，在基层岗位上干了十多年，熟悉流程每个细节，清楚哪道环节最薄弱，哪道流程最容易出纰漏。纪委书记是兼职，只配了一名纪检干事，但他做事认真负责的脾性可没改。他根据施工工程环节特点，精准制定督查计划，定期开展监督检查，把纪检巡视常态化。

　　身兼两职，骆明主要工作精力放在工会这块。担任工会主席之后，职工无论大事小事，八小时内还是八小时外，第一个想到的就是主席这个主心骨。大到工作安排，小到家庭琐事，事事找他。骆明那间办公室，一时间成为全公司最热闹的办公室。工作不顺心发发牢骚，找骆主席。家里闹矛盾要倾诉，找骆主席。有的职工甚至连孩子去哪里上学，都来找骆主席帮忙出主意，似乎听一听主席的意见，孩子的前途就无限光明。职工把骆主席挂嘴边，见到他那股热乎劲儿，比亲人还亲，洋溢着发自内心的爱戴。既然是亲人，骆明理所当然享受着亲人待遇，尤其在食堂，他上一分钟出现在食堂打饭，下一分钟就有热情的职工邀请他去打牌。邀请到的兴高采烈，没邀请到的垂头丧气。

　　骆明打牌不在乎输赢，而是享受打牌过程。这点他和万主任的观点一致，不同的是，万主任既享受过程，更在意结局。骆明出牌随心所欲，手中有什么牌，呼啦一下全出完，既不给自己留余地，亦不考虑搭档的感受，经常一手好牌打个稀巴烂。万主任和他搭档，瞪眼睛吹胡子红脖子是家常便饭。

　　主席啊，您手中的好牌省着点出，好歹咱俩是搭档，至少打个配合吧。万主任红着鼻尖说。

　　主席哎，您最后亮出底牌，一剑封喉，多爽气，现在出牌，等于大炮打蚊子，啥都不是。万主任恨不得和骆明换手牌打打。

　　也只有万主任敢在牌桌上说骆明打牌水平臭，其他职工碍于主席身份，不敢明面上责怪主席乱出牌，只能把懊恼咽进肚子自个吸收消化。骆明看在眼里，暗自好笑，依旧自管自出牌。赢也罢，输也罢，他出牌的架势，如行云，似流水，潇潇洒洒，绝对不拖泥带水。

　　尽管骆明暗地里被归类于臭牌篓子，但职工依然乐意找他搭伙打牌，即便输了，也高兴得跟捡了便宜似的，直夸和主席合作打牌，舒坦。骆明听了只是笑笑，这种恭维话，他从来不放心上的。不过，只要在牌桌上听到和工作、职工利益有关的只言片语，他那颗在云端潇洒的心，立刻收回，竖起耳朵一字不落记在心里。牌桌上，骆明能听到一些明面上听不到的情况，特别是工会工作，涉及职工方方面面，多增加一个了解职工思想动态的渠道，总比干坐在办公室，等着情况上门要主动。

　　当然，骆明从不直截了当询问情况，而是顺着话题，往那方面引导，不显山不露水地让人透露更多细节。其实，大多数职工是知道骆明心思的，主席用心良苦，不就是为了全体职工着想嘛。职工既然把骆明当亲人看，说明信得过他，并不在意把肚子里的存货告诉他。如此一来，有些通过正面渠道难以解决，或者难以启齿的事，在牌桌上反倒可以倾述、表达意愿。不过，并不是所有职工都愿意把心里话说出来。有的是因为顾忌，怕打击报复。有的因为没有把握，毕竟是道听途说，说出来，担心别人说自己传播谣言。更有人认为消息来源可靠，货真价实，奇货可居，此时讲出希望换取等价消息，满足自身利益。

　　骆明理解职工，他们的任何想法都是人之常情，换位思考，他也会那么想，那么做。所以，他尽量在牌桌上保持轻松的气氛，而不是破坏它，或者改变打牌应有的乐趣。打牌就是打牌，本来就是消遣娱乐，如果牌桌变成职工发牢骚、诉说问题的场所，那还要工会办这个部门干什么呢？骆明给自己定下一个原则，职工愿说就说，愿听就听，绝不强求。正因如此，骆明广受欢迎，各种信息源源不断传进他耳朵，成为他了解职工动态的第一手资料。

骆明和万主任交情深厚，俩人住在一个小区，下班后经常互相串门，坐下来喝茶聊天聊工作，有时攀谈到深夜。他跟万主任开玩笑说，这牌桌，有点像谍战片里的情报交换所，想知道什么消息，就得拿出点什么私货来交换。如果你虚头巴脑，那么你得到的信息也许是残缺不全，甚至是毫无用处的。

万主任说，认识你到现在，我敢打赌，你绝不会违背党性原则，用内部消息换取你想要的信息。

骆明呵呵一笑，双手抱拳说，知我者非你莫属，玩笑归玩笑，我得谢谢你，这几年，你帮我打听到不少有用的情况，公司各项工作得以顺利开展，你没有功劳也有苦劳。

万主任嗤之以鼻，得了吧，我可不像你，拿些鸡毛蒜皮、无关痛痒的事博取别人的好奇心。我可是真金白银，家底都被掏空了，才换来你这声谢谢。

骆明清楚万主任指的什么。他能做到生技部主任，理论和技术水平可说无人能出其右，他曾经自创出一套万氏工作法，十分灵验。变电所检修通常会遇到一些难以解决的故障，没人找出问题在哪里，他到现场东看看，西摸摸，脑袋晃两下，运用那套万氏工作法，马上指出症结所在。这个本事连骆明都自叹不如。经常有人以探讨技术为借口，套取他的万氏工作法。他倒不藏着掖着，不过有条件，先打牌。打赢他，知无不言，输了，那不好意思，缓两天再来。如此一来，生技部会议室那张牌桌，人来人往相当热闹。人流量多，意味着信息交流也多。那些信息最终的归宿，自然是骆明那里。万主任抱怨，那些信息本质上，是他拿肚子里的老本儿换来的。现在，老本儿吃空了，不但没得到回报，还被骆明嘲笑思想僵化，不思进取，换做谁都心有不甘。不过，他和骆明向来无话不谈，有啥说啥，知道骆明那是在开玩笑。真有事，骆明不会用那种态度朝他说话，绝对掏心窝，推心置腹。

骆明收起笑容，正色说，老万，我这个半吊子工会主席，今后还得仰仗你的支持和帮助。打听到啥新消息、新动态，望老弟摒弃前嫌，不记旧仇，多来工会办指导工作。

少拿工会主席名头压我，这样吧，你拿什么东西来换，让我心理平衡点。万主任不管骆明同不同意，在办公室里一通乱找，最后看中柜子里一盒红茶。他拿在手里掂了掂，说，最近吃完饭，肚子里有点胀，拜你所赐，可能书看多了，很多新观念新技术不容易消化。听说红茶养胃，正好，帮我通通气，省得有人嘲笑。

这间办公室里的任何东西，看中什么你尽管拿走，喜欢喝红茶，过两天去你那打牌，给你捎两斤去。

别，千万别带任何东西，纪委书记给人送礼，肯定没安好心。

不要拉倒，好心当驴肝肺。

四

按惯例，工会办至少要提前一个到两个月，张罗给职工买年货事宜。往年，骆明从来不关心发什么年货，工会给什么，他往家里拿什么。在他眼里，这些鸡毛蒜皮的小事，有老赵在，不值得他操心。顶多拿回家，耳根子被夫人唠叨几句，你们单位发的年货总是那几样，也不知道换换。今年不同了，关心职工福利是工会主席重点工作之一，之前被骆明认为鸡毛蒜皮的小事，一个个成了他使出浑身解数打交道的大事。这些事涉及职工切身利益，马虎不得。

骆明翻了翻前几年采购清单，理解了为什么每次年货带回家，夫人总要发牢骚，好像年货得罪了她似的。清单一目了然：每人一条鱼、一袋米、两桶油，外加瓜子、花生、核桃之类的零食礼盒，除了牌子略有变化，其余一成不变。骆明不禁笑了起来。怪不得最近打牌，总有职工对年货颇有微词，打听今年发什么物品，原来，根源在这里。

找到源头，那就对症下药。骆明召集工会办全体成员开会，专门就年货采购展开讨论。可讨论来讨论去，年货要不要换，换什么品种，口径始终没法统一。一部分坚持不同意换，理由很充分，老赵主席在的时候，好不容易和商家搞好关系，以批发价供应给我们，如果年货一变，势必要重新找商家，重新商定价格。

另外一部分赞同换，但在换何品种问题上出现分歧。现在人的口味变了，眼光高了，买东西都往高档上面靠，职工肯定希望提升年货的档次，至少比原先要高。可档次是高了，价格要是谈不拢降不下来，年货拿到手，中看不中用，还没原来的实惠，反而引起职工不满，得不偿失。大家各持己见，意见相左。但有一点达成一致，就是受资金所限。购买年货的金额总公司是定死的，标准是每人五百元，超过额度部分，各单位自行想办法解决，总公司一概不予入账。

讨论会开了一上午，没有得出结果，骆明有点闷闷不乐。想不到一个小小的年货采购，居然如此费心费力，看来，工会主席肩膀上这副担子，并不轻松。会议结束过了十二点，食堂就餐的职工寥寥无几，骆明打了两个菜，胡乱扒拉两口，把餐具交到回收窗口，走出食堂大门。他没有去院子里散步，而是直接走楼梯上三楼生技部，他想听听万主任有什么建议。

牌桌上已经摆开架势，厮杀正酣。万主任脸对着大门，见骆明在门口闪了闪，伸出抓满纸牌的手朝他扬了扬，算是打招呼。另外三人见是工会主席，准备站起身，骆明举手示意，意思不用站起来，继续打你们的牌。骆明转身要走，万主任急喊，主席同志，您是掐着点来的吧，我有封电子邮件要回复，正愁没人替我，您就出现了。哎，别走啊，赶紧替我一下，这把牌顺着呢，闭着眼睛都能赢。

万主任嘴里的好牌在骆明手里未必是。果然一圈下来，好牌被骆明打出烂泥巴的效果。万主任处理完邮件回来观战，见骆明在烂泥巴里面越陷越深，急得鼻尖冒汗。

主席，您今天有点心不在焉啊。万主任东拉西扯，替骆明找借口，免得输了没面子。不过那是万主任的想法，骆明并不在意，他脑子里琢磨年货的事，当然心不在焉。

你还真说对了，有件事，拿不定主意，想问问大伙的意见。骆明顺着万主任话头，抛出那点心念，和牌一块儿打了出去。

估计是采购年货的烦心事吧？就那么点费用，高档的买不起，低档的看不上，百姓百口，众口难调。打牌过程中，万主任眼里只有牌，容不下其他。今天倒是奇怪，一句话就戳到点子上。

万主任今天的表现让骆明感到意外。打牌的三个人中，有两个人点头附和万主任，还有一个盯着手里牌，既不点头，也不摇头。骆明认识他，万主任的手下，小张。

问题就出在这里。骆明甩出一张牌，小张默默地抽出一张牌跟打。我认为大多数职工非常希望年货能换换花样，过新年嘛，不能千篇一律，老是那几张面孔，总得要变变，适应新形势，要体现过年气氛。可是呢，市场上年货品种虽然琳琅满目，可要么包装豪华，中看不中用，要么东西实在，没有新意。每人五百块钱，说多不多，也不少了，要是换了年货却不受欢迎，背后还不得被大伙戳脊梁骨？出牌出牌，别光听我唠叨，你们给出出主意，这钱怎么花，换什么品种，才能让大伙满意。

牌桌陷入沉闷，空气似乎不再流动，安静得能听见每个人的心跳。万主任也没有好建议，索性闭口，只看骆明出牌。打了几圈，没人回应，气氛越来越凝重，压得桌子吱吱作响。骆明明白，工会办讨论半天都没定下个方案，一时半会儿让在座几位拿出意见，肯定不现实。

骆明朝万主任挤挤眼，万主任心领神会，该他出来圆场了。小张，听说你媳妇快生了，大胖小子还是千金公主，可别忘了请我们喝满月酒。

小张抬头嗯了一声，目光没看万主任，却落在骆明脸上。骆主席，我对年货有个想法，说得不妥别笑话我。

说说看，我洗耳恭听。有想法总比没有好，骆明希望职工能畅所欲言，多一条建议就多一种选择。骆明最怕没人提意见，藏着掖着烂在肚子里，无法获知职工真实的想法，就无法有的放矢。

小张咳了一声，慢条斯理一字一句地说。骆主席，万主任经常安排我参与公司设备招投标工作，我呢主要负责审核设备参数和技术报告。我刚才琢磨，采购年货和招投标应该差不多，要求我们提，范围我们定，哪家供应商出的价格最低，质量有保障，我们就采购谁家的。这样我们就能以最低的价格，采购到最满意的产品。而且采购全过程公正透明，职工心服口服。

听到招投标三个字，骆明心里"咯噔"一下，就像有块大石头砸在心头，溅起无数水花，思路顿时洞开。他伸出左手摸后脑勺，却忘了手中抓着牌，牌顿时撒了一地。他也不管，对着小张连声说，好，这个法子好，小张，谢谢提醒。

万主任弯腰把牌一张张捡起，看了一眼，摇头晃脑带着惋惜的口气说道，呀，这么一手好牌，被主席糟蹋了。

骆明见万主任说话没个正经，将手里剩下的牌一股脑塞给他。成全你，本主席给高手让位，你来收拾残局。

一副牌是好是坏，骆明还是分得清的，塞给万主任那副牌绝对是臭牌，没有机会赢。骆明顺着台阶退出牌局，是想集中精神思考下午开会要讨论的内容。现在有了明确思路，年货品种肯定换，当务之急是要尽快拟订方案，邀请商家来参加订货会。

谁知万主任不领情，反而把所有的牌都还给了骆明。打牌和干事业一个道理，不能半途而废，您这个烫手山芋，自个享用吧。骆明听出万主任一语双关，用眼神阻止那张贫嘴继续发挥功能，接过牌继续打。心思不在打牌上，结局可想而知，不过，他比打赢了还高兴。

牌局结束，骆明起身就走，万主任拉住他，说有事汇报。万主任当着别人的面说有事，那肯定真有事。他俩交往多年，一个眼神，甚至一个语气，就知道彼此的想法。骆明走进主任办公室，往沙发上一坐，万主任准备泡壶茶，被他制止，赶紧说事，下午我得开会定方案。

总经理变主席，脾气倒没改，见风就是雨……万主任拉过椅子坐到骆明对面，想揶揄几句，被骆明直瞪的目光毫不留情地顶了回去，就很知趣地吞了回去，直奔主题。

最近听说抄表班人手紧缺，有生小孩的，有请假看病的，导致个别户段缺人抄表。抄表班那个钱班长，你认识，大胖子，说话带喘气的那位，性格比你还急躁，这几天跑现场抄表救火，天天在微信群里抱怨，发牢骚话。还说什么人手不够，向上面反映过情况，根本没人搭理。

我听到风声是有职工回老家奔丧，这个跟生病请假和生小孩，都是抄表班里的事？

可能是吧，具体情况我没过问。抄表不归生技部管，万主任不会特别关注。他负责信息二传手，现在任务完成，没他什么事了。不过为了表示出对公司的关心，他嘱咐一句，过了抄表周期系统没更新数据，总公司考核下来，会影响全员绩效。

嗯，这个我知道。绩效考核事关职工收入，这块工作由党委书记主抓，作为一把手，骆明可没少关心。不过，他现在正考虑别的事。

抄表班多年没有补充人员，人手不够这个问题早几年就出现苗头，我当总经理时没彻底解决，工作确实存在失误。骆明低头凝思。

哪个部门不缺人？都伸长脖子嗷嗷叫，盼着组织发发慈悲，给自个增加人手。现在工作压力太大了，也不知道哪来那么多任务，还必须限期完成。抄表班的问题存在多年，自有原因，再给你几年时间，也解决不了。万主任打牌一副头脑，工作另一副头脑，两个系统各司其职，倒是同样清晰。

说的没错。抄表岗位技术含量低，奖金少，老员工不愿留，新员工更不肯去。再者抄表工作确实辛苦，风里来雨里去，经常遭受客户误解。在岗人员个个老弱病残，这几年没拖公司后腿，钱班长幕后肯定下了不少工夫，不容易。骆明刚工作时，曾在抄表班待过一段时间，对此深有体会，特别理解抄表员的艰辛。

抄表班缺人手，又不是一天两天的事，最近突然议论纷纷，我总觉得有什么地方不对劲。

你一个技术栋梁，怎么对八卦感兴趣了，可不像你的风格。骆明心里在想，无论职工生病还是奔丧，工会应该马上安排人了解情况，并做好慰问工作。想到这儿，他站起身说，不跟你闲聊了，我回去抓紧布置工作，抄表班的事不用你操心，有人会管。

主席，定好年货品种，能否提前剧透一下，让我高兴高兴。

你消息灵通，还用我透露？骆明扔下这句话，匆匆离去。

五

回到办公室，骆明马上召集开会。有了清晰思路，会开得很顺利，定下三个具体任务。第一个任务是着手制定采购方案，总体思路为货比三家，品种选择上既要价格实惠又要不落俗套，争取两天内拿出初步方案。第二个任务是安排专人到市场摸摸行情，筛选有实力口碑好的食品供应商，方案确定后邀请他们参加投标。第三个任务由骆明亲自办，到上级领导那里游说拉赞助，在资金方面争取点支持。

　　散会后，骆明没有回办公室。他走楼梯下一楼，穿过院子，上到对面生产大楼二楼，走到挂着"抄表班"牌子的门前。门虚掩着，骆明推门进屋。房间里空无一人，中央空调呼呼吹着热气，一张桌子上电脑屏幕亮着，旁边有台电话机，骆明猜那应该是钱班长的办公桌。来之前，骆明并没有抱希望见到钱班长，所以，他径直走到桌子边，拎起电话，照着通讯录拨通钱班长手机。

　　电话响了四声接通了，那头喘着气问，嗯，哪位？钱班长一定是看到来电，对显示的是自己座机号码，露出了满脸狐疑。

　　我，骆明。

　　骆总，啊不，骆主席，您怎么在我班里，有事？几声狗吠和其他乱七八糟的声音从话筒里钻出来，钱班长仿佛深陷在一团烟火气中。骆明从声音上判断，他在一处居民老小区抄表。

　　钱班长，你在抄表吧，我长话短说。骆明清了清喉咙，听说抄表班最近人手紧张，有生病请假的，有回老家奔丧的，还有在家生孩子的，我就是来了解下情况，职工生病或者奔丧，按规定，工会可以提供帮助。

　　喘气声平静了些，钱班长回复说，谢谢主席关心，生小孩那是去年的事，但有一个老病号请了半年长病假，他的段号我一直顶着。这个月刚开始安排抄表，就有班员得急病住院，段号没人抄，只能我上。主席，我知道职工生病住院可以申请补助，只是这两天忙着抄表，没空考虑这些，我是想等忙过这段时间再打报告。可偏偏这个时候，老赵父亲突然病逝，他连夜赶回老家奔丧。他在火车上给我打电话请假，还一个劲儿抱歉，说他的段号还有一处没抄完，得麻烦我。唉，主席，我就一个身子，没三头六臂，实在为难。电话那头喘气声再次加剧。

人越胖，气喘得越粗，天下胖子都一样。骆明担心钱班长那具硕大的身躯，能否适应同时抄三个段号的工作量。

是哪个段号没抄？

白云村。

白云村！那个云雾缭绕的地方，那个深埋在内心的村庄，突然浮现在脑海中，骆明的记忆瞬间被撞开一条缝隙。

二十多年前，骆明任县公司技术员，接到任务，设计一条通往白云村的供电线路。白云村是最后一个不通电自然村，县里要求三个月内完成施工并通电，任务十分紧迫。最近的供电电源位于松岭镇变电站，从松岭镇到白云山脚下，直线距离约七公里。也就是说，要建一条七公里长的输电线路到达白云山，但这仅仅是开始。平地上铺设输电线并不难，问题在于白云村的位置有点特殊，村子位于白云山半山腰，海拔将近五百米。如果沿山路架设输电线，道路本就狭窄，再竖根电线杆，势必造成通行不畅。另外，山里蜿蜒，线路长度增加，成本相应增加不少，会导致电压低和线损高这两大问题。

后来根据勘查结果，指挥部决定从山脚沿山脊架设输电线，翻过山头把电送到白云村。那段时间，骆明和施工人员吃住在山下，没日没夜赶工期，几乎不着家。骆明每天在林子里钻进钻出，工作服三天两头被树枝扎破，电工鞋穿坏了好几双。经过三个月紧张施工，线路提前八天完成架设。任务完成后，骆明回到家，妻子挺着大肚子站在门口，盯着瘦成猴子、黑炭似的他半天，差点没认出来。三天后举行通电仪式，骆明没法赶去白云村，他在妇幼医院，妻子十月怀胎即将临产。当天夜里，女儿呱呱坠地，骆明想都没想，就给女儿起了名，叫骆云。后来听同事说，通电那天村里敲锣打鼓，像过节一样热闹，还请了戏班唱了三天戏，戏台三天三夜没熄过灯。

当年施工期间，骆明没少去白云村。那时候，白云村完全是一副贫穷落后、破败不堪的样子。村里的主干道只有一条泥泞小路，两边房屋破破烂烂，墙壁上抹的是泥土，雨水冲刷后千疮百孔，露出里面狼牙似的碎石，像一口胡乱生长的牙齿，咧开嘴冲着骆明笑。村民或蹲或靠在在门口，也一个个冲着骆明笑，但他们的笑是热情的、信任的，目光里缀满了期盼。骆明被那种期盼的目光所感染，恨不得明天白云村就能用上电⋯⋯

骆明沉浸在回忆中，电话里一阵喊叫拉他回现实，主席，您还有别的事吗，没事我挂了。

就在那刻，骆明的心不安分地跳动起来。他看到白云村那些村民，张开一张张笑脸，站在村口向他招手。他们笑得灿烂，洁白的牙齿像阳光一样明亮，仿佛在召唤他，回来看看白云村吧，快回来吧。

电脑屏幕暗淡的光打在脸上，光标停留在一串数字后面闪动。骆明握着话筒，目光盯着那个光标，心跟着光标一闪一闪地跳动。他突然意识到，白云村对于他，有着不同于一般的意义。这么多年过去，他几乎忘记了白云村的存在，忘却了曾经在白云村度过一段青春岁月。然而，白云村像一颗顽强的种子，深深扎根在心里。一旦时机成熟，种子就带着他的记忆，破土而出。

自从担任工会主席，骆明外出机会几乎等于零，除了几次去总公司开会之外。这半年来，他在办公室接待职工来访，倾听职工心声，帮助解决实际困难，每天过得很充实。但一个人成年累月待在一个相对较小的空间，日子久了，内心会不由自主向往外面广阔的世界，想去走一走看一看，让疲惫的身心得到自由放飞。以前整天在外面奔波，没有属于自己的时间，难得回单位休憩，那几天心情特别放松。现在倒过来了，一天到晚窝在单位，同样没有属于自己的时间，成天面对院子上方那一小块天空，就像小鸟困在笼子里。骆明嘴上不说，其实有点怀念以前的日子。

听钱班长说起白云村无人抄表，骆明想起自己年轻时，做任何事都凭着一腔热血，义无反顾投身进去，哪管别人什么看法。想到这，骆明感觉到有股豪气从丹田冲了上来。他冲着话筒说，钱班长，抄完表你来我办公室一趟，带上抄表器和抄表台账。

## 六

快到年底，各项工作都在冲刺扫尾。早上开工会结束，工作人员像一群麻雀，轰地从大门口散开，奔赴施工场所。领导和部门主任则商量好似的，大门不出二门不迈，窝在办公室整理材料，忙着撰写各类年终总结。到中午饭点，公司几位老总难得同时出现在食堂，排在打饭的队伍里慢慢往前挪，和职工点头打招呼。打好饭，几位老总就端着盘子聚在一个角落，边吃边聊。

生技部参与每一项工程的技术论证和验收，手头资料最为齐备，各类统计数据信手拈来，因此，万主任的年终总结最早撰写完毕。写完总结意味着一年的工作告一段落，他浑身轻松，没事就端着保温杯去其他部门串门。他串门带着两个目的，一是横向搞好关系，对来年开展技术协作大有益处。二是趁机了解其他部门明年有何规划，生技部作为公司技术扎口部门，必须提前做好技术储备，以应对各类技术革新项目。用他的话来说，心中有底，出牌不慌。不过，这两天他总觉得哪里不对劲，似乎少点什么。

中午打牌，有人吐槽，几天没见到主席，手头积压了不少需要主席签字的文件和单子，万主任这才意识到，有两天没听见骆明爽朗的笑声了。而食堂那个老总聚集的角落，独独缺了骆明的身影。

万主任在牌桌上旁敲侧击打听，竟然没人知道骆明的去向，连工会办的人也不清楚主席在忙什么。骆明突然销声匿迹，万主任充满了好奇，忍不住给骆明挂个电话，想确认电话那头具体位置。骆明简短回了一句，忙着呢，回来再说。

骆明有时候会把自己裹在一只球里面，只要不想，谁都无法从中挖出，哪怕一点隐藏的秘密。虽然万主任了解骆明，但忍不住叫委屈，不会吧，多年的友谊，关键时刻，居然对他都不肯透露一点儿消息，真不够义气。万主任数落骆明几个来回，等气顺了，转念为他着想起来。骆明应该明白给他打电话的意思，没有马上答复，看来确实有事，而且事不小。那会是什么事呢？万主任的脑袋刚从年终总结里钻出来，不想再费心思，想要知道答案，骆明回来自然会告知一切。

第二天上班，万主任的屁股还没坐热，骆明推门走了进来，扔给他一个牛皮纸文件袋。老万，帮个忙，这是一份线路升级改造方案，里面涉及的技术问题，由你审核提出修改意见，后天周五一周例会之前给我。

打住。万主任站起身，拿起文件袋说，主席同志，您终于现身了。两天没见人影，好像人晒黑了嘛，您这是去哪儿潇洒了？

去哪儿潇洒打开袋子不就知道了。

不用那么麻烦吧，您舌头打个转，我洗耳恭听。万主任故意伸长脑袋。

骆明没好气地说，好吧，我去白云村了。

白云山的那个村子？

明知故问。这样吧，我说重点，省得你疑神疑鬼。

多年的友情告诉我，你浑身都是疑问。

不跟你啰唆，我是去白云村抄表的。

什么？万主任以为听错了，你身居工会主席要职，竟然替钱班长抄表？

能不能小点声，一惊一乍，别人以为我俩在吵架。抄表怎么了，有什么奇怪的，表计数据反映全社会用电量，咱们整个县的经济和社会效益全都离不开抄表。没有抄表数据，干得再好，缺少有力的支撑。再说，革命工作不分高低贵贱，抄表不丢人。

主席站位高，境界自然高人一等，鄙人眼光浅，说不过你。那抄表怎么又牵扯到线路改造，这跨度有点大——相当大。

骆明笑了笑说，本来确实是去抄表的，没想到顺路解决了白云村两大难题，这趟抄表之行，有意外收获。见万主任眼睛里的疑问并没有放过自己，恨不得从头到脚都审问一遍，骆明于是把这两天的行程简单说了一遍。

两天前，骆明带着抄表器和台账，一大早开车上山来到白云村。故地重游，他不想惊动任何人，先抄表，再到村子各处转转看看，然后离开白云村。没想到车到村口，遇到专门等候他的村主任。骆明马上猜测一定是钱班长通风报信，暴露了他的行程。既然已经如此了，没法子，只能下车和村主任寒暄。村主任自我介绍姓马，白云村人，对骆明的到来表示热烈欢迎。马主任十分热情，不仅亲自陪同抄表，还邀请骆明去他家吃顿便饭，说有要事请教。骆明一番客气，无法拒绝马主任的盛情，只好先答应。

抄完表，骆明几乎是被马主任硬生生拽进他家的。走进马主任家，迎面一张方桌，桌子上已经备好三菜一汤，热气腾腾散发出诱人的香味，看来马主任早有准备。俩人边吃边聊，马主任向骆明介绍白云村现状。他说白云村天然资源得天独厚，盛产松蕈和松子。村里人从林子里采来松蕈和松子，在自家院子里晒蕈子干、炒松子制成干货，运到山下去卖。因为是家庭作坊，产量低，成本高，拿到市场上销售根本卖不动，村民的收入一直上不去。村委经过研究，计划建一个松蕈加工厂和一个松子炒货厂，集中人力物力资源，打出品牌产品，同时进行线上和线下销售，这样既能降低成本，又能增加村民收入。另外，村委鼓励大伙兴建民宿和农家乐，吸引城里人周末来白云山度假消费，回去顺便带点土特产，增加收入的同时，还能打广告。

马主任向骆明诉苦，说起来容易做起来难，建加工厂、民宿和农家乐，需要资金，自有资金远远不够，就向银行贷款。另外，厂子建了起来，势必增加用电负荷，民宿和农家乐也要增加用电，可村里运行的线路和设备还是十几年前的，无法承受这么多负荷，又需要投入一笔资金，对老线路进行改造和更新。自己上任不久，没有经验，当初制定规划时，没有考虑到这部分资金支出。这两天银行贷款已拨付到位，明年开了春就能启动建设，现在才发现，不对线路升级改造，即使加工厂建好了，也无法投入生产。骆明点点头，理解马主任的心情。马主任认为他是供电公司的领导，自然希望他能帮助解决白云村面临的困境。骆明心细如发，马主任如此热情招待，他焉能不明白马主任心里想什么。他安慰马主任，让他先别急，办法总归有的。他想到了农网升级改造。

最近几年省公司启动农网升级改造工程，项目由省里统一规划投资，专款专用，各地市公司负责建设施工。按照规划，五年内要完成全省范围内所有农网的升级改造。不出意外，白云村这条线路，应该纳入了改造计划，估计时间安排上比较靠后。如果那样的话，只要把白云村这个项目提前纳入到明年改造计划就行了。骆明给负责农网建设的张副经理打了个电话，说了白云村的情况，询问能否特事特办，提前实施白云村项目。过了一会儿，张副经理回电说，白云村情况特殊，负荷小，线路长，改造资金比其他项目高出不少，所以安排在最后一批实施，也就是后年。改造计划已报省里，单个项目要变更，涉及资金和物资调配，需报省里批复，我们没有权限。骆明告诉张副经理，省里由他去协调，白云村升级改造方案，咱们这边请项目组辛苦一下，两天内交完成编制，我让生技部对技术细节把把关，没问题就上一周例会过会，同时向省公司提交变更申请，争取今年落实项目资金，明年落实项目施工。

这么说，你昨天跑了趟省公司？看见万主任放下资料袋，骆明心里有底了，这个动作说明他愿意帮忙。

知我者万主任也，什么都瞒不过你。

　　骆明从白云村回来后，马不停蹄，第二天赶到省公司，找到几个以前关系不错的部门领导，请他们协调疏通关系，务必在申请批复意见上一路开绿灯。骆明深知省批复意见至关重要，所以这两天他在省里忙着上下活动，没空和万主任闲聊。现在，万事俱备，只等生技部对改造方案进行技术论证，就提交给一周例会讨论。

　　今天周三，给你两天时间，能完成吧。有困难告诉我，我来协调解决。骆明需要听到肯定答复才放心。他不怀疑万主任的能力，但在工作上，自己一向对事不对人，一视同仁。

　　省里你都打点好了，我还能有什么困难？即使有困难，我克服克服，不给主席添堵。万主任一脸无奈。

　　骆明事情办好，准备离开，万主任一把拉住他。哎，别走啊，说到吃饭，主席，我心里冒出一个疑问，不知当问不当问。

　　你今天冒出的疑问还少吗，问吧，不问清楚你今天不会让我安生。打破砂锅问到底，骆明欣赏万主任这种执着个性，唯有把所有问题吃透搞懂，安全生产才有保证。

　　刚才你说在马主任家吃了顿饭，我有点好奇，三菜一汤吃了些啥，马主任家的手艺怎么样？万主任似笑非笑看着骆明。

　　万主任目光闪烁不定，骆明立刻明白他为什么冒出疑问了。公司颁布的规章制度，不允许向客户吃拿卡要，不允许接受客户宴请和礼金、礼品及赠券。自己只不过去白云村抄了一次表，就跑到马主任家吃饭，的确与制度背道而驰。身为工会主席，并且兼任纪委书记，骆明的身份和地位十分敏感。尽管一顿饭事小，如果有人拿着鸡毛当令箭，确实够自己喝上一壶的。万主任这是提醒自己要小心处理这件事，别让小人抓到把柄。骆明心存谢意，不过，他早就有对策。

骆明做事光明磊落，无论工作还是个人生活，从未做过对不起党和人民、对不起自己良心的事，不怕任何非议。这次留在马主任家吃饭，他主要基于两点原因，一是白云村地处山区，时值冬季，游客稀少，山上仅有的两家饭店早就关门歇业，他没地方吃。二是马主任实在太热情，几乎是生拉硬拽，把他推进家里的。骆明无法推辞，心想吃完了给马主任交饭钱，这样不算违规。没想到，一顿饭工夫，他替马主任解决了两件大事，马主任哪肯收这笔钱。不仅不收，还黑着脸说，要是收了饭钱，这个村主任没有脸面当下去，他不当村主任，两件事也许黄了，就当没这回事，爱咋咋地。骆明只好先回来协调白云村线路改造，等办完事，回单位向党委汇报，并把饭钱上交组织处理。

谢谢老弟关心，你清楚我的为人，不因事小而为之，我已经向书记简要汇报过了，所以不用担心。至于村主任家三菜一汤的味道嘛，年前你就能品尝到。

准备请我去白云村大撮一顿？路途虽然有点远，但主席的命令，必须服从。

想多了。骆明没理会万主任的玩笑，问道，你知道白云村特产是什么吗？

当然知道，薹子干嘛，吃过一回，味道还可以，价格不便宜。

你吃的肯定不是正宗薹子干。那天在村主任家，他老婆用薹子干炒了两个菜，煮了一锅汤，真别说，滋味确实鲜美无比。我连吃两大碗米饭，还意犹未尽。村主任问我好吃不好吃，我拍拍肚子说它已经替我回答了。村主任就笑，说村里准备建的加工厂，就是你吃进肚子里的蕈子干，不仅有蕈子，今后还要培育其他新鲜菌类，制成各种产品销售。村主任说，原本村里人在自个儿家晒蕈子干，拿到市场上去卖，价格太高，没多少人愿意买。要是加工厂建成了，批量培育松蕈，再制成蕈子干，成本就降低了，再统一销售，打响品牌，不怕没有销路。经村主任这么一说，提醒我年货采购这事，如果增加蕈子干这种稀罕品种，肯定受职工欢迎。我问村主任，村里有没有一两千斤蕈子干现货。村主任问干吗，我把单位置办年货的事说给他听，要是村里有现货，考虑给两百多号职工每人发五斤蕈子干。村主任说有啊，家家户户都有，有的人家堆满一堵墙，天天当饭吃。我问到价格，村主任拍胸脯保证，说我替村里解决了线路改造问题，就是白云村的大恩人，价格好说，绝对白菜价。于是，我邀请马主任，下周带样品来参加供货会，至于价格，我认为能征服评委们挑剔的眼光。

万主任呷巴呷巴嘴，夸张地说道，乖乖，我的主席，您这次去白云村抄表，不显山显水，一下子打出三张牌，张张精彩，打出了气势，含金量之高，令人佩服。您才是高手中的高手，今后谁敢在背后说您是臭牌篓子，我跟他急。

骆明乐了，指着万主任说，就你嘴贫，陪你打牌，水平不涨才怪。不过，有个不好的消息要传达给你，这次去省公司，上级领导跟我聊了聊，建议我们今后不要在午休时间打牌，毕竟影响不太好，我虚心地接受了。所以，今后你们就没有机会说我是臭牌篓子喽！哈哈！

啊？哦，嘻……

万主任深感意外，一脸的不知所措，亦无话可说。